短篇小说选第一辑

主编：郑润良
符浩勇

美人迟暮

陆小华 著

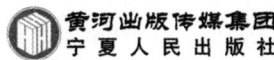
黄河出版传媒集团
宁夏人民出版社

> **图书在版编目（CIP）数据**
>
> 美人迟暮 / 陆小华著. — 银川：宁夏人民出版社，2017.12
> 中短篇小说选 / 郑润良，符浩勇主编. 第一辑）
> ISBN 978-7-227-06847-1
>
> Ⅰ. ①美… Ⅱ. ①陆… Ⅲ. ①中篇小说—小说集—中国—当代②短篇小说—小说集—中国—当代 Ⅳ. ① I247.7
>
> 中国版本图书馆 CIP 数据核字（2018）第 001791 号

中短篇小说选（第一辑） 　　　郑润良　符浩勇　主编
美人迟暮　　　　　　　　　　　　　　　陆小华　著

责任编辑　管世献
责任校对　王　艳
封面设计　格　林
责任印制　肖　艳

黄河出版传媒集团
宁夏人民出版社　出版发行

出 版 人	王杨宝
地　　址	宁夏银川市北京东路139号出版大厦（750001）
网　　址	http://www.nxpph.com　　http://www.yrpubm.com
网上书店	http://shop126547358.taobao.com　　http://www.hh-book.com
电子信箱	nxrmcbs@126.com　　renminshe@yrpubm.com
邮购电话	0951-5019391　　5052104
经　　销	全国新华书店
印刷装订	泰安市恒彩印务有限公司
印刷委托书号	（宁）0008143
开　　本	690 mm×960 mm　　1/16
印　　张	16.25
字　　数	194千字
版　　次	2018年1月第1版
印　　次	2018年1月第1次印刷
书　　号	ISBN 978-7-227-06847-1
定　　价	38.00元

版权所有　　侵权必究

目录

前　夫　001

候鸟公寓　007

傍晚的心情　031

美人迟暮　041

朦胧诗　057

网聊的女子　063

厕所文学风波　076

这期打啥码　101

蹭舞的曾子雄　112

商海姊妹篇　125

149　宠物犬姊妹篇

165　肖远岗即日

185　分房纪事

232　居闲文化的创始者

前　夫

　　他们是一九八六年结婚，一九八八年离婚的。他们的这段婚姻仅仅维持了两年多一点。

　　那个时候，我们这个社会正逐步走向改革开放。她呢，正好处在那种爱美、追求时尚打扮的年龄段。俗话说：人凭衣裳马凭鞍。入时的穿戴、美丽的容貌，让她成了一个魅力十足的女人。在他们所在的那个上千人的国有企业里，她是公认的服装领袖。她的穿着打扮，让很多年轻的女子羡慕、模仿。

　　她丈夫与她不同。他出生在一个普通的农民家庭，大学毕业之后，分到了这家国企的中学当老师。农家子弟出身的他，衣着随意、俭朴；换来换去，也不过是两三件半新不旧的衬衣，已经过了时的学生装、中山装和劳动布工作服。这些卡叽布制作的外套，布质好，又耐穿，一穿好多年的也不破。衣服没破，他就舍不得换新的。他潜意识中就带着一种传统的、物尽其用的消费观。实际上，除了观念之外，为了妻子的那一份时髦，离婚之前，他们的小家庭也承受着沉重的经济压力。

　　新与旧，时尚与落伍。一个是风姿绰约的现代女郎，一个是纯朴憨厚的男青年。这竟成了单位的一道独特的风景。

这种反差也招来一些非议。有同事批评她自私，只管着自己打扮，也不管管丈夫的衣着，毕竟是夫妻啊！这些话刺痛了她那份虚荣心。她也想让他改变一下形象，不说赶时髦吧，至少也应该让他接近自己，不要太落伍了。但是，他们菲薄的薪水，除去日常开销，实在没多少余钱可供扮靓了。换句话说，就是他们缺少追求时装新潮流的经济实力！至少是不可以两个人同时去追赶服饰新潮。他靠着婚前的节俭，倒是存下了一点钱。但婚后，那些有限的钱都已经变成了她的行头。况且，他还要不时接济一下在乡下上学的弟妹，他也只能选择用刻薄自己的方式来节缩开支。

这一年，他们好不容易在年底发了二百块钱的奖金。于是，她咬咬牙决定，无论如何都要给他添件像样的行头——一套面料挺括的西装。

打算要买的西装，她早已在一个卖时装的摊档上看妥，并且跟店主讲好了价钱。她是那儿的常客。

可临到他们一块儿上街时，她却没有带他直奔那个摊档，而是牵着他的手，一个摊档一个摊档地逛那些款式新颖、精工细作、时髦漂亮但自己又无力消费的新潮时装。是啊，这个世界上有太多太多的心仪的好东西，可惜，这些好东西却不属于他们。尽管自己不能享用，但饱饱眼福，来点视觉享受也很好啊。

就这样，他陪着她逛了一个又一个摊档、店铺。

那些时装店里的新款时装，不断地刺激着她的拥有欲。在一时装店货架上挂着的一款湖蓝色、滚边、镂花的柔姿裙面前，她的目光竟像被苍蝇粘粘住的苍蝇，呆滞得离不开。

"啧，你看看，这条裙子可真是太漂亮了。"她赞叹道。

"售货员，麻烦你拿过来看一下。"站在一旁的他，对店里售货员小姐说。

裙子到了她的手里,那一份欣喜分明刻在了脸上。细细看了镂花、缝线、扣子,然后贴在自己身上比画,还对着售货员小姐拿过来的镜子仔细欣赏。

"这裙子,你看我穿合适吗?"

"岂止合适,穿在你身上绝对飘逸、浪漫。这裙子的式样,跟你的气质、身材太般配了。我就怀疑,这条裙子是时装设计师专门为你度身定做的。"

"唉……你就别逗了吧!"她望着他,蓦地想起此行的目的——要给他买一套西装。而且已经和西装摊档的老板讲好了价,摊档就在附近。为此,她长长地叹了一口气。

他呢,似乎忘记了此行的目的,问了价。人家说要一百八十块。他就笑着说,"你叹什么气嘛?你觉得好,就买下来呗!手上不是正好有钱。你要是不买,还真的对不起这件裙子的设计师了。"

她迟疑着把钱攥得很紧,有些不忍,说,"那你怎么办?这钱,已经说好了是给你买西装的啊。"

他宽厚的地一笑,"你就别管那么多了,先把这条裙子买了再说吧。我其实穿什么都无所谓。"

她还是犹豫不决。

他也看出了她内心的挣扎,于是宽慰她说:"其实,服装这种东西,对于人体来说,无非是具有三大功能:遮羞、调节体温以及美化人体。我那几套衣服,实话说吧,除了在美化功能上稍有欠缺之外,其余两大功能还是能满足的。更何况人体的美化,在视觉上,享受最多的并不是服装的拥有者,而是她周围的人,特别是和她最亲近的人。所以说,你买了这样一件漂亮的衣服，受益最多的还是我和咱们周围的人。这道理其实很简单，因为每个衣物的穿着者，都不可能总是在镜子前自我欣赏。从这种意义上来说，美的服饰的穿着者，对别人、对丈夫、对环境都是一种奉献。你说，我这话对吗？"

他那一通书呆子气十足的话把她给逗笑了。他的那份豁达，更是熨平了她心中的内疚。

生活在继续。

他们的反差还是那么大。她终于禁不住物欲的诱惑而失去了内心平衡。她觉得凭自己的花容月貌，再守着这个子弟学校的穷教书匠过清贫、寒酸的日子也太亏了。虽然他人挺好的，但人好，并不能弥补物欲的缺憾。

他们平静地分了手，一点儿也不像那些离异时又打又闹的男女。

"对不起。我不是个好女人，我要你原谅我！"她带着歉意说。

"没关系。追求幸福是人的天性。很遗憾，我没有能力让你得到幸福，耽误了你。"

她内疚地说："把我忘了吧！"

他说："我们这两年，七百多天，都嵌在脑子里了。以后回想起来，都是温馨的记忆。你也知道，我们家穷。我上高中后一直精神苦闷；为了摆脱苦闷，读了很多老庄的东西，难免会有点儿出世。再说了，干我们教师这一行的人，都清贫。我就是想让你过得好一点儿，也是心有余而力不足。如果你不嫌弃，以后还能当朋友。"他微笑着对她说这些话，在豁达中带着一份推心置腹。

离婚后，她另嫁了一个家里早就替她物色好的香港男人，并随着新丈夫一起去了香港定居。

以后的几年，他的经济状况有了根本性的改变：一个在报纸当副刊编辑的大学同学时常邀他写些专栏稿件，他有了一些稿费收入；课余，被一些财大气粗的个体户聘请去辅导他们的孩子，也有一份收入；最近这些年，在乡下的弟妹种反季节蔬菜，承包虾塘、鱼塘也发了财，弟妹们非要在他身上体现知恩图报的兄弟兄妹情谊以及扶贫精神。于是，他传统的消费观也随着经济收入的改善而有了转变。他也给自己添置了一些像样的行头。这些时尚得体的衣物，着实让他旧貌换新颜，平添了几分英俊、几分潇洒。也难怪，他原本就有一副好五官和好身坯。

他们天各一方，就像两颗星星一样，运行在各自的轨道上。

她再嫁的商人丈夫年纪要比前夫大许多，但人有钱。商人丈夫给她提供的生活条件非常优越，她不用再去工作，只在家当个全职太太。家里有私家车、有菲佣、有小洋楼。但她也有遗憾，她的丈夫是个商人，常年泡在生意场上，常常逢场作戏、拈花惹草，很少有时间陪着她。他们之间很少有语言交流或心灵的沟通。她一直不喜欢丈夫的那一口广东普通话，不仅意思表述不清晰，还透着一种俗气。他更不会像她前夫那样，一脱口便有怡人的幽默感和能抚慰心灵的智慧。香港男人对她的爱，更多的是体现在购买衣服、包包、珠宝首饰和化妆品上；从几千元一套的化妆品到上万的时装到十几万的钻石珠宝。这些东西，刚刚得到时都会让她开心，但是次数多了，也觉得平淡，她并没有从中得到多少快乐，反而常常觉得寂寞。她甚至想起了前夫曾经说过的话：人生的乐趣，大多在于追求、创造、获得的过程。获得的过程越短暂、越容易，快乐持续的时间也就越短暂。她还珍藏着当年那件湖蓝色的镂花连衣裙。她总也忘不了从前随前夫去买这件连衣裙时的那份喜悦、那份激情。

她是因为探亲才回到故地的。她特地为他准备了几样礼物，其中包括一台佳能照相机,一台电脑。因为前夫说过,他们还可以做朋友。时隔多年,前夫的家已非她记忆中的那样清贫。他现在居住的是一套三室两厅的套房,家用电器一应俱全,看不出他缺什么。她见到了刚刚下课,穿着一件挺括的海蓝色衬衣、打着黑色碎花领带的他。他的那份洒脱,那风度,真真是让她看呆了。原来敦厚、书卷味加上土包子气的他,让这装束一衬托,竟显得既温文尔雅又英气逼人。他又娶了一个年轻的,当然不如当年的她那么漂亮的妻子。这女人显然是因为他们之前的关系,不太愿意收下她送的那份价值不菲的礼物。但他还是说服她收下了,并且回赠了她一些工艺品和土特产。

他仍是那么善解人意。

她则对他的那位后任夫人心存一丝妒忌。

离开前夫的家时,她若有所思地发了好一阵痴。回忆起前夫从前的豁达、宽厚以及耐人寻味的书卷气,心中就好一阵子感慨。她想:换了件行头,他人也那么帅气。他还真是一个无可挑剔的男人。

候鸟公寓

就在我们家"搬回"海兰兰花园小区,也就是我现在居住的这幢公寓楼之后,这篇小说里要说的男女主人公吕先生和夏女士,也买下了我们这幢公寓楼顶层的一套复式住宅。我们这幢公寓楼如果不算架空层,一共有七层。第六层和第七层是连体的复式公寓。我们家那套房的编号是五〇四,吕先生和夏女士的那套房的编号是六〇四,就在我们的头顶上。

我之所以要用"搬回"这样的表述,那是因为我们属于回迁安置户。在海兰兰花园小区开发之前,我们这些土著居民的旧宅子,就建在脚下的这块地皮之上。海兰兰小区所处的地段位于三亚湾一线海景,在这个城市属于上好的地段,隔一条马路就是绿化带、沙滩和一湾清澈的海水,每户住宅有一个能望得见海的大阳台,加上离市中心近,生活方便,所以小区的楼盘格外紧俏。据说,开盘时价格还是当年本市较昂贵的商品房之一。2000年时,楼盘的均价已经在五千元以上。应该说,能入住这个小区的业主,绝大多数都是有钱有势的人或有钱有势的人的家眷。

我嘛,正是在这个高档小区里完成了高级轿车辨识的启蒙和高级时尚装修的启蒙。有趣的是，我们这些极少数不是有钱的人，也不是所谓成功人士的土著，也阴差阳错地被夹杂在这些尊贵的人群中间，简直可以说是这个小区中的另类。我们这批土著，原本一共是十六户，除了七户人家拿了开发商的赔偿金搬迁之外，另外的九户人家按照与开发商所签订的回迁协议，搬了回来。仅看两类人的衣着、行为举止，你就会明显觉出这是来自两个不同世界的人。你想想，一些每个月收入几百元或仅仅上千元的土著，与每月收入上万元、几万元，甚至更多的人居住在一起，如何能融洽得了？

聪明的开发商肯定是想到了这一点，所以把我们这批回迁的土著居民，全部都安排进了这个小区最靠南端的一幢附属楼盘里。该小区物业管理公司的工作人员和房地产开发公司的工作人员，都集中在我们这幢公寓楼里办公。为此，开发商还特地在小区北面开出了一个小边门，供我们这些人与物业管理公司、房地产开发公司的员工出入。这样一来，既方便我们这些人的出入，也让我们与那些走正门的、上流社会的时尚人群区分开来，既保持了这个高档小区的格调，同时也算是保护了我们这些人的尊严。

我们家回迁的那一套公寓，在拿到新房钥匙之后，除了厨房的装修让我忙活了十多天之外，房屋的其他部分基本上没有改动。开发商所提供的简易装修，对我们来说，已经是很不错的了。

吕先生买房的准确时间我记得不大清楚。总之，是在我们入住差不多三个月之后，我们头顶上的六〇四公寓，就开始"大动干戈"，搞起装修来了。其施工期前前后后延续了两个多月，这期间，白天上班的时间段内，我们头顶上就一直在叮叮咚咚地响；电锯、电钻、电锤……的切割声、冲击声、敲击声，此起彼伏。那噪音简直让人烦透了！

吕先生那套复式住宅的装修业务，是委托深圳一家叫富而雅的装修公司设计并负责施工的。我记得他们开始装修的时间是七月初。记得施工队进场时，房主吕先生出现过一回，中高个儿、干练、略微秃顶，他的左胳膊夹了只灰黄色鳄鱼皮制作的公文包。在后来的整个装修期间，吕先生根本就没有来监工，甚至没有露过一次面。他一直在深圳忙他的事情。住宅的装修过程、施工进度、设计风格以及家具的摆放位置、物品放置安装等等细节，据富而雅公司的人说，业主都是借助摄像头、电脑三维图、手机，用遥控的方式进行的。我隔三岔五地就会上去看一下人家的装修，看那些工人师傅是怎么施工、怎么安装的。我注意到，在公寓施工现场大厅的墙面上，贴着一套住宅的总体平面图以及各个房间、各个局部的三维设计效果图。

噪噪杂杂、忙忙碌碌地过了两个半月之后，吕先生住宅的装修工程总算是大功告成了。当工程队撤走、住宅中的各种生活设施配备齐全时，我又上去细细参观了一回。

这些年，我也算开了眼。我朋友开了一家环境艺术工程公司，我见过各式各样、风格迥异的别墅、公寓、住宅的装修。不过，像吕先生这套复式住宅这么精致，现代化程度这么高的装修，我见的并不多。比如，大客厅挂的那具从欧洲进口的枝形水晶玻璃吊灯，日本进口的等离子电视，这两样东西，市场时价分别是人民币四万多和八万多元；从德国进口的一只电动造浪按摩大浴盆，据说是要五万多元；一套德国桃花心木豪华楼梯是六万元。

用富而雅公司那个满口广东腔普通话的设计师的话说："寄些都细富然养受滴啦"（这些都是富人享受的啦）！我曾经请教过这个广东人，像这样一套公寓的装修和家电、家具配置，总共需要花费多少钱？广东人说，光材料、家具、电器部分，没有六七十万，是下不来的啦。这其中还不包括装修的工钱、设计费。据此，我粗略推算了一下，加上房产本身的价值，吕先生这套物产总价值应当在两百万左右。这还没算上吕先生从深圳开来之后，就一直停放在楼下架空层的那一辆崭新的本田车。至于吕先生的身份，据富而雅公司的人透露说，此业主是深圳某一个区的国税局官员。

一个官吏，他的工资收入究竟有多少？仅仅在此一处，就拥有这么高的资产，这本身就是一件耐人寻味的事情。还有一件事让我很好奇：以吕先生这样一个有身份、有钱的官员，既然要买房，为什么不买小区主楼群那些有电梯、富贵人群聚集的楼盘，而非要和我们这些另类人群混居在这样一幢附属的公寓楼？

我想到有一回，我在跟我们这个海兰兰小区的开发商——一个大块头的北京人闲聊时，这个京腔十足的老板就跟我说过这样的话：您是什么层次的人，您就该待在什么地方。不然，那纯粹就是自个儿给自个儿添堵！他说的所谓"添堵"，应该是北方方言，其语义显然是指心理的不平衡、心里不愉快以及会产生某种矛盾的意思。

仔细想想，这开发商说的话也有一定的道理，物以类聚嘛。比如，我自己的家，光是弄了个厨房，跑材料、找工人、监工，一大堆的杂七杂八的琐碎事忙下来，就能把人累个半死。可你再看看人家吕先生，装修一套两百多平方米的复式住宅，自始至终都是在使用遥控方式。每当想到这些，就不得不让人心生感慨。

我和吕先生的初次接触，是在这一年九月底的一个双休日的下午。那天应该是吕先生第一次入住他的新宅。其时，我出去逛街，顺便买了一份《南方周末》报。回家时，在楼梯口处碰到刚好从一辆黑色的本田车下来的吕先生。他打开车后面的行李箱，从中拿出了大包小包物品。我一旁看得出来，东西太多，他似乎是在犹豫：是不是要分N次把东西拎进电梯？这时，我走了过去跟他搭讪，说，先生是六〇四的业主吗？他看了看我，说，是啊！我住六〇四！我说，我叫刘子扬。跟你是上下邻居，就住在你楼下。他说，我姓吕。我们聊了一会儿。我顺便帮他提拎了一些东西进电梯。

就在我回到家里半个小时之后，吕先生下楼来叩我家的门。开门后我问他，吕先生是不是还有什么事情需要我帮忙？他说，谢谢你刚才帮忙。我现在是想请你陪我一起出去吃个饭。我推辞说，既然是邻居，举手之劳，就不要客气了吧！吕先生说，刘生，你我初次见面，又是邻居，缘分啊，这是其一；其二呢，是我对这个城市还不是很熟悉，想找人带着认认路；其三呢，我要麻烦你给我介绍一个有特色的海鲜餐馆。所以再劳驾一下！你看如何？这吕先生到底是经历过大场面的人，人情练达，给出的理由并不是因为一点儿小事而恩赐于你，而是让你再一次帮忙。这话说得得体，让你听着舒坦，且让你不能不由着他的安排。于是，我穿好衣服，陪着他开车出去。

我陪着吕先生开车在这个城市转了一圈。吕先生告诉我，算上这一次，他是第三次到这个城市。第一次是随旅游团来的。第二次是交房款及带工程队进场时。这次是第三次，验收房子。他是自己开车过来的。吕先生一边开车兜风，一边欣赏着城市的风光，还时不时地把车停下来，对照着城市旅游图作一番识别。我告诉他，我们三亚这座城市，是一个沿着弧形海湾岸线展开的、呈香蕉状的城市，我们住的地方，面对的就是三亚湾。这个城市的地理方位，其实非常容易识别。转了一圈之后，我带他去了一家有特色的海鲜酒店。落座之后，就有服务小姐拿着菜谱过来。吕先生看着菜谱，点了其中几样海鲜，又点了一瓶红酒。我们就边吃边聊。

  吕先生告诉我，他名字叫吕南方。父母都是北方人。不过，他本人是在广州出生、广州长大的，现在在深圳做事。至于做什么事，在哪个单位，都没有说。我知道，他们这一类人，特别忌讳别人了解、打听他们的底细，所以我没有点破。

  晚饭后，我们回到小区。吕南方在楼底的架空层把车泊好，又热情地约我上他那套复合式公寓坐一坐。上到新住宅，他就领着我在屋里四处参观。其实，在这套公寓刚装修好、布置好的时候，我就曾经上来参观过一遍。在我看来，这套按欧式现代风格装修的复式公寓，无论是装修、家具，还是布置都可以说是十分奢华了。吕南方对我说，既然我们是邻居，看你刘老弟又是个实在人，想来想去，还有一件事情想要拜托你。我说，有事你尽管说。吕南方说，忙碌了这些日子，这套公寓的装修嘛，总算是大功告成了。不过呢，在这几年之内，我都不会经常过来居住的。这样，房子一年中最少会有十个月左右的时间是空置的。房子嘛，还是需要经常有人来照看一下的。我们走到客厅的一个大玻璃鱼缸前，这是一个香港产的全自动鱼缸，有自动过滤清洁水体、自动供氧、投食等几种功能。鱼缸里面养了几条供观赏的银龙鱼和一些水草。吕南方说，比如，这鱼缸里的鱼，鱼缸虽然是自动的，但每十天半月，还是要往自动投食槽里加点料；还有，三两天，要给盆景、花草浇点水；每个月要交物业费、水电费、有线电视费；屋子里的电器也要经常开一开，电器这东西，长久不开也不行。再就是，房里的卫生十天半月也要搞一次。这些事情，原来我是打算交给物业公司，让他们请一个家政服务员照看着的。不过又考虑到，房子长年放空，公寓里的一些贵重的工艺品又是可以轻易拿走的，交给那些不知底细的家政人员，天知道他们会怎么折腾。别再给我把一些什么乱七八糟的人都带来住了，我都不知道。所以，我想把这些事情全部委托给你或者是你的夫人，然后我每个月付给你们相应的报酬，你看如何？我说，报酬就免了，邻居之间帮这么点忙……没等我说完，吕南方就说，要不就这样，我的那辆本田车，就扔在楼下的架空层，反正我也不开走，你要是有事想用时就用好了。客厅你也可以使用，愿意的话，你平时也可以上来看看电视、上上网嘛。客厅这台日本产的等离子电视机，效果还是很不错的。

那天晚上，在我睡觉之前，我就想着楼上这吕南方委托的事。越想就越觉得这事有趣：一个不愿意透露身份的有钱人，近两百多万元的不动产，也没有签订什么契约，就这么随随便便（至少在我看来是这样）委托了我们代为管理？

这一次，吕南方也就小住了三天。他临走的时候，特地把这套公寓房的钥匙和行车证、车钥匙全都交给了我，并告诉了我一些相关文件的存放位置。

可就在他走了一个月后的一天，我的妻子下班一回来，就神秘兮兮地跟我说，老公啊，你猜我今天碰到谁了？我看她那一副憨态可掬、准备八卦的样子，就逗她说，你碰到观音菩萨了！观音菩萨给了你一个意外的惊喜，要让你买彩票中一次大奖。是不是？妻子说，哎呀呀，人家在跟你说正经的事呢。是楼上的吕先生又随着旅游团过来了。这回是他们一家三口人过来，就住在我们宾馆。

妻子在市内一家四星级宾馆的财会部工作。我说，他们有一套新公寓啊。放着公寓不住，一家人要跟随旅游团入住宾馆，他脑子有病？你不会是认错人了吧？妻子说，你说，就他那模样，秃顶，像农村包围城市，秃的地方像只灯泡似的，照得你眼晕。就这特点，我怎么会认错人呢。吕先生还冲我点了点头。不过，看他那样子，好像不太想跟我多说话，总觉得有什么忌讳似的。

妻子还说，他夫人长得很漂亮，又高贵又文雅。个头呢，看上去好像跟他一样高。他们的儿子个头要比他们俩都高，看样子好像才十四五岁吧。

按照常理，一户人家在异地，特别是在旅游城市买了一套新公寓，那绝对是家庭里的一件大事情。如果说，在装修阶段家里人没有时间过来照看的话，那么这回，一家人都已经旅游到了购房的城市，总不能不过来看一看、住一住吧？听妻子这么一说，我也察觉出了其中的蹊跷。

吕南方走后的日子，每隔上两三天我就会上到六〇四，给花草浇水、管理鱼缸，有时是帮他打开各种电器。每次上去我都会享用他那台挂在墙上的等离子电视机看看节目，我甚至还试用过一次那台德国制造的冲浪浴盆。到了月底，当我第一次到六〇四公寓客厅一个工艺品展示柜，吕南方指定的抽屉里拿了相关的房产资料，替他交当月的物业费、水电费的时候，我才知道，这套公寓业主的名字，写的不是吕南方，而是夏红燕。

那么，根据以上种种迹象分析，我猜：吕南方置下楼上的这一套复合式豪华公寓，肯定是没有让他的家人知道。之所以要隐瞒，其目的肯定是为了金屋藏娇，为了包个二奶什么的。依照这些年我对社会的观察，某些人的人性，很有点像猴群里的猴王，有权有势之后，就要尽可能多地占有雌性资源。一些女人，也越来越像雌猴，愿意依附于猴王。你也说不清这是人性的进化还是退化。就眼下在我们所居住的这个小小的社区，就有不少类似的情况。我对吕南方的情况所作出来的判断是：这家伙包养了，或正准备包养一个二奶。而这个二奶就是那个叫夏红燕的女孩子。眼下，香车、豪宅都已经备办齐全，接下来出场的，应该就是那个叫夏红燕的大美人了。

我在跟妻子议论吕南方的隐私时，对于这些八卦事，妻子显得特别兴奋。她说，这个夏红燕到底是个什么样的人物呢？二九丽人？国色天香？风情万种？居然能把吕南方这样的精明十足的官员给迷成了这样！为她置下这么个高级的"金屋"不说，还把这么大的一份产业，全部都放在了夏红燕一个人的名下！我说，老婆啊，你怎么对人家这种事情那么好奇呢？既然他已经买下房子，也装修好了，这个夏红燕嘛，早晚都是要过来住的。过一阵子，你不就全知道了吗？老婆说，那是。于是就感叹道：啧啧，你看看人家有钱人过的是什么样的日子！我也附和着说，是啊，有钱真好啊！

就在次年的一月底，也就是学校开始放寒假的时候，吕南方又来了。他一来就开着那辆本田车出去了。他出去的时候是上午，等到下午回来时，车上带着一个花白、齐耳短发，穿件蓝灰色对襟服，左肩搭着一个碎花蓝色布袋子的中年妇女。这女人表情恬静安详，外表端庄朴实。从她的神态以及装束上看，感觉就像是一个小地方，比如乡镇上来的人。我和他们在楼梯间照面时，随口问了他一句，哦，吕先生，请了个保姆吗？当我这么问过之后，我马上就意识到，我问了一个很愚蠢的问题。因为他已经说过不找保姆，并且已经把公寓的钥匙交给了我，更因为这女人看上去根本就不像是什么保姆。

吕南方这时只是低声、简单地对我说了一句，她是夏红燕。

夏红燕？也就是说，她就是那个所谓的"美人"？吕南方轻轻的一句"夏红燕",竟把我给弄糊涂了。这么说来,这些日子里,我们猜想中的、我们想见到的、想象中的国色天香的二奶,就是这么个带着一身乡土气息的妇人?她是什么职业?他们什么关系?这么大的一笔财产,为什么要放在她一个人的名下?一连串的问号让人心里痒痒的,同时也让人大失所望。不过,对于这些事情,别说是当着夏红燕的面,就是和吕南方单独相处,人家不主动说明,我也不好追问。总之,那是人家的隐私。

在此后的三年多时间,他们相聚的日子过得平静而又有规律。对于他和夏红燕之间的事,吕南方几乎是守口如瓶,也从来不给我任何解释,从来也没有跟我谈起过他们的过去。夏红燕呢,每年都会在学校放暑假和放寒假的这两个时间段过来。有时是吕南方开车过去接她,但这种情况极少,更多的是夏红燕自己乘坐公交车过来。而只要夏红燕一到楼上这套公寓住下来,吕南方很快就会抽空过来,陪她住上一两天或者一个晚上。只是吕南方来陪她的时间很不确定。多数时间是在周末,连续住上个三五天的时候也有,但是这种情况极少。就在他们相伴不多的日子里,我注意到,每天傍晚,他们两个人都会手挽着手,到海边去散步;有时,则是一起坐在海边的椰子树下,安安静静的看海。霞光洒在三亚湾的海面上,也洒在这对中年男女的身上,让你不由想起那首《最美不过夕阳红》的歌,觉得这对男女的时光过得温馨又从容。

从这个夏红燕每年入住、往来的两个时间段和她的气质扮相看,我推断那女人的职业是个教师,而且应该是一所乡镇中小学的教师。后来,吕南方无意中说过,夏红燕是在海南岛中部C县一个农场小学当教师。这就证明我猜对了。总之,这对中年男女给我的感觉就像一对露水夫妇，一对以半年为周期，要聚一聚的候鸟。而那套六〇四复式公寓，对他们来说，就像是个候鸟公寓。

2004年国庆节之后，吕南方又来公寓了，这一次不是在特定时间过来的。据吕南方说，这次过来，是因为他们广州知青三十周年的大聚会。这些已经年过半百的、当年的知青们，在曾经战斗过、抛洒过青春和热血的远征农场聚集联欢之后，其中的一部分人又相约来到我们这个滨海城市旅游。那一次，夏红燕没有随他回到他们的公寓，是吕南方独自过来的。傍晚时分，我注意到吕南方没有开车出去。估计他一个人做饭吃也不方便，我就让妻子多炒了几个菜，请他下到我家来小酌。那天，我们喝的是吕南方从农场带过来的一种山兰米酒。这种米酒，酒精的度数不高，略有一点儿甜味。因为爽口，我们多喝了几杯。没想到这酒的后劲儿还挺大的。几杯下肚之后，我就有一种在天上飘浮的感觉。这种感觉让人很舒服。吕南方因此显得很兴奋，那一天他的话特别多。吃完饭后，他又邀请我到他那套公寓的大阳台上喝茶、聊天。

这一回，他居然破天荒地跟我说了他和夏红燕的一些往事。

吕南方的父亲和夏红燕的父亲都是广东省一个研究所的高级知识分子，两家是世交。夏红燕的父母因为受不了批斗、侮辱，在"文化大革命"的初期，就双双上吊自杀了。夏红燕没有兄弟姐妹。她父母死后，她就跟着她的外婆过，一直到高中毕业，然后参加上山下乡。在她的父母没死之前，吕南方跟她同住在单位的大院里。俩人每天一起上学，放学了一块儿回家。那时，吕南方一直在暗恋着比他大几个月的夏红燕。不过，对于男女之间的事，夏红燕显得很老成，总是说，我们是不可能的了。不是我不喜欢你，是我不能害了你。我父母的下场，你也看到了。太悲惨了！

他们那一批广州知青下到远征农场（那时叫兵团）时，已经是这个农场接收的第 N 批广州知青。到了农场以后，夏红燕被分派在农场的食堂里工作，吕南方则被分派到了农场的垦荒队，几乎每天都要干开荒、挖环山行之类的重体力活。夏红燕那时总是想方设法照顾吕南方，经常偷偷给他留一点儿猪油渣、一点儿锅巴或者烤一块儿木薯或一个地瓜什么的。

吕南方说，那时，农场里艰苦的体力劳动，闭塞的山区生活，让我们这些从大城市来的知青普遍对现实、对前途感到悲观失望；每天酗酒、打牌、偷鸡摸狗。有一阵子，知青中流传着某某人偷渡香港成功的消息。说香港人的收入高，香港人天天能吃上鸡肉……总之，香港是自由世界，是很多广州知青心目中的天堂。

这让我们中的一些不安分的人很兴奋。知青中甚至还相互交流、传授一些偷渡方面的经验。一般是选择回广州借探亲的机会，从宝安县走。据说，整个偷渡过程中最害怕的就是碰上警犬。不过，知青中也在相互传授一些偷渡时怎样防范警犬的经验：要到广州动物园去偷或者找熟悉的饲养员要一点儿老虎大便。都说警犬害怕老虎，当然也怕老虎的粪便气味。搞到老虎的粪便后，先把粪便晒干了，然后碾成粉末，装在蚊帐布缝成的小袋子里。等到行动时，要把装有老虎粪便粉末的小布袋用别针别在裤腿上。这样，人一走动，纱布袋里的老虎粪便粉末的气味就会散布在你走过的路上，警犬嗅到以后就不敢追了。下水后，如果碰到警犬游着过来追赶，还可以把粪便粉撒在水面上。为了能偷渡成功，我们几个弟兄甚至每天都在昌化江里搞游泳强化训练。我们的行动计划是，在当年的六月份，行动小组的人一起请探亲假，在回广州的途中开始行动。

有一回，正好是我们聚集在一起商量具体的行动细节时，夏红燕突然闯进了我们的宿舍。我们一见到她进来，赶紧全部闭嘴。她可能已经从门外偷听到了谈话内容或者是从我们异样的神色、我准备装老虎粪便的小布袋上猜到了我们的计划。

夏红燕私下警告我说，南方啊，你可绝对不能去参加偷渡啊！我知道，有很多人在偷渡时都被边防军人开枪打死了。你知不知道那片海里曾经死过多少人？如果你敢动这个念头，只要你跟他们一离开农场，我就到场部报告。你知道，我是个说得出、做得出的人。

我当然知道被她告密的后果。我说，那我也不能永远留在这个破山沟里，过着这种人不人、鬼不鬼的日子啊。我伸出我那被锄把、刀把磨出了血泡和茧子的双手。我说，我们的爸妈都是有学问的人，我们也读了那么多年的书。现在，书丢光我也认了。可是，让我一辈子在这里当农场工人，天天修理地球，我不甘心啊。你也看到了，莫红兵那天炸环山行时，手都被炸掉了，我也差点丢了命……

夏红燕使劲咬着嘴唇，脸上的表情显得很凝重。她沉默了好一会儿，然后用一种毅然决然的口吻说：南方，你如果能答应我保证不参加偷渡，我就有办法让你离开这里，上大学！

其实，就在她说这话的时候，我就已经下意识地想到了她会用什么办法去达到目的。因为，当时整个农场的人都知道，农场党支部李栓柱书记的儿子李抗美在狂热地追求夏红燕。那个时代，一个弱女子要达到目的，除了用自己的身体，还能有什么别的办法？我当然不能同意夏红燕这么做。我几乎是带着哭腔说，红燕姐，你就别说了吧！要是那样，你就永远也回不了广州了。再想想吧！夏红燕的口气几乎是不可商量的：这是唯一的办法。四个人里头，你的体质最差，一旦有事，你根本就跑不过人家。再说了，在学校时，你的学习成绩就比我好。我牺牲自己，给你创造一个机会上大学，你将来肯定会有出息。

前面说的党支部书记的儿子李抗美，是在农场场部的宣传组工作。如果从长相、从能力来说，他也算是一表人才了，斯斯文文，能画一手好宣传画，写一手好毛笔字。但他患有一种俗称叫"羊痫风"的癫痫病。如果不是因为这种疾病会时不时地发作，就凭他老子是农场的党支部书记这一点，他就可以通过当兵或者推荐上大学的渠道远走高飞，离开农场。李抗美虽说有癫痫病，但农场里追他的女孩子也有几个。可这个李抗美，就偏不喜欢农场里的那些跟他一块儿长大的，他喜欢的是广州城里来的有点儿洋气的女知青。他觉得广州知青有品位，尤其是喜欢夏红燕。

为了保护其他的弟兄，我也只能听夏红燕的——退出偷渡行动小组。事后，我才知道，正是因为夏红燕的阻止，才挽救了我。当年三个参加偷渡行动的知青弟兄，在偷渡的过程中，一个丢了命，两个受了轻伤的，被抓去关了多半年，之后又被押送回农场，被批得灰头土脸的。我因为没有参加偷渡，所以没有丢命，也没在自己的履历上留下历史的污点，这算是很幸运的了。而此后，夏红燕为了践行她的诺言，真的去找李书记交涉了。

李书记当然知道他的儿子李抗美喜欢夏红燕，并且是在狂热地追求夏红燕。但问题是，人家这个广州女孩夏红燕，喜不喜欢他的儿子？这个军人出身，生性朴实、豪爽的农场党支部书记，并不是那种一味用权势去压人的领导。李书记问夏红燕，你既然愿意为吕南方牺牲自己，说明你还爱着吕南方，而且爱得非常深，那我又怎么能相信你愿意跟我们家的抗美相好呢？夏红燕说，第一，吕南方如果被推荐上了大学，他人就走了。眼不见，心就不想。我人在农场，您是书记，说句不好听的话，我的一切就攥在您的手心里。我还能怎样？第二，我的家庭出身不好，而且我父母都已经过世了，我不想再连累南方。我是一个很实际的人。抗美虽说是农场子弟，但他根红苗正。第三，如果您再不相信的话，我今天晚点就可以把我的身子交给抗美。

李抗美是李书记唯一的儿子。李书记是20世纪50年代的退伍军人，没有多少文化，人倒也善良。听了夏红燕这么一说，信了她。他们这笔交易就这么做成了。接着，李书记出面，在农场工农兵大学生推荐小组里做了一些说服工作，就把我的名字给报了上去。1975年的秋天，我终于如愿离开了远征农场，成了一名工农兵大学生。

吕南方还说，在离开农场时，夏红燕送他去等往县城里开的班车。那时，他情不自禁地拥着夏红燕，不停地流着眼泪。他说，姐啊，如果我以后要是混得好了，一定会报答你的，我会让你过上贵族一样的生活的。夏红燕说，看看，看你又说傻话了不是。只要你心里有我这个当姐的，不论是为你做什么，我都是心甘情愿的。

之后，夏红燕按承诺跟李抗美结了婚，永远留在了农场。1985年，李抗美就出事了，是在一次下割胶连队检查宣传栏时，他的癫痫病突然发作，倒卧在一条小水渠里淹死了。有时候，一个人的生命就是这么脆弱！李抗美死后，夏红燕守着他们的独生女儿，一直没有再嫁。

那天晚上，我在听了吕南方讲述的，关于他和夏红燕的故事之后，就一直在唏嘘感慨。我想不到他们当年兵团生活的圈子里，居然也会有这样侠义、理性、决绝的女孩子。当然，这也让我由此对这个叫夏红燕的女人充满了敬意。也就是在那天晚上，我问过吕南方，滴水之恩涌泉相报，这一点我当然明白。可是，一个人回报另一个人的方式，可以是多种多样的。我就是不明白,你为什么要承诺让夏红燕过上像贵族一样的生活呢?你想想,那时可是在 1975 年,当时的中国还没有搞改革开放。国门紧闭,眼界狭小,压根就不知道富裕生活、贵族生活到底是怎么一回事吧?

吕南方说,你要知道,当年,我们这些人可都是高级知识分子的儿女!这可能是和我们那时共同喜欢阅读的法国小说有关系吧!《包法利夫人》《巴黎圣母院》《约翰·克利斯朵夫》等我们都读遍了。印象最深的是司汤达的小说《红与黑》。那部小说的主人公是个混在贵族堆里、一心想向上爬的穷小子,叫于连。总之,法国小说里有很多关于法国上流社会、贵族生活的描写。中学时,我们就经常在一起讨论这本书,这个人物,还讨论过所谓的贵族生活。

2005 年仲秋的一个周末的下午,我正在家里看书,这时,门铃响了。我打开内门,隔着一道栅栏门往外看时,门口站着的居然是一个漂亮、陌生的女士。我问她,你要找谁?她则反问我是不是姓刘,叫刘子扬?我说我是刘子扬。她又问我,你认不认识一个叫吕南方的人?吕南方,她为什么要问吕南方?我一时间有点儿反应不过来。但我的下意识在告诫自己,不能随便向这个陌生女士透露有关吕南方的任何信息。这时,正好我的妻子走了过来。她朝门口站着的女士瞅了一眼,然后用方言对我说,她就是吕先生的老婆。我也用方言说,你怎么知道?妻子说,早几年见过。我这才隐约记得,好像很久以前,妻子曾经说过,她在她们宾馆的大厅里见过吕南方一家三口的事。只是,这时离吕南方买下这套公寓已经过去了四年。

四年之后,吕南方的夫人终于找到了他藏娇的"金屋"。这件事情说明了什么?说明纸包不住火,说明中国妇女的眼睛是雪亮的,说明吕南方的保密工作并没有做好。也许，他以为经过了四五年都没出事，就可以掉以轻心、就可以高枕无忧、就可以瞒天过海？没想到，到底还是东窗事发了。

既然事情已经瞒不住了，我也只好打开栏栅门，请吕夫人进屋里坐，并给她沏了一杯茶。看了我的举动，彼此心照不宣。她心里明白，自己找对了人。她用那双很漂亮的眼睛盯着我，问，你应该就是南方的朋友刘子扬吧？我说，我是。她只是简单地跟我说，我叫吴素蕊，吕南方的妻子。我乘时仔细打量了她，她盘了个顶髻，淡妆的脸上神情有些晦暗、有些沮丧，但从装束、举止上看，她的确是一个有风韵、有气质、又端庄的知识女性。我问她，你找我有什么事情吗？她说，南方出事了！

我一听就急了，问她，吕南方到底出了什么事？吴素蕊说，他现在正被区纪检委员会的人双规，估计是和经济问题有关系。不过，具体是什么问题，涉及的数额到底有多大，性质到底有多严重，我就不清楚了。说实在话，我现在也是心慌意乱的。我问她，那你怎么知道我是吕南方在三亚的朋友？又怎么会找到我们这个小区？她说，这点我们就不必细说了吧。总之，南方的手提电脑在我手里。我查到了你给南方发的那些电子邮件。我这才恍然大悟。因为物业、水电账目以及台风所造成的窗户损坏一类事宜，我确实给吕南方发过不少电子邮件。这个漂亮的女人脑子绝对够用，通过电子邮件找到我，根本不成问题。既然事情都已经到了这个份儿上，我想，我也不应该再瞒着吕南方的夫人了。再说，这女人现在是心急火燎，是在想办法救吕南方。我是这么推断的：在吕南方出事之后，她肯定查了吕南方手提电脑上的电子邮件，肯定是在查的过程中，查到了我给吕南方的电子邮件，知道了吕南方在外地有房产的信息。我想，她或者是想了解吕南方到底有多大的经济问题，或者是想变卖房产,以便帮助吕南方及时退赔受贿的赃款,渡过难关什么的,所以她要大老远的亲自跑来找我。她问我,南方的房子在哪里?我说,就在楼上,六〇四号,是一套复式公寓。

我还告诉吴素蕊:这套公寓业主的名字用的是夏红燕。她盯着我,皱着眉头提了一连串的问题:吕南方和这个夏红燕是什么关系?这个夏红燕是不是吕南方包养的二奶?这女人多大年纪,是哪里人?有没有职业?他们有没有孩子?我说,吕南方和这个夏红燕是中学的同学。同龄人。当年还是知青时,俩人一块儿从广州下放到了海南岛中部C县的远征农场。至于她的职业嘛,我听吕南方说过,夏红燕在农场小学当教师。

他们是同学?吴素蕊在听我这么说了之后,脸上呈现出一副茫然的表情。我说,你以为呢?是那种通常的二十多岁、年轻漂亮、性感十足的女孩子?她说,这么说来,我们家南方是个另类?我说,另类不另类我搞不懂。不过,你要不要先到楼上的公寓房去看一看?在吴素蕊点头表示同意之后,我就把她带到六〇四房。我边开门、边解释说:因为我们是邻居,吕南方给了我一套钥匙,他请我们平时帮他管管花草和鱼缸,交物业费、水电费。她说,这些她已经从电子邮件上知道了。

踏进公寓门之后,我看到了吴素蕊的脸色在急剧变化。她里里外外都看了,尤其是在楼上的一个主卧室。看得出来,这个见多识广的知识女性,也对眼前这一套装修得如此精致、漂亮,用罗马柱、小天使、大力神、精致的吊灯等众多欧洲装饰元素组合起来的复式公寓,显得十分惊讶。

吴素蕊突然问我,刘先生,你看看能不能马上联系上这个女人?我当然知道她说的"她"指的是夏红燕。因为吴素蕊是要救人,我也就顾不了那么多忌讳了。我说可以的。于是,我随即回了家,找来夏红燕的电话号码，把电话打了过去。电话里，我把吕南方出事的情况简单地说了一遍，同时，我也提到了吕南方的夫人此时正在他们三亚的公寓里，急等着要跟她商量事情。电话那头的夏红燕在听了我的叙述之后，又仔细询问了我一些情况。她的语气显得十分急切。我说，其实我所知道的也很有限。具体的情况，还是你来之后再问他的夫人吧！夏红燕在电话里叹了口气，说了一句，唉，这个南方啊！她还说了，她马上就会打的赶过来。

之后，我就一直在六〇四公寓里陪着心神不定的吴素蕊说话。

我从吴素蕊的谈话中了解到，她是深圳一所大学的讲师。他们这个三口之家，应该说是一个文明、美满、富裕的知识分子家庭。很可惜，现在吕南方出事了。聊了一阵子，已经是晚饭时分，我请吴素蕊到我家里随便吃一点东西。吴素蕊说，你说，南方都出了这种事情，现在又让我看到了他金屋藏娇，你想想，作为他的妻子，一个女人，我是什么心情？我哪里还有心思吃得下饭？我劝慰说，如果你硬要说这套公寓就是所谓的"金屋"，也许还说得过去。可你要是说，夏红燕就是吕南方"金屋"里所藏的"娇"，那就有点滑稽可笑了。当然了，开始我也这么想过。总之，等看到那个女人，你就会明白我说的话不假了。准确一点儿说，应该是"金屋藏妪"吧！也就是一个"女"字边，一个"区"组成的那个字。其实，说白了，他们只不过是革命友谊。

吴素蕊苦笑道，你很会替你的朋友打掩护！革命友谊？房子的主卧我都看过了，这孤男寡女的，都同床共眠了。这些你还能用同学、战友、革命友谊去解释吗？他这样做顾及我的感受了吗？她说着，也不知想到了什么，眼圈有点儿发红，然后就流下了眼泪。这漂亮的知识女性愁眉不展的样子，真的很好看。她让我想到了"梨花带雨"这个词。

我有点儿奇怪，楼上共有两个卧室，楼下也有一个卧室，这女人居然会这么细心，只是看了一下楼上其中的一个卧室，就能断定两个人已经同床共枕了？大概是女人的直觉特别灵敏的缘故吧！我安慰了她几句。然后，我又把我所知道的关于夏红燕和吕南方的故事告诉了她。这女人听得很认真。看得出来，她也被夏红燕为吕南方所做的一切感动了。她感慨道，南方他应该把这些事情全部都告诉我啊。我是知识分子，又不是那种心眼小得容不得事的俗女人。再说了，回报一个人的恩情，方式可以是多种多样的（这话，居然跟我说的话是一样一样的）。我说，事情既然已经发生了，还是要理性去应对吧！我陪吴素蕊说着话，顺便往家里拨了个电话，让妻子给吴素蕊下碗面条，然后给送上六〇四来。

直到晚上的十点钟左右，夏红燕终于急匆匆地赶到了。看着，或者说是品赏着两个与吕南方相关的，坐一起的女人，不禁让我百感交集；同样都是教书的女人，一个教大学生，一个教小学生；就年龄来说，一个五十多岁，一个才四十岁出头；一个肤色黝黑，神韵质朴、淡定；一个肌肤白皙，气质优雅。只要看上一眼，你就会发现，这对年龄相差不到一代的女人，有着一种很明显的代差。这代差，就写在每个人的服饰上、脸上、举止上。

夏红燕大致说了一下吕南方买下这套公寓的经过。关于购买房产的经济来源，夏红燕说，买下这套房子的钱的来源，吕南方曾经告诉过她，说用的是炒股票挣来的钱。因为南方他有办法拿到某些公司的原始股。我只是坐下来听了一小会儿。我知道她们接下来要谈的事情，我一个外人是不宜介入的。于是，我告辞走了。

这是一个平静的夜晚，但又注定是一个不平静的夜晚。

我站在我家的窗前，看着远处平静的、渔火点点的三亚湾海面。这正是本地捕灯光鱼的季节。我想，远在深圳，身陷囹圄的吕南方是不幸的，但又是幸运的。他肯定不知道他生命中的两个最重要的女人，此时此刻，就这么戏剧性地、一同住进了他在异地所购置的这套候鸟公寓。她们是为了一个共同爱着的男人走到一起的。她们此时此刻，又都在为着他——吕南方这个共同的男人的命运而忧虑。

这个晚上，我也处在一种莫名的不安之中。我失眠了。我自己也不明白这到底是为了什么。毕竟只是邻居吕南方的事，是吕南方犯了事，是身为官员的吕南方自己的行为不检点，触犯了党纪国法。眼下这套六〇四公寓，说不定并不是像夏红燕说的那样，是炒股票得来的，说不定还是吕南方用收受贿赂所得的钱购置的呢？当然，从道理上说，一个官员有这么多的财产来源不明，是应该受指责、受追究的，但生活本身是很复杂的。当官场腐败现象普遍存在的时候，我们就不能仅仅从官员的个人素质去找原因。人欲，不是一个简简单单的对和错的问题。可这一切跟我又有什么关系呢？仔细想想，我之所以同情吕南方，那是因为我一直被夏红燕的故事所震撼、所感动，同时也被吕南方那种懂得感恩、知恩图报的行为所打动。

经过了一个晚上的交谈，第二天早上，我见到她们时，两个神色疲惫的女人已经好得像一对姐妹或者一对母女。她们把六〇四公寓的房产证以及一份由夏红燕签署的变卖房产的委托书、身份证原件等一应文件装进一个大信封，然后郑重地交给我，并让我写下一纸收据。吴素蕊随即跟我约定：她回去后就打听吕南方的消息。在接到她的通知之前，这套公寓房产先不动。一旦有需要，我马上就着手替她们变卖房产。房产变卖所得的款项，全部按照吴素蕊的要求调动。在送走了两个女人之后，我就直接去了一家房地产中介机构找熟人，了解了一下类似地段的二手房出售信息以及办理过续手户方面的程序。

　　一直等到了第五天，终于等到了吴素蕊打过来的一个电话。她告诉我，关于吕南方的问题，她已经通过内部关系打听清楚了。问题并不像原来想象的那么严重。吕南方是因为一个商人朋友违法骗取税款的案子把他给卷进去的。听说，这个商人朋友，还是吕南方在远征农场知青三十周年聚会时跟他联系上的。吕南方为他骗取税票提供了方便。现在，案子已经移送到检察院，可能要按渎职罪起诉。但具体案情吴素蕊没有说明。她说，她现在担心的反而不是这个案子，而是吕南方在三亚的这一套公寓。她不大清楚这些动产、不动产是不是真的像吕南方告诉夏红燕的那样，全部都是用炒股挣到的钱买的。她也不太清楚检察院的人会不会深挖下去。吕南方人现在还在被关押、隔离阶段，不能探视，所以也没法求证。一旦事情暴露出来，这钱的来路如果不清不白，二百多万啊，至少会靠上一个巨额财产来源不明罪。我于是安慰她说，三亚这套公寓的产权，现在是在夏红燕一个人的名下。在这句话里，我其实是在暗示她：即使是真的巨额资产来源不明，夏红燕也会替他担当的。我还说，按夏红燕所说的情况分析，吕南方置办这套公寓的钱，大不了是属于灰色收入而不是黑色收入。

　　又过了五个月，从深圳吴素蕊那里传来了消息，吕南方的案子总算有了结果：他是以渎职罪被判了三年，已经在服刑；出来之后，公职肯定没有了。另外，吴还提到她已经找到了吕南方炒股的账目。对于这个结果，从电话里吴素蕊的口气就可以听得出来，她已经很平静地接受了这个现实。

　　就在这一年的春节，我原以为吕南方出了事，夏红燕就不会再来了，楼上这套公寓春节期间一定是空落落的。让我没有想到的是，这套公寓居然比以往都热闹。入住公寓的竟是吴素蕊和夏红燕，还有她们两人各自的儿女。吕南方的儿子大约十九岁，据说是在广州一所大学读法律系的大一。夏红燕的女儿大约有三十岁了，叫李梅，一眼看上去，就知道是个精明能干的女人。据说，她是在省内的一家旅游公司当导游。大年初一的早上，她还带着两个妈妈级的女人去了一趟南山寺，并动用自己的关系，争取到了新年第一拨香，烧了两柱高香。那俩女人所许的愿，不用猜，肯定都是和祈求吕南方的平安有关。

　　我也乘着春节时她们两个人都在，把委托书和房屋产权证、身份证等还给了她们。一天晚上，我和两个女人在阳台聊天时，吴素蕊告诉我，这回南方出事，坑害南方坐牢的家伙，居然就是当年怂恿南方偷渡香港的那个人。这个人开了一个空壳公司，目的是要套取国税局的增值税发票，他利用了南方。唉，吴素蕊叹了一口气，说，要是夏姐事先知道这件事，也许还能再挽救他一次！

　　夏红燕望着三亚湾的夜空，说，那是他的宿命啊！要不是远征农场广州知青三十周年联欢会，他们也不会联系上。要不是南方这个人太重感情、讲义气，事情也不会闹到这种地步。这时，在客厅和阳台间踱来踱去，一边放着MP3音乐，一边听我们说话的吕南方的儿子——一个青涩的大男孩，突然冒出一句很时尚，但感情色彩含混、让你听不出是爱还是恨的话：都是战友惹的祸！

　　这话，让我听了会心一笑。

　　春节期间，吕南方人当然没能来。按他夫人吴素蕊告诉我的消息，他至少要两年后才能出狱。

傍晚的心情

如果不是碰上刮风下雨天，何雯丽每天都会准时在下午六点三十分，把她们那辆装载着饮具、食品、小台子、小板凳等物品的手推车，推到这个城市的友谊路和天涯路交会处的一个十字路口的边上。她们摆的是一个卖清补凉和汤圆的流动摊档。除了她，还有一个叫阿月的姑娘当她的帮手。阿月是个手脚勤快的乡下女孩。

摆好台子、凳子，支好锅灶，时间一般是傍晚的七点左右。这个时候，人们晚餐吃下去的食物还没来得及消化，基本上不会有什么食客光顾。当她们把所有的准备工作完成之后，一时间闲着没事可做，何雯丽就会呆呆地看着天边的晚霞，或者走到对面的书报摊去，翻翻报摊上摆的报纸、杂志。有时，她原来单位的同事、好姐妹秦芳也会散步过来看看她。于是，俩人就聊聊天。赶上秦芳有兴致的时候，也会让她陪着去逛逛商场，或者两人相伴着去做头发。这时，摊子就全交由阿月照看。

说起来，这个摊档还是秦芳帮助她张罗起来的。屈指数来，这种日子已经过了两年半。现在，她已经习惯了这种生活。她甚至觉得，干这种个体摊贩，挺自由的，要比早先当上班一族强多了。

现在，她总算有了好心情去面对生活。想想刚下岗那阵子，栖栖惶惶的、没有安全感的她，可没有这样的好心情。想想这一路走过来的情形，她觉得，这人生啊，顺顺利利的，并不见得就全是好，生活就是要有波有折，过得才有滋有味。

三年前，当她们所在的那家国有企业因为经营不善，宣布百分之九十五的职工将要放长假的时候，她也被列入了单位里放长假人员的名单。最初，她并不是那种像当头挨了一棒或是坠入深渊的感觉，她只是觉得一片茫然、不知所措。她还是幸运的，因为对于她们这个双职工家庭来说，毕竟还有丈夫在单位里上班，还有一份工资，毕竟还有丈夫在那百分之五的留守人员中。

那时，一种灰暗的、失望的情绪几乎笼罩了公司的每一个下岗职工，各有各的感受：沮丧、愁眉苦脸、忧心忡忡……但有一点是共同的，人人都在诅咒、憎恨那些敢跟他们竞争，抢他们生意的私营公司。大家都不相信，一个好端端的国有企业就这么完了，总在幻想着，国家迟早会收拾那些私营公司，会出台个什么特殊政策，扶持像他们这样的国有企业，让他们继续垄断或者部分垄断市场。

他们的总公司原来的名称叫"物资局"，后来改成了"物资总公司"。计划经济时代，他们做的可是独家生意，统管着周围几个市县的物资采购、供应、调配。那时，单位的效益未必见得十分地好，但每年总会有一些赢利，公司也因此人丁兴旺。后来，国家开始搞市场经济，先是双轨制而后又过渡到完全市场经济。一有了竞争，他们的劣势就显露出来了，人浮于事、信息不灵、决策失误……企业开始每况愈下，接着越来越撑不住了。钢材、水泥、木材、化工用品……几乎是做什么亏什么。公司让几任经理折腾下来，名下的不动产也差不多被用于抵押贷款搞光了。

下岗的那一年，何雯丽刚刚好三十八岁。一个女人在这种年龄段，如果有家庭、有丈夫、有儿子、有单位、有工作，本来应该是活得很平静、活得很充实的时候。可是生活一下子就发生了那么大的变故：碰上了改革开放、市场经济，碰上了国企改革，下岗失业。这就让她的人生前景变得难以预料，她的心情自然也因此难以平静了。在三亚这个以旅游为支柱产业，没什么工业企业的城市里，要想再找一份工作很难很难，到处都是像她一样的下岗人群。一下子就没班可上了，让她觉得心里空虚、烦闷，觉得无所适从。

对她来说，每天都过得那么乏味、那么漫长。

为了节省手里那一点儿可怜的钱，每回逛市场，她都能把手里的纸币攥得出汗。后来，她还找到了一些采买的小窍门。比如，每天下午六点以后，在菜贩、肉贩、鱼贩将要收摊时，她才上市场去买菜、买肉、买鱼。花很少的钱就能把那小贩卖剩下的菜全包过来，肉是捡那些已经不那么新鲜、肉贩子准备便宜处理掉的剩肉买，鱼也是捡小的捡便宜的。每次都努力跟小贩一毛一毛钱地砍价，仔细地计算着怎样能少花钱，弄得自己都觉得自己俗不可耐。虽然是这么努力地省着钱，可那钱还是不够花。

俗话说，半大小子，吃穷老子。实际上，现在应该改成"花穷父母"。上高一的儿子不停地要用钱。好在他们的儿子争气，是块儿读书的料。从小学一路读到高中，成绩在班上年年都排在前三名。不然的话，他们早就打算让儿子去读中专，早毕业早点儿找一份工作。

面对家庭经济的窘况，已经成了空壳子公司办公室主任的丈夫也无可奈何。

何雯丽总是郁闷、愁眉不展。因为心情不好，从前极少言语、平心静气的她，也变得爱唠叨，爱发火。她心里老是担忧着家里这种经济情况，家里人如果生了病怎么办？儿子如果考上了大学没钱供怎么办？看来，光靠节省并不是办法，再不想办法去挣点钱，光靠丈夫那几百块钱的工资和她不足一百元的下岗生活补贴，看来是不行了。只是，她一直在彷徨，也不知道自己该干些什么。

那天，她在市场的批发一条街碰上了秦芳。在单位时，她跟秦芳好得就像亲姐妹一样；只是下岗后各人忙各人的事情，一晃，都差不多有半年没见面了。公司刚刚裁员时，她就觉得秦芳命运比她还要悲惨，因为秦芳是夫妻两个人一块儿下岗。尽管如此，公布下岗人员名单时，秦芳却显出一副无所谓的样子。

秦芳的老公吴越原来是公司的货车司机。他们夫妇被单位裁减之后，马上就自找门路，出去开了个商铺。秦芳是个土生土长的本地人。她母亲原来就是沿街摆摊做生意的小贩，家里的三亲六戚，也多是干个体户出身，实行市场经济对他们非常有利。他们家族的人一个个是既有本钱又有经验。所以，秦芳夫妇一出单位，就如鱼得水，马上开了一片电器商行，一下子就成了店老板。这让许多同时下岗的员工既羡慕又妒忌。

何雯丽因为自己活得不好，不免有很重的自卑感，既不好意思，也没心情去找那些往日的姐妹。是啊，让人家看着从前活得还算不错的自己现在这一副穷酸模样，也实在是掉价。眼下，一见秦芳那身珠光宝气的、入时的穿戴打扮，她就故意背过身子，佯装着没看见秦芳似的。她是想要躲过去。

秦芳却眼尖，远远见到了她，就大大咧咧地招呼开了。既然人家都已经看到了，也就没法躲了。俩人站着说了一会儿话，秦芳高兴的又是拉她去做头发又是请她去吃西餐。何雯丽在批发街上买的一兜子卫生纸、洗衣粉、酱油、粉丝之类的东西，也被她抢着付了钱。那一个上午，秦芳一下子就花掉了七八百块钱。何雯丽感慨道，"秦姐，你可真有钱。"秦芳说，"人只要舍得做，怎么会没有钱呢？"跟着问了她的情况。她说，"唉，没钱。日子很难很难过，可我又不知道该干些什么。"

秦芳说，"在城里你能干什么？你又没有土地、没有房产、没有资本、没有技术，最现实的，不就是做个小摊小贩，开个小店小铺小摊什么的！只是怕你脸皮薄，不敢干。"何雯丽说，"我是没干过，也不知道自己行不行。"秦芳叹了口气说，"要我说你啊，又不是让你去偷去抢去骗，有什么不行？人家那些从农村进城打工的人在城里都能找到活路，能站住脚，你反倒不如人家了？"何雯丽就问她，"如果要是摆小摊的话，你看摆个什么样的小摊好呢？"秦芳说，"找个简单的，本钱少的。这样吧，我看你干脆就摆个买清补凉、买汤圆的小摊档吧！我妈原来也是干这个的。我们家里到现在还存着那些工具。过两天，我会把那些东西全部清理出来，全部送给你。你也不用花钱置办，等于省下一笔钱了。"何雯丽说，"可我也不懂怎么经营啊。"秦芳说，"你怎么这么笨啊？一碗汤圆收三块，一碗清补凉你也收三块。汤圆是把糯米粉用温水调了作皮，白糖花生芝麻作馅；清补凉的做法是把绿豆、红豆、红枣、通心粉七八样东西煮熟了，捞出来，分装在几个盒子里，吃的时候兑点儿冰糖水就行。你连这个都不懂？"何雯丽吞吞吐吐地说，"不是说这个不懂。主要是万事开头难。这一开头，我就不知道应该怎么弄。"秦芳说，"明白了，明白了。其实啊，你就是放不下你那个臭架子！我要是混得像你现在这个样子，做'鸡'的心都有了。好吧，我帮姐妹帮到底，我就陪着你做一个月。"

筹备了几天，何雯丽的小摊子就开张了。她人乍一站到马路边上作生意，就觉得羞羞涩涩的，脸皮子发热；见了熟人，目光也不敢迎着人家瞅，手脚也不知道该怎么摆。平日里做家务也是做惯了的，只是一到这种场合，人就显紧张，动作也生硬，笨手笨脚的。

好在有秦芳唱主角。

秦芳可不像她那一副腼腆相。站在马路边的秦芳，大大方方，一副笑脸，只要看到有人走过来，远远的就主动招呼，"喂，来帮衬我们一下啦。我们都下岗了，单位没有工资发，摆个小摊混碗饭吃。请光临啦。"

何雯丽一边拉她的袖子，一边悄悄说，"人家要吃，他不会自己坐下来叫你？你怎么能像做广告一样，像生怕人家不知道似的乱喊乱叫，弄得满大街的人都看着你！"

秦芳用方言骂了她一句挺粗俗的话，接着又教训她，"你也别像只呆鸟似的！做生意的人嘛，嘴巴就是要甜。其实有很多路过的客人，都是处在又想吃又不想吃的状态，但让你热情招呼他两句，说两句好话，他说不定就帮衬你了。"

这秦芳，到底是在小商小贩人家长大的女儿。

那个月生意特别好，除去本钱，她们赚了近三千块钱。结算时，秦芳把钱全都给了她。她知道秦芳并不缺钱，但她觉得这钱不能自己全要。她说，"这个摊子是你帮助我张罗起来的，这已经让我感激不尽了。"秦芳说，"算了，算了，我们是谁跟谁啊。再说了，我这也不单单是为了你。"何雯丽不解道，"不为我们姐妹交情，你还想为什么呢？"秦芳于是就意味深长地笑着说，"你说呢？"

何雯丽看她一脸的坏笑，就知道她指的是什么了。

从前，这个秦芳可是追过求邢泽南的。邢泽南就是何雯丽现在的丈夫。

邢泽南是二十世纪八十年代初海南大学文科毕业生，人长得文弱且修长。当年，他一分到局里（那时叫物资局），就在局办公室里当秘书。那时候，他可是物资局里小有名气的笔杆子，平时除了给单位起草文件，还时不时的会有一两篇小文章在地区的报纸或杂志上发表。文章发表出来之后，编辑部会汇过来十元、二十元的稿费。邢泽南也大方，就用这笔钱买些花生、糖块什么的请大家一起品尝。二十世纪八十年代初，计划经济年代，各种路子都被堵死了，挣钱的门道极少。写点儿小文章，一经发表，名利双收。一个有文凭的大学生，又能写文章，邢泽南是很让人羡慕的。为此，单位里就有不少女孩子喜欢他，暗恋他，甚至公开追求他。

秦芳就是其中的一个。

秦芳也曾频频向邢泽南射过丘比特神箭，可就是射他不中。其实，这也怪不得人家邢泽南刀枪不入，要怪就只能怪她那种追求的方式不含蓄，太过于赤裸裸，太没有艺术含量。比如，见到邢泽南的衣服脏了，她就会大大咧咧地说，"唷，书呆子，你看你把衣服穿得那么脏，也不怕人家笑话你。快脱了，让妹妹我给你洗洗吧。"那口吻、那股亲热劲儿，让人听了觉得她就像对待自己的孩子或老公一般。实际上，他们的恋爱关系，八字还没有一撇呢。

秦芳跟何雯丽相比，俩人个头一般高，除了长得壮实一点儿、黑一点儿，五官长得一点儿也不差。何雯丽因为长得白一点儿、苗条一点儿，所以看上去就显得比她秀气。秦芳的性格也像她那个当小贩的母亲一样，风风火火、大大咧咧、敢作敢当。她那种极具个性的求偶方式，实在是让这个年轻、书生气十足的才子接受不了。

后来，当邢泽南看上她的好朋友何雯丽，并开始向何雯丽秋波频递的时候，秦芳就开始妒忌了。不过，即使是妒忌，她也有自己的独特的表达方式，一点儿也不藏着掖着。她们同住在一个宿舍。下了班回来两人一照面，她就会板着脸跟何雯丽说，"雯丽啊，啧啧，我一见到邢泽南看你时的那幅痴呆的样子，就特别恨你！"何雯丽说，"秦姐，眼睛长在他身上，干我什么事嘛？"秦芳说，"你是真的不知道还是假装不知道?"何雯丽当然知道秦芳指的是她正在追求邢泽南,才子却倒过来追她,当然会让秦芳没面子。就说,"姐,你看你那副吃醋样子,我就是跟谁争也不能跟姐你争啊!行行,我发誓不理他就是了!"

就为了这姐们义气,之后的几个月里,她真的不理睬才子了。每次才子找由头要跟她说话时,她就故意翻白眼,或者干脆转身走人。一来二去,搞得这个物资局才子人像是丢魂落魄似的。可就在何雯丽故意冷落、疏远邢泽南的那段时间,秦芳跟他的关系也没有什么进展。后来她也明白了,感情这种事是不能勉强的,两人对不上眼你有什么办法。于是,她倒过来劝何雯丽,说,"行了行了,我跟他算是没有缘分了。你还是赶快跟他好吧。肥水不流外人田。你们要是再这么闹下去,我就怕他会被五交电那个杨玉爱给勾走了。反正便宜你也不能便宜那个妖精。"

为了让她习惯经营这个小摊子,秦芳还专门过来带了她一个月。一个月下来,让她把脸皮练厚了,生意也操练熟了。她每天晚上忙忙碌碌直到凌晨三点才收摊,白天又要操持家里的事,根本没心思、没精力去想生意之外的事情。时间一长,也就不在乎什么面子不面子了。碰上单位的熟人,她也敢大大方方地招呼,互相还问问各自下岗后的生活情况。就是碰上一些爱说荤腥话的老少男人,她也能顺水推船,笑着跟人家搭讪。没多久,她又找了那个叫阿月的乡下姑娘来做帮手,赚下的钱,她们三七分。于是,生意也越做越顺当。

一次,来了个老板模样的广东人,这人色迷迷的边看着她的操作,边搭讪,"大姐呀,你然(人)长得那么标(漂)亮,为什么要干治(这)个啦?"何雯丽笑着问他,"那你说,我不干这个,该干什么?""你可以到我公司来着细(做事)啦。""成堆成堆年轻漂亮的小姐你不找,找我这样的老女人有什么意思?""我这个然(人)就细(是)喜欢成熟一点的啦，女然（人）成熟一点才有味啦。""那就找你妈好了。你妈不是更成熟？"那咸湿的广东佬只吃了一碗汤圆、两只馍，按说最多也就收人家五块钱。但她故意说要收他二十元。广东佬一听到要收他二十元，就叫道，"有没有搞错呀，怎么这么贵啦？"何雯丽也学着他的广东腔说，"不贵啦，我治（这）两鸡（只）馍细（是）德（特）制的啦，物咬（有）所值啦。"广东佬听了之后，就笑着摇摇头，说："细（是）啊细（是）啊，你那两只馍顶好的啦。"跟着，就高高兴兴地把二十元付给了她。

广东佬的那副神情让她觉得有趣。觉得有趣过后，她又想：要是让那个书呆子丈夫知道自己从前那么文文静静的妻子，现在也变得这么粗俗，也懂得跟那些粗野男人调情打俏地做生意，还不知会做何感想呢？又想，其实这些人也并非坏人，他们只不过喜欢在女人面前说点儿荤的，也不过是图个嘴皮子痛快罢了。

自从摆了那摊子后，他们家的经济状况就宽裕多了，上街时也不用再跟菜贩子斤斤计较，家里的、儿子的样样开销也不再让她为难。一年后，她还给家里每个人都买了一份疾病保险，给上高中的儿子买了一台486电脑。

秦芳这天来找她的时候，是晚上的十点钟，正好是何雯丽忙的时候。秦芳是骑着一辆崭新锃亮的光阳牌踏板式摩托车过来的。何雯丽看着她那辆簇新的摩托车，就笑说，"唷，姐又新买了一辆摩托车？"秦芳淡淡地说，"是老公给买的！"何雯丽就羡慕地说，"你看看、你看看，人家吴越多疼你。你啊，还总板着一副死脸。你这就是身在福中不知福了！"

一听这话，秦芳就恼火了，"放屁！是他找了个相好的。他是怕我闹他，才讨好我，给我买的。再说了，我们家的钱也不是他一个人挣来的。"何雯丽看她生气，就劝道，"姐，看得开一点儿。男人嘛，都是这副德行，哪只猫不沾腥？反正他也不敢跟你离婚。"秦芳听了，就怪怪地看着她，似笑非笑地问，"这么说，你们家那只'猫'也沾腥？"何雯丽朗声笑道，"他啊，其实是那种有贼心没贼胆的男人。每天一回来就迷着书、迷着围棋。"

秦芳感慨说，"唉，我那老公要是也迷着这些高雅的东西，那我就要到南山寺去烧高香，感谢观音菩萨了。"何雯丽说，"唉呀呀，百人百样嘛，吴越他能赚钱养家糊口就行了，姐，你还要求他那么多干啥。我要是有你这命，就好了！"说着，特地给秦芳烫了一只碗，上了一碗清补凉。吃过清补凉，秦芳就说，"老娘今天心烦，你陪我去海边逛逛？"何雯丽说，"你没有看到我在忙吗？"秦芳说，"你损失多少，我翻倍赔你行吧？赚那么多钱又有什么用？钱多了，男人就会拿着去包二奶找小蜜。"何雯丽笑着摇头，于是把摊子交给阿月。

俩人就骑上摩托车四处兜风。之后，她们在海湾的一处广场停了下来。

坐在海边，俩人一边看着退了潮的海滩，一边谈起那个只存个空壳子、不死不活的单位里的事。秦芳说："我听说公司的办公楼最近让法院给封了。"何雯丽说，"泽南前几天就已经跟我说过这件事。""那他们准备搬到哪里去上班？""说是要另租个房子。""那破公司既然都已经成那样了，干吗还要死死撑着？""听泽南说，公司王总的意思是，只要撑着个架子，一有时机，也好向银行贷点款，或者哄一些不知底细的人过来合作。只要一搞到钱，各人分一点。"

秦芳说，"现在的人也不会这么傻啊。"何雯丽说，"所以他一回到家就老是叹气，说什么鸡肋啊鸡肋啊！""他这话是什么意思？""我开始也不明白这是什么意思，后来他解释说这是《三国演义》里曹操和秀才杨修之间的一个故事。意思是鸡的肋骨，你想要吃吧，也没什么肉，想要扔了吧，又因为还有些味道而舍弃不得。"秦芳说，"哦，明白了！不就是左右为难的意思吗。真是个书呆子。如果要是这样的话,我看你就应该劝他早点出来,自谋生路。"何雯丽说,"他的生存能力差得要命。要是公司完全垮掉了,我还真不知道他这书呆子出来后能干些什么。反正我就这命了!"

秦芳点着她的头说,"行了行了,你也别抱怨人家才子没本事,不会赚钱!其实啊,人都是逼出来的。就像我妈,当初要是有个国营单位的班好上,她又何苦去当什么小商小贩。她要是不当小商小贩,我们后来又哪会有那么多本钱做生意?就说你吧,当初不是也像个傻子似的不知道应该干些什么!谁让我们生活在这个变化得太快的世界上呢?"何雯丽说,"姐啊,你说话就总是向着他。说真的,还是你老公吴越能干。他给你们家赚了那么多钱。"秦芳说,"那我们可以交换啊。我也是说真的!要是你们家泽南当初看上我的话,我这一辈子情愿做牛做马,挣钱养着他。让他每天可以安安闲闲地在家里写写文章、下下围棋,过他想要过的高雅日子。"何雯丽说,"啧啧,姐啊,你这话怎么说得让我听着都起鸡皮疙瘩了。你说,都过了这么多年了,还在痴情姐妹的老公?而且还好意思说出来?"秦芳说,"我跟你谁是谁,我有什么不敢说的?真的,我不嫌他穷,不嫌他书呆子气。如果你不想要了,就让给我。我要!""那你那个吴越呢?""休了!"说着,两人女人就笑着抱成一团。

在海边散步时,何雯丽就想:这个世界总不可能那么完美,总会有让人遗憾的事情,就像她和秦芳。当然,如果单纯从养家糊口的角度去想,秦芳和泽南,她和吴越搭伙,也许会过得好一些。不过,说是这么说,要真的选择,她心里还是爱着自己的老公、自己的家的。照他们男人们的说法是:老婆是人家的漂亮,儿子是自己的好。她可不同。她是个很传统的女人。她的想法是:不论老公还是儿子,都是自己的好!

美人迟暮

我的中学母校建校五十周年的校庆庆典，选择的时间是国庆节长假期间。据说，为了办好这次校庆，母校方面已经足足筹备了大半年。就在校庆庆典之前的半个月，学校方面还把各届毕业生的召集人请到学校去开了会。会议名义上是向各召集人传达校庆活动的程序，实际上是在做向学校捐款的诱导。因为召集人带回来的主要信息是：某届某人捐了一座球场；某届某人捐了十万；某届某人捐了……你只要不是傻瓜，就不会不知道人家的用意。在听到这样的信息后，一般人心里肯定会犯嘀咕：人家都捐了，榜样就摆在那里。你呢，是不是也要有所表示？总之，在我看来，母校方面举办的这次校庆活动的动机十分可疑。

由此也可以猜得出来，校庆活动的策划者、组织者非常懂得人的心理。人嘛，谁都会有一点儿虚荣心，总是想在当年自己的同学、老师面前炫耀一下自己如今混得如何如何出息、如何如何成功。同学聚会，又是人生难得相逢的场合，在这种特殊时候，人的虚荣心往往会表现得异常突出。农耕时代是衣锦还乡，而且还不能锦衣而夜行，要在大白天，在乡亲邻里的面前展示自己的辉煌。现代社会，人口的流动性极大，特别是我们班，多数是生活在城市里的人，也没有需要在乡村的左邻右舍面前摆显的必要。而人的这个虚荣心，就像肠容物一样，你总是要有个排泄的出处不是？这正是策划人成功实施策划的基础。你不是想要表现自己的成功吗？你不是想要让母校以你为荣吗？你不是不想不要锦衣夜行吗？那好啊，我们就给你提供一个在你昔日的老师、同学面前，展示你成功的舞台。成功怎么界定？世俗的所谓成功，也无非是权力、金钱。校庆绝对是一个让成功者展示自己成功的最好时机。

说心里话，我一直对校庆、同学聚会这一类活动不太感兴趣。如果是单纯的叙叙旧，从当年中学同学这面镜子里，看到当年青涩的自己，然后谈谈各自现如今的情况，也是一件很有趣的事情。可惜，时代让很多事情都变味了。正如这所谓的校庆，往往是借着校庆的由头搭一舞台，敛财才是真实的目的。说实话，现在国家对教育的拨款多，学校并不穷，而我们中的绝大多数人也不富。

我在我中学同学当中，不属于那种混得不好的，也不是所谓的成功人士。我是个自由职业者，心态自由，日子也过得优哉。老实说，我特别喜欢、特别享受我现在这种状况。这让你能更好地观察人。因为你如果混得太好了，人家会仰视你、妒忌你，不一定会跟你说真话。如果你混得不好，人家就会俯视你，甚至担心你来借钱，也不屑跟你交流。我一直认为，就我现在这个样子，让别人能平视你，是处于最容易跟各个层面的人推心置腹的状况。

我们这一届同学会原来是这么计划的，居住在岛北的同学，先在校庆的前一天下午赶到岛南，与岛南的同学聚会。然后在第二天早上，一起乘车到岛中，参加母校的校庆。

只是人算不如天算。

到了这一天，正好是台风利沙登陆之时。你说说，这是不是正好应了民间那句"贵人出门多风雨"的俗话吗?当然,在这里还需要再翻造一下:"贵校校庆遭风雨"。事实正是这样!那我们的母校,想来就应该是很有点儿"贵"气的学校了。

为了能和昔日的同学聚会,外省区也有不少人想乘校庆之机过来聚一下。只是因为受到台风的影响,航班取消。于是,很多同学都临时取消了预定的行程。何月美也是临时取消行程的同学之一。以往的几次聚会,何月美都是女同学中的中心人物,男同学心中的女神。这不仅仅因为她是当年学校的校花,更因为现居广州的何月美,已经是个有名的大夫,是个很受人尊敬的妇科疾病方面的专家。

何月美的缺席,让我们都觉得有点儿惋惜。

当天的晚宴,就由岛南的同学会做东宴请。地点是三亚市一处高档海鲜酒楼。落席时,男同学集中坐满了两大席,女同学来的人少一些,就集中坐了一席。原来有人提议,男女同学要混合着坐。但我们这些20世纪70年代初的中学男女生,当年可不像现在中学的男女学生那么放得开。那时,男女生相互之间基本上不说话,早恋的事情极少发生。所以,如今的同学聚会,众人还是按照当年的惯性,男女同学分席入座。

岛北的同学带过来一箱五粮液,岛南的同学搬出来一箱茅台酒。经过商量,大家决定就喝茅台。分别了三十多年的中学同学,如今能有机会聚集在一起,重温一下旧时的同窗情谊,往昔岁月,现今变化,大家都很开心。同学之间相互成为镜子,说起当年同窗时的轶事,都十分感慨。

二排的林金凯,如今已是一个成功的商人。我听岛北的同学说,他们家开了两家超市,还经营着一家物流公司。他同时也是岛北同学的召集人之一。当年在中学时,林金凯是年级里的篮球队队员,经常代表校队出去打球。他除了长得一表人才外,还是他们班的体育课代表。酒过三巡,留着平头的林金凯站起来,高举着酒杯,他说,我有一个提议,我们都已年过半百了,当年我们男女同学之间,互相有些什么事情,就都不要保密了吧。我猜到了他想要说什么,也附和着说,是啊,是啊,国家有一个档案保密法,过了三十年,档案就可以解密。林金凯接着说,所以,当年我们这些同学之中,有谁曾经暗恋过谁,或者谁跟谁有过实质性行动的,现在都可以说出来了。

一听到这个话题,酒席间的气氛就开始活跃了。我们这些都已经年过半百的同学,都开始嘻嘻哈哈笑了起来,仿佛回到了年轻时代。众人一开始是相互揭发:谁当年曾经给谁写过字条;谁暗恋过谁;谁当年还悄悄摸过谁的手;等等。到了后来,就有人提议,大家还是自己主动坦白吧。林金凯举着酒杯说,好吧,那就先从我开始吧。我当年喜欢的是余小倩。不过,那只是一种朦朦胧胧的感觉。他说的这个余小倩,要低我们一届,认识她的人不多。坐在我边上的裴超骏对林金凯说,当年暗恋你的女同学多的是,你干吗不请她们坦白一下嘛?林金凯于是走到女席边上宣布,当年有谁曾经暗恋过我的,现在都说出来!我们可以一起喝一杯交杯酒。于是,女同学聚集的席中,就有曾月惠和刘建玲两个人,笑嘻嘻地先后站了起来。曾月惠说,我那时就暗恋你。可你那时看都不愿意多看我一眼,让我伤心!林金凯说,不懂你的爱,那是我的错误!一干人就起哄说,那要怎么改正错误呢?有人提议:那就抱一抱吧!他们真的抱了抱,然后两人还喝了所谓的交杯酒。后来,林金凯也跟刘建玲喝了交杯酒。

没想到林金凯十分随意、搞笑的举动,竟让刘建玲十分感动。

看着女席那边的热闹,我们岛南同学会的召集人杨文说,我们这边大家也相互坦白一下吧，当年谁喜欢过谁了？可惜何月美这一次没有过来。她当年可是我们学校的校花哦，暗恋她的人，应该是最多的。裴超骏说，她现在又不在场，说这个话题，最好是要让她知道才有意思。我说，那我们现在就跟她联系啊！杨文说，好啊，好啊，我现在马上跟她联系，让她也知道，当年是谁曾经暗恋过她。谁有何月美的手机号码？坐在我左手边上的张远牧说了一个手机号码。我说，她手机后面的四位好像变了，已经改成了3749。杨文因此显得有点惊异，说，一东啊，你小子怎么会知道这个？我说，她也是鄙人当年的梦中情人啊。坐在我右手边上的裴超骏，马上站起来握住我的手，用米老鼠、唐老鸭式的夸张动作和我握，说，同情兄啊，同情兄啊。那夸张的举动，惹得众人一阵哄笑。张远牧说，上次何月美来三亚旅游时，他们就联系上了。之后，两个人就一直在相互通电子邮件。

关于中学时代的何月美，在我的心中一直保留着很多很美好的记忆。中学时代的何月美，长得苗条秀美，一张标准的瓜子脸，一双扑闪的大眼睛，梳两根大辫子，能唱能跳，是我们学校里公认的一朵校花。那时，何月美的家住在州人民医院的家属大院内，我们家则住在州委大院内。两个大院中间隔着一条马路。每天上学时，她总是要穿过我们家所住的州委大院的西门，到我们大院里来约上同班的女同学余秀娟，然后再从大院北面的一个侧门，向学校方向走去。

有一阵子，我们大院里一帮刚刚上小学的毛孩子，受了一个高我们两届的男孩张志松的唆使，每次一见到何月美从边门进到我们州委的大院内，一个男孩子就会领头喊道：何时月最美？紧接着，是一帮男孩子扯着嗓子，齐声声地应和道：八月十五月最美！然后，便是何月美板着脸的训斥：你们这些小鬼，欠揍啊！我们大院里的那些孩子，一看她板着脸在吓唬他们，就哄地一下子全部跑散了。

在知道她上学的规律后，我那时也想让她注意上我。我总想制造一个邂逅的机会。估计着她要过来了，我就会在边门的入口处拿着弹弓打鸟，或者是在门边上随便找点什么事磨蹭。我设想，她看到我会主动跟我搭讪。我觉得她至少会问我一句：冷一东同学，都快要到上课的时间了，你怎么还不去上学啊？可惜，她一次也没有主动跟我说过话，甚至理都没有理睬过我。这让我很失望。

杨文按我说的号码，很快就拨通了何月美的手机。杨文说，是何大美人吗？我是杨文啊。我们海岛二中 74 届同学现在正在三亚聚会——现在吗？——现在大家正在喝酒。刚才，二排的林金凯提议了，要验证一下当年谁曾经暗恋过谁。哦——你是说我们班吗？我们班今天来的人有林国庆、杨虞茹、施玉明、厉小敏、张江南、王叔青、白超英、冷一东、郭明弟、许章……总之，现在已经有几个男同学都招供了，都说你就是他们当年的梦中情人。你想不想知道都有谁？

他们说了一会儿话，林金凯在女席那边叙了旧情，喝完交杯酒之后，回到我们这桌。他也抢过手机，跟何月美说了几句。接下来是裴超骏……

酒宴终结时，已经是晚上的八点钟。这时候，酒店外面风雨大作，看来，是台风利沙的先头部队登陆了。岛北来的同学登上旅游车，回到他们下榻的宾馆。我们岛南的同学也各自分头冒雨回了家。我回到家洗完澡之后，给何月美打过去一个电话。我跟她说起了酒宴上的情况。我说，我还用数码相机拍下了今天同学聚会的场面。何月美听了以后，急着让我把数码照片从网上传过去。在我们这个年龄段的中学同学当中，使用电脑互联网的人极少。我就曾经把我写的一篇小说《我的同学卞丽莎》用电子邮件发过去。我让她请她手下的那些年轻的小护士们读一下。我的目的是想测试一下，80、90后的年轻人，会不会喜欢我写的、关于我们这一代人的爱情小说。何月美在给她们看过之后，反馈过来的信息是：还是有人喜欢的。但是对于卞丽莎这样一个人物，有一百个人，就会读出一百个卞丽莎。

我和何月美建立网上联系，是因为2005年她到三亚旅游。此前，自从出了校门之后，我们已经有三十多年没有联系了。那一次是杨文专门为她组织了一次岛南的同学聚会。那时，大家还没有普遍使用数码相机。我是用普通相机给她拍了一个胶卷。之后，何月美陪我到市内的胶卷冲洗店去冲洗胶卷。

于是，我们就一起在三亚的街头漫步。

就在何月美在街头公厕如厕的时候，我抽空给我中学时的死党、现居岛北的裴超骏打了个电话。拨通了他的手机后，我说，超骏啊，你能猜得到我现在是跟谁在一起吗？裴超骏说，你跟魔鬼在一起！你小子说这么没头没脑的话，你什么意思嘛？我郑重地说，我现在正在和我们的校花一起在三亚的街头漫步呢！裴超骏听了以后，也兴奋了，说，哇，你是说何月美吗？我说，不是何月美还会是谁呢？裴超骏说，如果当年你能有这种艳遇，那我们班上的人可要羡慕妒忌恨死你了。我笑着说，现在也不晚嘛。裴超骏说，何月美现在还漂亮吗？我说，模样还在吧。不过，五十多岁的女人嘛，时间太残酷，已经是美人迟暮了。裴超骏问，听说她离婚了，是吗？我说，这些都是老皇历了。从事情发生到现在，都已经不止十五年了。裴超骏问，你就没有问问她，她的先生是个什么样的人？我说，我也好奇啊。她这样一朵校花，我也一直想知道，能得到并驾驭这匹骏马的男人，会是个怎样优秀的男人呢？裴超骏说，是啊，是啊！我说，可人家不愿意说啊。裴超骏说，那她现在干什么职业？我说，她现在可是个妇科方面的专家，一副学者风范，表情冷峻、淡定。只是在我们这些老同学面前，她才显得有点儿活泼，好像又回到了青春少女的时代！

也就是在那次三亚聚会，我陪着何月美在城市的各个景点都逛了一遍，除了帮她拍照，还把她带到我家里，介绍了我的夫人跟她认识。我甚至让她看了我发表在一些杂志上的小说。

就在校庆聚会的事情过了一个多月之后，我有事去了一趟广州。以往我每次去广州，都是住在我一个旧时的文友许文竟的家里。这位老兄当年也曾经发誓要当中国最杰出的作家，为此甚至当了几年的书虫，把古今中外的那些名著都读了N遍，真真可谓"为伊消得人憔悴"。可惜，他最终也没能修成正果。后来，他辞职回到广东，开始经商做起建材生意来了。许文竟如今家境富足，有私家车，在广州越秀区的住房也十分宽敞。我去的那天晚上，我们在他家的阳台上一边喝工夫茶一边聊天。我就觉得他的情绪好像有点儿不对头，一副心事重重的样子。问了他好半晌，他才吞吞吐吐地说出了他女儿早恋的事。许文竟的人生经历了太多的坎坷，一直到将近三十七岁才结婚，好不容易才有了这么个独生女儿。现在，这个女儿又正好处在花季年龄。我说，教育教育不就行了。他黯然地说，她也许已经出事了。你看看能不能请你的那个专家同学帮个忙？我曾经跟他说过，我的同学何月美是个妇科方面的专家，而且就在广东某家医院的妇科上班。他应该是记住这话了，所以才会跟我提起这件事。他说，我本来是想家丑不可外扬，但没办法。以你和我的关系，你也不是外人。从其神色看，我估计他的女儿是怀孕了。本来，出现妊娠这种状况，哪家医院的妇科都能看，可能是他特别宝贝他的这个独生女儿，所以才要托关系、找个专家看看吧。我电话里跟何月美联系，在相互问候之后，提到了这件事。何月美很爽快就答应了。预约看诊时间定在第二天的下午，何月美让我届时也跟着一块儿过去。何月美逗我说，我要跟我们班出的这个酸文人好好聊一聊。晚上，再约上几个同届的在广州的同学一起聚一下。

第二天下午，许文竟开车把我和他的太太、他的女儿许云娜一块儿送到了医院的门口，他在安排他的太太和我全程陪同他的女儿之后，放心去忙他的生意了。我看着朋友那个双手插在兜里，一副漫不经心样子的女儿，调侃她说，阿娜啊，是不是受了蛇的诱惑，亚当和夏娃才偷吃伊甸园里的禁果了啊？

许云娜才十六岁，但已经发育得很好了，眉目长得有点儿像许文竟，嘴鼻长得则像他的太太。这真是天地造化啊，她算是捡了他们夫妻俩最精华的部分。现在的女孩子，生活条件好、环境好、营养好，发育的也好。这个许云娜，在我看来，已经是一个不折不扣的美人坯子。虽说是出了这么一件在大人眼里非常严重的大事，可这女孩子却是一脸淡定。在听了我说的偷吃禁果的话之后，她抿着嘴嘻嘻地笑了，然后说，我们的同学里，偷吃禁果的事情多着呢。许文竟的太太听后，厉声斥责道，你脸皮可真够厚的。还笑呢！许云娜顶撞她说，那你是想让我哭吗？想让我去死吗？还是想让我做贞节烈女啊？许文竟的太太气得半晌才说出一句：你不可理喻！许云娜也顶撞说，你才不可理喻！我一看这对母女要摆出一副决斗的架势，于是赶紧从中调停。我说，不同时代的人，观念真是大不相同啊。许云娜问我，冷叔叔，你们中学时代的男女同学会谈恋爱吗？我说，我们那个时代的人，可不像现如今的你们这么开放。那时我们男女同学之间，甚至都不说话。许云娜说，那你要是喜欢上一个异性的同学，你会怎么做呢？我说，藏在心里，最多只是暗恋吧。我那时就曾经暗恋过等一会儿要给你看诊的那个妇科女专家，她姓何。许云娜一下子就来了兴趣，说，是吗？等一会儿我见了她，要怎么称呼她呢？我说，你叫她何阿姨就行了！

这家医院的妇科，设在一幢高层建筑的第十二层。从这里，透过宽大的玻璃幕墙你可以俯瞰珠江的江面。这一条宽阔的水面，也像一条马路一样，大船小舟频繁地来来往往。

这次见到的是穿着白大褂的何月美，和一年多前在三亚见到的悠闲、从容、优雅的何月美就完全不同了。这次我见到的是一个职场上的何月美，冷峻、严谨、权威。一干年轻的小护士在她的面前，甚至那些有资历的中年医生，在她面前都显得毕恭毕敬的。

我曾经追踪了解过当年身边的许多美人。据我了解，她们到了迟暮之年，大多数活得都不是很幸福。按说，当年她们都是有权力选择最优秀男人的女人。但在青春期的女性，能有眼光，能把这种选择权用得好的人并不多。按照古人的说法，五十知天命。男人在社会上打拼，通常要在四五十岁才能看得出来他是不是一个成功人士。这种情况，就有点儿像炒股票一样，一大堆股票任你挑选时，往往会让人挑花眼。你要独具慧眼，你要能穿透时空的迷雾，看清股票的本质；你要能选择到一匹真正的黑马，这并不是一件很容易的事，更不用说选人，选丈夫。比起炒股，选人在某种程度上要更加复杂。但是有一点，迟暮的美人，她们的人生，更像是一个个富矿。因为她们往往会经历很多人生波折和坎坷，命运的前后，往往有着太大的反差，所以对人生感慨也多。实际上，何月美的婚姻生活并不幸福，很早就离婚了。不过，像她这种类型的知识女性，就算是美人迟暮，也会因为有着自己的事业，并且在事业上有所成就,而受人尊敬的。总之,她虽然在爱情上不幸福,但她在事业上是成功的,她的人生应该是很充实的。

　　何月美跟我们寒暄了几句后,就带着许云娜进了诊疗室。许太太也跟到了门口,从门口半掩的门缝看着何月美亲自给许云娜做了检查。我一个人就坐在何月美的办公室内。这时,过来了一个年轻漂亮的小护士。她给我送过来一纸杯的矿泉水。她问我,您是我们何主任的什么人呢?我说,我是你们何主任的同学。她又问,是大学同学吗?我说,是中学时的同学。现在我们是朋友。小护士说,怪不得我们何主任今天会笑得那么灿烂。我问她,你们何主任平时就不笑?小护士说,何主任平时可严肃了!我问小护士,我这个同学怎么样?小护士说,您是指哪个方面?如果是说医术,她医术当然没得说的。在我们省城里,她也是有名气的妇科专家。我说,她对你们怎么样?小护士说,她就是人太严厉,可会训人了。我说,那我可要好好批评她了。像你这么漂亮,花骨朵一样的女孩子,是要呵护的,怎么可以动不动就训斥呢?小护士一听就笑了,说,您可不能说,何主任要是知道了我在背后说她的坏话,还不知要怎么修理我呢。

　　一会儿,何月美就出来了,对跟着她身后走进办公室的许文竟的太太说,你女儿确实是怀孕了,我看今天就给她做个刮宫术吧。许太太叹了口气说,那就做呗,总不能让她把孩子生出来,总不能让她抱着孩子到中学去找那个跟她一样幼稚的爸爸吧!何月美说,如果你同意了,那我就去安排一下。何月美又进到手术室,吩咐了她的手下。只一会儿,她就出来了。许太太说,何专家,不是您亲自给我女儿做吗?何月美说,这不过是个常规的小手术。像我们这种年纪的人,手脚不如她们年轻人轻快、利索,由她们做就行了。你就放心吧!于是,许太太就一直坐在手术室门口长椅上等着。我则随着何月美回到了她的办公室。

下午的医院妇科有点儿冷清，没什么病人。我就坐在何月美工作室里的小沙发上跟她面对面地聊天。上次她到三亚旅游时，我们也曾有过这样近距离的接触，但那时我们因为分别了三十多年，似乎还心有壁垒。这一年多，因为在网上交流，两人也相熟了。美人迟暮，眼前这个五十多岁的何月美和当年的她相比，青春期的浪漫已经不再，但如今的她从容、优雅，眼神中透着自信。

我提到了一个多月前我们的同学聚会，也说到了林金凯提议让每个人公开当年心里谁在暗恋谁的秘密的事。我说，我也要说出我的秘密哦。鄙人也是当年暗恋你的同学之一啊！何月美笑说，冷一东啊冷一东，你也来凑什么热闹嘛？我说，我说的可是真的哦。何月美好像是不认识似地盯着我，看了好一会儿，然后扑哧一下就笑了，再用拖长的腔调说，是吗——冷一东同学，我当时真的有那么迷人吗？

我说，你还记得那时你经常穿过我们大院去上学的事吗？何月美说，怎么会不记得？我说，你还记得有一阵子，你一进门，一班小孩子就会冲你喊，"何时月最美？——八月十五月最美！"这件事吗？何月美说，有印象。我说，那事，其实都是72届那个张志松在背后使的坏！何月美说，怪不得。他还给我写过两封信，追求过我呢。

我对何月美说，你那时怎么看我？也就是说，当年你对鄙人的印象如何？何月美说，你是要让我说真话吗？我说，我们现在是朋友了，我当然是要你说真话。何月美沉吟了一会儿才说，你嘛，那时是我们班上年纪最小、个头又是最矮的男生，坐在前排。在我的印象中，那时的你呢，就像个调皮的小猴子一样，喜欢恶作剧，穿着嘛，又是脏兮兮的，头发也是乱蓬蓬的。我说，那就是说，我那时一点儿都不可爱？你的话我是不是可以这么理解，如果当年你要是在我们同班的同学中选择男朋友的话，我根本就不可能进入你的视野？换句话来说，你是把我排除在可以选择的人之外啰？何月美听我这么说之后，朗声笑了。她说，你啊，怎么会这么说话呢？你们搞文学写作的人说话都这么直接吗？我说，是啊，文学关注的对象是人、人生、人的命运、人与人之间那一层十分微妙的关系。所以，有些事情你必须坦率才能搞清楚。何月美说，好吧，你要坦率我就给你坦率。你问我什么，我就回答什么。我说，文学，其实你也可以把它看成是研究人性的一门科学。另外，我还有一个发现，男人女人，得要过了五十岁，才能成其为朋友。何月美说，此话怎讲？我说，过了这个年纪，一般不会对对方产生性幻想，可以就这么坦诚的说话，哪怕有时会谈到性。何月美笑说，那行啊，我就跟你坦率地谈谈男人和女人的话题。你如果还有兴趣的话，我们还可以探讨有关性方面的知识。我还可以从职业的妇科专家的视角，跟你切磋一下生育、生殖、性、性激素、孕激素、细胞分裂以及性爱方方面面的问题。我说，我可不想跟你谈得那么专业。

何月美突然问我，你的夫人生产时，你是守在她的身边吗？我说，我正出差呢。何月美说，你应该在她身边，应该看看女人是怎么生产的。西方有些国家就规定，丈夫在妻子生产时，必须在妻子身边，并亲自剪断婴儿的脐带。你要体会女人的痛苦。你应该知道人类生命的链条是怎么延续的，女人在这个环节做出了太多的牺牲。何月美还说，你既然喜欢研究迟暮了的美女，那我就给你说一件也可以说是美人迟暮的事情吧。也许，你还可以把这当成素材，写进你的小说。我说，那就洗耳恭听。

何月美说，去年，我弟弟何伟明去海南参加海岛中学78届三十年同学聚会。他回家之后,告诉了我一个消息:当年那个让他充满了激情、让他努力向上的女同学终于找到了。当然不是见到她本人了,而是他在同学聚会时,偶然得到了她的电话号码。

说起来,这个女孩子跟他同学的时间并不算长。小学同了几年,初中只同了一年。在我弟弟的印象中,那女孩子是十分出色的。小学时,她面容姣好,是班上最漂亮、最出色的女孩子。她的学习成绩好,还会画画。她的画甚至得过学校的奖;她还会表演,每次班上排文艺节目,都有她,而且是女主角。每次看到这女孩的表演,他心中都会有很多的想象。我说,喜欢美的事物,是一种正常的人性!

何月美说,我弟弟之所以走上了绘画这条路,据他所说,初始的动机与她有关。他喜欢这女孩子,所以,他就想在这方面努力,也让这女孩喜欢上自己。中学时,终于有了机会。当年我父亲认识一位从外地下放到自治州文化馆的画家。因为有父亲的这层关系,我弟弟有幸拜了这个画家为师。

那女孩子是在他们读初二时走了。当时他并不知道她去了哪里。他没有打听,也不好意思打听。后来才知道,那女孩子在武装部工作的父亲调动到了白沙县。

我弟弟心里就一直有这样的想法,那就是在绘画上做出成绩,届时让这个女孩子看一看。他常常跟我说,他梦里常常梦到这样的情形:在某一次他的画展上,与这女孩子邂逅……

几十年一路走了过来。我弟弟考上了广州美院,他创建了自己的摄影工作室、设计工作室,他设计了许多环境艺术工程作品,有自己的车,有自己的公司、自己的产业……这一切,与当初当画家的目标未必一致,但也与美术绘画这个行当相关。我弟弟告诉我,聚会时,同学中有不少人恭维他是成功人士。于是，他那想见一下从前心目中的女神的愿望就更强烈了。他想在她面前展示自己的成功。我曾经劝过我弟弟，我说，你就不要去寻找那个女孩子了，你就把她最美好的形象保留在心中，让记忆永远定格在那个时刻……

可我弟弟却有他自己的想法。他说，一件事情总要有始有终，没有见到这个女孩子，就没有一个完整的结局，始终是一种遗憾。

我说，这完全可以理解，中国的文化不就是喜欢圆满吗？

何月美说，所以他要想方设法完成这个心愿。他老是跟我提到美国的影片《廊桥遗梦》。他让他的手下把自己这些年来的、自认为最成功的油画作品、设计稿、设计作品全部都整理出来，刻在一张光盘上。他们电话联系上了。他们相互交换了电子邮箱。他们相互发了电子邮件。

当年那个女孩子给他发过来的是她的一些生活照。有她个人的，她和她女儿的，她的全家福，等等。当年的那女孩子，现在只是个很平凡的公司小职员，已为人妇，而且那女孩成人之后的长相，更是令他失望。而从那个女同学发过来的文字看，他们之间的审美水准存在着巨大的差异，她已经没有欣赏他的作品的能力了。孩子时的涂鸦，与专业的美术设计及艺术创作，已经不可同日而语。何月美说，一切正如我所猜测的那样，他心目中的那个女神毁了！我弟弟就曾经问过我，说，老姐啊，你知道什么是最残酷的吗？

何月美说，我当然知道他要说什么，我说——时间！但我又补充说了一句，对于以容貌取悦于人的女人是这样，对于以智慧处世的女人则未必。

我说，你弟弟也许是以为他的同学会和你一样，至少是像你一样的身材。岁月磨掉你青春的美，但给了你女人成熟、雍容、知性的美。我也是这个观点,其实女人不漂亮也没关系,现代社会,女人完全可以用知识武装自己,让自己强大起来。

这时,何月美的手机响了。何月美看了看手机的显示屏,对我说,是许佳惠来的电话。说完,就和许佳惠说话:你要带上张琳——我就带冷一东直接过去——你就别担心我开车的技术了——蒋如松你通知了吗——还是我做东吧——我们喝红酒吧,我有一瓶1982年的拉菲——

我在一边听着,她们还在电话里商定了要到哪个酒家给我接风之类的事。

就在这时,许云娜的手术做完了。她们母女俩从手术室那头过来跟何月美道谢、告辞。何月美对许文竟的太太说,冷一东就不跟你们一块儿回去了。今晚,我们班的几个同学要聚会一下。说着,何月美把她们母女俩送到电梯口。就在她们临别时,我站在何月美的办公室门口目送她们母女,隐约听到何月美对许云娜说,姑娘,你听阿姨一句话,你有权力享受上帝创造的性器官给你带来的快乐,但你也要学会保护自己。你要知道,什么是长远的快乐,什么是短暂快乐,以及它们的关系。

朦胧诗

涛和芸的初识，是在十一年前本市的一家三星级宾馆的咖啡屋的一次文人聚会上。聚会的缘由是岛北的一家报社要组织一次名为"宝岛杯"，主题为"开放中的海南人"的征文比赛。为此，该报社方面来了一个编辑到岛南S市组稿。据说是为了把征文的档次搞得高一点，也为了与作者增进感情，该编辑在所下榻的宾馆咖啡屋开了一个组稿会，约了S市小有点儿名气的作者。

涛是提前十分钟到达要聚会的咖啡屋的。那间咖啡屋的式样设计得十分华丽，壁饰顶饰以乳黄色加橘红色为基调，猩红色的地毯，不锈钢底托茶几，不锈钢底座、红色人造革垫的低背转椅，另有三盆龟背竹分散置放在咖啡屋内。数盏低照度的浅蓝色的小照灯缩头缩脑地隐藏在乳黄色的顶板里，这就使得厅里的光线显得暗淡、朦胧。这种设计，在涛看来，很有点儿阴谋的气氛。

芸是和市作协主席老高及岛北的编辑一块儿进来的。

在咖啡屋朦胧的光线中，芸高挑的身材、紫色的连衣裙、大颗粒的珍珠项链以及款款的步态，都使她显得高贵；而芸说话时的字正腔圆以及柔美的音色，又使她显得优雅。他看不清她五官的细部，但那轮廓，看上去是十分端正的。一帮酸文人中，混进了这么个高贵、典雅、年轻、活力四射的女性，这气氛便和清一色的男人聚会不一样。涛有些亢奋，潜意识中有了要在漂亮的女性面前表现的情绪。他似在一瞬间被激活了：热情地跟岛北过来的编辑打招呼，又殷勤地为这个新识的小姐挪了一下椅子，请她落座。芸也显得落落大方，就坐在涛的身边。

聚会由岛北来的编辑做东。席间，他给与会者每人叫了一杯冰镇柠檬汁，每个小桌上都放了几小碟美国杏仁、泰国芒果干、无花果、牛肉干之类的小食品。

关于本次聚会的实质内容，组稿编辑讲的不多，其实也没有更多的话可说，因为人手已经有了一份《征文启事》。聚会的意义更多的是笼络感情。开场白和相互介绍之后，与主题相关的话只是寥寥几句：恳请在座的诸位高手赐稿以及争取得到这次"宝岛杯"征文赛的最高奖，奖金2000元，云云。随后，就是文友间相互交谈。

就在作协主席老高给在座的诸位做介绍时，涛就注意到了芸是诗人，而且喜欢朦胧诗。涛写诗也写散文。于是，涛在和她交谈时，特别就诗的话题，作了一番即兴的发挥，说了许多诙谐幽默的话，还发了一通关于朦胧诗的宏论。譬如，说"朦胧诗其实大多是诗作者饮酒将醉不醉时之所为！"说，"朦胧诗经常是文理不通者附庸风雅故作惊人所惯用的伎俩。"芸十分欣赏他的幽默感，也敞开心扉，畅谈了一通关于朦胧诗朦胧的分寸感；谈了朦胧诗与凡·高的印象派绘画之间存在的某种内在联系；谈了北岛的《回答》和顾城的《一代人》。芸甚至一字不漏地背诵了北岛的《回答》：

  卑鄙是卑鄙者的通行证，

高尚是高尚者的墓志铭,

看吧,在那镀金的天空中。

飘满了死者弯曲的倒影。

……

两人谈得十分投机。总之,那一夜给他的感觉是,这次两个多小时的聚会时间过得太快。正合了我们听过的对爱因斯坦相对论的一种人性化的解释:当你和一个美女相拥而坐时,你会觉得时间过得太快;当你被一盆炉火炙烤时,你便会觉得时间过得太慢。芸的谈吐风度、芸的才气,给他留下的印象都十分美好,所以他的感觉是前者。

芸当然也有同样的感觉。

涛再见到芸时,是他们聚会过后的一个多月。

其时,涛正好路过市内一家新开张的商场的门口。芸刚巧从商场里走出来,手里拎着一只海蓝色、印有动物图案的购物纸袋。这一回,她是穿着一身镂花、粉红色的套裙。她一眼就认出了涛。于是,大大方方叫了一声,"涛。"

涛循声望着叫他的女子,竟有些惊诧。因为在白晃晃的阳光之下,一切都那么清晰,简直可以说是纤毫毕现。如果不是芸那熟悉的声调和高挑的身材,他怎么也难以把眼前这女子和咖啡屋里的芸联系起来。芸风度当然还是那风度,五官也还算端正,只是,那脸上的皮肤也太粗糙了一点儿,有点儿像橘子皮一样,而那橘子皮一般粗糙的脸,加在她身上,就像读中学学习解方程应用题时,列对了方程式,却把答案给计算错了一样;当然,这会让改卷子的先生遗憾得大皱眉头,其得分也要大打折扣。

总之,芸,不是印象中的美女。他一下子就没了情绪。

芸很热情，一时间不曾注意到他情绪的变化；问了他工作单位的一些情况，然后大有深意地邀请他，说："我就住在附近。如果你不忙的话，就到我那里去聊一下。也许我们可以谈谈朦胧诗，还可以谈点儿别的什么。"在说这些话的时候，她的脸上忽然泛出一抹红晕。

在男女之间颇微妙的关系上，涛是个好手。他知道芸脸上那一抹红晕，终归是遭丘比特神箭重创的结果。他揣想，这一类女子，大凡看上你，先是会主动邀请你、找机会接触你，然后再图发展。只要你不是果断地、明确地拒绝，这过程就会漫长得让人厌烦。尽管他知道她有才气，但他却不想和这个让他提不起情绪的女子生出什么缠绵之事。他想一下子就让她对他的爱慕无疾而终。

"哦，芸！原来是你。你看看，一旦时过境迁，我还差点儿认不出你来了。看来嘛，朦胧诗只能在咖啡屋这样朦胧的地方读了。"他语气散淡、语义双关地说，"这层意思，大师们是怎么说来着，好像是说，胧诗所描写的事物，要与真实的事物保持着一定的距离，这样才会彰显出其朦胧，也才会有其朦胧之美感。你以为如何？"

"朦胧诗除去有一种朦胧的美，其实还可以有其他方面的美，比如节韵美、修辞美……"芸是个十分聪明的女子，她当然明白他的意思，对于他的调侃，很有些尴尬，但仍不失风度地笑着跟他道别。

以后的几年，涛的生活发生了一些他意想不到的变化。他所在的单位——市内一家国有机电公司，因为经济效益不好，因为私营企业的竞争，无法再从银行贷到款。公司先是陷入了困境，然后是被拍卖。职工每月只能领到百十元的生活费。所有的人都在恓恓惶惶地各找各的出路。他于是历尽坎坷：练过摊、开过小餐馆、当过保安。一回，按一熟人的提示，他找到了一家需要聘用文职人员的广厦房地产开发公司。

走进那间有中央冷气设备、装饰得十分豪华的经理办公室时,他不免有些拘谨,有些彷徨,毕竟很少出入这类高级场所求职。更让他难堪的是,这间二三十平方米,铺着海蓝色地毯的经理室里,一张放着电脑的大班台后面的皮转椅上,坐着的竟是身着女式西服的芸。

"怎么是你?你在这个公司上班?你是老板?"他有些惊愕。

在他看来,这间办公室、这张大班台以及所有的一切物具,仿佛都是为压迫他那自尊的神经、为把芸烘托得尊贵而存在似的。由此看来,人,有时还是很需要道具的,一个人的身份、身价,往往通过这样一些道具,就能凸显出来。

"为什么不可以是我?"芸站起来,隔着办公台既优雅地、又仿佛施舍一般地把手伸给了涛。待涛触碰之后,芸含笑道:"您今天怎么会大驾光临?已经有好多年没见到您了。我想,您不会是突然来了雅兴,要找我谈朦胧诗的吧?"

此时的涛当然风趣不起来,而且有些尴尬。他的感觉是:此时,他的神经乃至肌肉都有些僵硬。犹豫再三,他终于说了想求职的事。

芸平淡地说,"那就只能参加公平竞争了。来我公司应聘的人目前就已经有七八个。有两个还是有研究生学历的年轻人。我们公司的待遇很不错,所以嘛,对员工素质的要求也非常苛刻。当然也包括人品!(说这句话时,她加重了语气。)你如果对自己有信心的话,不妨过几天来应考吧。"说着,她按了桌面上一个对讲器的键,对线另一端大约是个管人事招聘的属下说:"易斌,你马上过来一下,我这里有个想参加应聘的先生。"

在小等的间隙,芸问他现在是否还在写东西?

涛到底还是缓过劲儿来了,也风趣了几句:"对于我来说,现在是生存优先。你也知道,眼下靠写诗、写文章是养不活人的。鄙人我嘛,还修炼不到陶渊明老夫子那般境界，吃饭都成问题了，还'采菊东篱下，悠然见南山'。当然了，诗嘛，虽然不怎么写了，但还在读诗。偶尔碰上了好的朦胧诗，也是要拜读一下的。"

芸双手合叠着放在桌面上，指尖对着指尖，眼皮低垂着，问，"那么，您现在有没有从中读出一种全新的感受呢？朦胧诗的朦胧，有时当然是一种遮掩，但完全没遮没掩的，人不就赤裸裸了吗！您说呢？"

"或许你会庆幸曾经见识过这种赤裸裸。对吗？"

芸不置可否地笑笑。

这时，公司管人事的属下进来了。他跟涛说明了要登记的内容并请涛随他去登记。涛说，"不用了，如果只是你说的这些内容，我这里有一份复印的个人资料。"说着，把资料交给了芸的下属。然后，他笑着跟芸告辞。就在他走出芸的办公室的那一刻，心中忽然百感交集，不免杂着些后悔，想，如果当初路遇时不是那么刻薄人家，或者只是委婉地拒绝人家的一番好意，现在应该还有回旋的余地，也许还会有机会让她爱上自己。当然啰，要是真的成了这种有钱有才气又有权力的女人（哪怕是有点瑕疵）的丈夫抑或情人，经济上、职业上如今就要潇洒得多了。

涛出去之后，那个叫易斌的手下就问芸，"林总，看样子您好像跟这个人很熟悉？"

"当年的文友。是太认识了！"

"那么，要不要特别关照一下呢？"

"论才论貌，他倒是很有几分魅力。但对于这种人嘛，完全没必要去关照。按董事会的规定办。我就等着看他的造化吧！"芸在说这话时，显得很吃力，眼睛在盯着顶板，像是在自言自语。

网聊的女子

如果你到了我这个年龄段,也就是说,一个已届不惑之年的、成熟的男人,你会不会相信,你在网上偶然的一次聊天,无意中说出来的一些话,居然能改变一个人——具体说吧,是一个年轻女子的人生或者是命运呢?

对于我上述的这个问题,你也许会说,你这话听上去很有点玄乎。

余如东在对我说以上这些话时,我当时也是这么说的。

余如东和我一样,都是自由职业者——也就是那种没有什么正规单位,从事的不是单一、固定工作的人。当然,我们也有自己的专业特长。我擅长的是摄影;余如东主要是搞文字和项目策划。余如东曾经在市内一家广告公司干过一个时期。在我们这个城市的街头那些悬挂着的、忽悠别人买楼盘的大幅广告中的广告词,其中就有一些是出自他的手笔。如什么"水岸生活、写意人生",什么"一半是海洋、一半是天堂"之类广告语。

后来,他跟他的老板闹翻了,就出来自己干。像我们这样的自由职业者,收入是很不稳定的。相对来说,我搞摄影,加入了城市的摄影家协会,靠着协会的渠道,有时协会会组织我们给企业拍摄一些广告照片,或者为政府、为某个社会团体的某项活动拍照。所以我挣钱要比他相对容易一点。我们共同的朋友、广州美术学院毕业的孙斌,则注册了一个云燕环境艺术设计工作室,自己当老板。

把我们三个人联系在一起的是孙斌。

每次,孙斌接到他一个人不能独立完成的小工程项目,一般都会邀请我和余如东过去跟他一块干。项目完成以后,除掉各种税费和项目成本后,所得到的纯利润,就按照比例,每个人分一点。而在平时,我们则是各忙各的事。我们之间的合作,就有一点像当年的农村里那些演奏响器的草台班子。

那一次,也就是去年年初吧,孙斌借了熟人的一辆小排量的通用五菱轿车。他说,他想试验一下这种省油料、小排量的轿车跑山区公路的性能。于是,顺便约了我和余如东,一块到三亚城市的周边也就是所谓的泛三亚旅游圈内的保亭县七指岭旅游区去游玩。

我们在七指岭登山观完景,再下山回到停车场之后,三人在山脚下就近找了一家小饭店吃饭。我们点了一条红烧福寿鱼,一盘炒野菜和一只散养在荔枝园林地里的土鸡。这家小饭店就是用这些放养在果园里的土鸡当作他们的招牌菜吸引食客的。就在等着上菜的时候,我远眺着七指岭,发现我们现在所在的位置,山的角度和光线都很理想,于是,一边用手里的专业数码相机拍了几幅七指岭的全景,一边和孙斌聊一些关于汽车的事情。孙斌说,这辆小排量轿车性能好像还过得去。爬山看来没什么问题。我说,看你这么说,是不是也打算买一辆这种小排量的车?孙斌说,正在考虑。我说,还不如买一辆皮卡车实用。平时如果接到工程项目,组织施工时,你还可以用自己的车来拉拉材料。再说了,皮卡车底盘高,将来出去野外游玩时,跋山涉水、走乡村土路也方便。

孙斌说，主要是皮卡车在城市里开让人感觉档次要低一点。我说，要是论档次，五菱车的档次更低，才要几万块钱。孙斌说，我本来也想过要买一辆东风皮卡。可我老婆她想要的是10万块钱左右的日系飞度。她说那种车省油。我说，如果说省油，我看买飞度不如买这种五菱。

这时，一直在一旁闷不作声想心事的余如东，在听我和孙斌说到汽车、说到飞度之后，冷不丁地就冒出了一句：前几天，小安老板还说过，她想送给我一辆飞度车。也就是她现在开着的那一辆。

他突然冒出的这一句话，让我和孙斌听后都有点吃惊。那个小安老板凭什么要送他一辆车？以前他们根本就不认识啊！这女子就算是要找情人，她也应该去找孙斌啊。孙斌这小子个头一米八，长得一表人才。在很多女人眼里，他可是个"大帅锅"。而余如东长得就像那部国产老电影《平原游击队》里的那个松井。为此，我们还常常逗他，东东，八格牙路！咪西咪西地！

说到这个女老板，我要介绍一下。小安老板叫安小丽，也就是心之旅旅游工艺品连锁店的一个30岁左右的女老板。孙斌最近就是承接了这个女老板的连锁店店面装潢设计制作，以及员工制服设计的项目。这笔生意总造价是16万元左右，项目要求，设计并制作出所有的连锁店统一的售货架、标徽、标识，设计出统一的员工制服。生意是孙斌和她接洽的。在这之前，除了孙斌，我和余如东谁也不认识这个漂亮的小女老板。

我摸了摸余如东的脑门，我说，小东，你没发烧吧？

孙斌逗他说，我看你是碰到天上掉馅饼的好事了。

我说，不但是掉馅饼，而且这馅饼掉下来的时候，刚刚好砸在你身上。

孙斌说，而且你还刚刚好张着嘴巴，于是，一下子就把给饼给接住了。

我说，而且那只馅饼里的馅，正好还是你最爱吃的牛肉馅。

孙斌说，而且还是热乎乎的。

余如东看着我们两个人在一唱一和地拿他开涮，就显得有点生气了，说，行了行了，老莫、孙斌，你们俩就起劲地涮吧！我就知道你们根本不相信会有这种事。一开始，连我自己都不信。可事实就是事实啊。

一看余如东那副认真劲，一点也不像是开玩笑的样子，我们也正经了。我们问他：到底怎么回事嘛？说来听听。余如东就问我说，老莫，你应该记得前几天我们跟小安老板见面时的情况吧？

他说的是上个星期的事情。

之前，跟小安老板接洽生意的是孙斌。那一天，孙斌因为临时有事，他让我和余如东把他所设计的旅游工艺品店店面的三维效果图和员工服装效果图拿去给小安老板审查。我们按照孙斌提供的大致方位和手机号码，联系上了安小丽，并找到了她公司的办公室。其时，安小丽正在她的办公室里，用一台手提电脑上网。那是一个穿件娃娃装、梳着个马尾的年轻女子。这个女老板，怎么看都有点孩子气。一点也不像那种精明强干的生意人。自顾玩着电子游戏的安小丽在听我说明了来意后说，那你们先坐着，等我叫个内行的人过来审一下，通过就可以转账开工了。然后，她放下电脑，起身去拨电话，一口四川话，我们听得半懂不懂的，似乎是让一个什么人到她的办公室来。

就在她打电话的瞬间，我瞭了一眼她的手提的电脑屏幕，虽然这个小老板在玩一款打鬼的游戏，但她的QQ却一直在电脑屏幕边上挂着，有两个和她Q的网友的头像也在亮着。不一会儿，过来了一个五十多岁的男人，她称呼他老爸。她用四川话对他说，老爸，你给看一下设计效果图，把把关。于是，这男人就带我上了另一间办公室，仔细审看并交换对电脑制作出来的效果图的意见。余如东没有跟随着她老爸过去。他一直留在小安老板办公室里跟她讨论广告语。审看效果图时，这个小安老板的父亲提出了几点修改意见。我用纸一一记录下来，准备带回去交给孙斌，让他根据客户提的意见做修改。

就在小安老板的父亲审图时，我还顺便跟他聊了几句。我说，怎么，您都这般年纪了，还过来给女儿打工啊？他说，没有，我是专程过来三亚旅游的。我问他，那您是干什么专业的？他说，是搞建筑设计的，对装饰、装潢这块也是略懂一点。所以让女儿临时抓了个差。

就在我们离开心之旅公司和小安老板告辞时，这个小女老板还亲自将我们送出来。一时间，她显得跟余如东居然有了一种不寻常的亲近，甚至显出依依不舍的样子。当时，我心里就在纳闷。我想，怪了，相隔才不过一个小时啊，两人怎么就不寻常地热乎了？小东这家伙，怎么也成了泡妞高手。

现在，余如东一提起这件事，我就想起来了，说，当然记得。我们走的时候，我看到小安老板对你那个亲热劲，一口一个余大哥的，让我又羡慕又嫉妒。我还说，你小子高手啊，你使了什么手段，怎么就这一顿饭的工夫，就把这个漂亮的女老板给迷得晕晕乎乎的。

余如东说，其实，那天你过去隔壁审查效果图的时候，我就注意到了小安老板在QQ上使用的网名——飞扬的心。也就是这个网名，让我突然想起来一件事。前几年的一个晚上，我好像是在孙斌办公室里，曾经跟这个飞扬的心Q过一回。

我当时就对小安老板说，你这网名，我好像很熟悉啊。她问我，你也上网吗？我说，偶尔也上一下吧。一般都是看看网上的新闻。她问，你懂Q吗？我说，这个当然懂。偶尔也跟别人Q过。不过我可从来没有申请过自己的QQ号码。她问我，那你是用什么网名，怎么跟别人Q呢？我说，网名我也记不清了。有几次，我是看别人的QQ没有关闭，闲着无聊，就用别人QQ，随便逗了一下跟他在聊天室聊天的网友。她问我，你使用过"路易十八"这个网名吗？我想了一会儿，有点印象，就说，你还别说，这个网名我还真的使用过。让她这么一提醒，我就记起来了。几年前，就是在孙斌的公司里，我就使用了路易十八这个网名，跟飞扬的心Q过一回。路易十八其实是孙斌表弟使用的网名。那一次，也是接到一单什么生意，孙斌请他的表弟到他的办公室，用办公室里的电脑做了一个效果图以备签订合同。孙斌的这个表弟，也像小安老板那么爱时尚，一边干活，一边把QQ挂在电脑的屏幕上，时不时会跟他的网友聊上一句。那天晚上，记得孙斌表弟突然接到他的女朋友打来的电话，临时有什么事情让他过去。然后，我就用他的QQ，随机点了聊天室里一个闪亮着的头像，捉对儿聊了一会儿天。

我问余如东，你们在网上到底聊了些什么？

余如东说，其实，我已经记不清楚我们当时聊了一些什么。反正是逢场作戏一类的话吧。我可没那好的记性。就在她证实了我就是那个四年前用过路易十八的网名跟她聊天的人之后，她对我的态度一下子就变得十分恭敬了。她亲热地拉住我的手，说，大哥，你知道我找了你很久吗？你知道你曾经在关键的时候帮助过我吗？

我让安小丽的话给闹得一头雾水。

之前，我们根本就不认识，我又怎么会帮助过她呢？她是越说越激动：你知道吗？我今天的成功，就是得益于那次和你在网上的一席谈。所谓与君一席谈，胜读十年书。大哥啊，就是你那天晚上说的那些话，改变了我的人生啊！

总之,她的话也让我听着有点莫名其妙。

我们走的时候,她要了我的手机号码。第二天晚上,小安老板就打电话过来了,她约我在市内一家叫韦尔士的酒吧见面。那天我们长谈了一次。我们见面时,安小丽特意把一份在A4纸打印好的QQ聊天记录也带了过来,郑重地交到了我手里。也就是那天晚上,她还说,要把她开的那辆飞度车送给我。我当然没有要。我怎么可能要人家的车呢?

孙斌说,听说过下药把人给迷了的,但还没听说过QQ把人——把一个小女老板给迷了的。我问,你们就Q了一次?余如东说,就一次。我问,之后呢?余如东说,你也看到的,差不多过了四年,我早就把这件事给忘了。我说,你也太神了吧!为什么她会说,你的话改变了她的人生呢?余如东这时卖了个关子,说,这个嘛,等回到三亚以后,我会拿出我们的聊天记录给你们看的。到时你们就明白了!QQ记录就是她给我的。只是现在我没有带在身上。

从保亭的七指岭回到三亚后,按照约定,余如东拿了那份QQ记录过来给我和孙斌看。那份聊天记录,全部打印在两张A4纸上。

路易十八:飞扬的心,你好!

飞扬的心:你是谁啊?我们见过吗?

路易十八:当然见过!

飞扬的心:在哪里?

路易十八:当然是在三亚湾的海边。

飞扬的心:你是说上个月底周末的那天吗?

路易十八:应该是吧。

飞扬的心:你是凯敏?

路易十八:不是!

飞扬的心：你是陈建南？

路易十八：不是。别猜了。你猜不到的。

飞扬的心：为什么呢？

路易十八：正像歌里唱的，你太美丽，我太平凡。所以我只能在椰子树后面远远地看着你，默默地为你祝福。

飞扬的心：嘻嘻，那你说说，你几岁吧？

路易十八：应该是 20 岁吧。

飞扬的心：很嫩呀！

路易十八：是公岁哦！

飞扬的心：你什么意思嘛？

路易十八：也就是说，这个数字要乘以 2。

飞扬的心：40？

路易十八：是啊！

飞扬的心：哈哈，我才不相信呢！只是我看不见你。

路易十八：这就是网络的魅力了。你不知道你对面跟你说话的，是人还是狗！

飞扬的心：狗也会上网会打字吗？

路易十八：是个比喻！

飞扬的心：也就是说，你了解我，我却猜不出你是谁？

路易十八：是的。我们之间就像隔着一面单向透明的玻璃。你也别问我是谁？就当我是一个长者好了。

飞扬的心：这就让我好奇了。

路易十八：确实。在这个世界上，宏观者，如浩瀚的天宇，微观者，如病毒细胞，都能激发一个人好奇心。有好奇心的人，才爱探索！

飞扬的心：可我怎么总是觉得我是在跟一个古人说话？

路易十八：是的，你是在和一个历尽了沧桑的人说话！

飞扬的心：真拿你没办法！

路易十八：看得出你今天很漂亮。

飞扬的心：你逗我。我能叫你大哥吗？！

路易十八：可以。

飞扬的心：大哥，你还不知道，我是在发愁啊！

路易十八：是那种"少年不知愁滋味，为赋新词强说愁"的愁吗？

飞扬的心：你这话是什么意思嘛？

路易十八：这是一句古诗。

飞扬的心：可我是真的在发愁啊！

路易十八：为什么？说来听听！

飞扬的心：我的生意天天都在亏本。

路易十八：你做什么生意？

飞扬的心：我开了一家旅游工艺品店。

路易十八：生意有赚有亏，就如同月有盈有缺。没有这个心理素质，你做什么生意？

飞扬的心：可我是天天亏、月月亏啊！

路易十八：这里是旅游区。

飞扬的心：这个我知道！

路易十八：旅游区的游客流量，是有季节性的。现在是淡季。你接手时肯定是淡季！

飞扬的心：我是三月份接手的！

路易十八：怪不得！让你接手的店的前老板一定忽悠了你。

飞扬的心：你说对了！大哥啊大哥，算下来，不但没有进账，我每天都在亏损二三百块啊！你说，我能笑得出来吗？

路易十八：那也要笑啊。因为哭并不能解决问题！哪怕几次三番从头再来。

飞扬的心：这好像是一首歌的歌词耶。

路易十八：是的。我给你个建议吧，你愿意听吗？

飞扬的心：你说！

路易十八：你可以算一算你手头的资金能不能拖到旺季。到了十月份的旺季，亏损也许能补回来。当然，这段时间你还可以通过你设在酒店内的旅游工艺品店作为平台，寻找其他的发展的机遇。记住，别在一棵树上吊死。

飞扬的心：对啊，这也是一个办法。你不说，我还想不到呢！太谢谢你了。

路易十八：所以说，你完全没必要因为一点小小的挫折就这么灰心丧气。那可不是一个女强人的风格哦！

飞扬的心：大哥，跟你聊一下，我心情就好多了。

路易十八：心情好就行。大哥就愿意看着你每天都高高兴兴的样子。

飞扬的心：那就让我们都亮出庐山真面目吧！

余如东当然知道她指的是双双打开视频摄像头。他心里当然也想看看这个美女飞扬的心的长相，但他知道，对方给出的前提是：各自打开，而并非让对方独自打开。实际上，孙斌办公室的这台电脑，虽然也接了宽带，却没有备置摄像头。

路易十八：我这里可没有装视频摄像头。

飞扬的心：真可惜，那我们不能相互见一下对方了！

路易十八：来日方长。好好睡一觉吧，明天早上醒来，你就会发现，太阳又是新的！你呢，又有了一颗飞扬的心！

飞扬的心：你要下线了吗？

路易十八：是啊！晚安吧！

飞扬的心：晚安！

就是这样的一纸QQ聊天记录，在我看来，只不过是一次很平常的一对陌生的男女在网上的一次调情、聊天的全记录。并没有什么太多的意义。余如东说，老莫，你看了这东西会怎么想？我说，不就是一次很普通的网上QQ聊天吗？我看不出有什么深意！孙斌说，要说有什么深意的话，就是你小子一开始就想勾引人家。

余如东说，其实，那天我也是无聊。所以随便上网聊聊天。后来在酒吧里跟她聊了以后，我才知道了她的情况。安小丽来的时候，不是把打印出来的四年前的QQ记录交给了我吗？我一看，明白了！这正是当年我（路易十八）和她（飞扬的心）在网上聊天时的记录。如果不是看到这样一份记录，我早就把我们曾经Q过的事，更别说Q些什么内容，全给忘了。安小丽对我说，其实最近一年来她都在找我。我问她为什么？就因为那次在QQ上的聊天？安小丽说，是啊，是啊，你大概不知道吧，那年，正是因为你的那些话，才让我改变了命运，发展成了今天这个样子！当时，我已经打算结束我那旅游工艺品店的生意。把它转让出去。大哥，郁闷啊！你想想，小店的生意亏本，而且每天平均亏损三四百块钱。店面租金、水电、税收、员工工资，还有些杂七杂八的开支，几个月下来，我已经亏损近二十万块钱了。我想，如果再这么支撑下去，我会把我所有的本钱都亏损进去的。再说了，我父亲当时已经在成都帮我把恢复工作的事情联系好了。还是回到我原来工作过的那家双语幼儿园,当幼师,教小孩子学习英文。我也曾经想过,回去以后,随便找个好一点的男人,把自己给嫁掉就算了。我甚至已经联系好了买家,准备把我的店盘给人家。只是那人出价太低,我们正在拉锯。那天,我也实在太郁闷了,所以才想到要上网聊天解闷的。我没想到会在网上偶然碰上了你。你说的,三亚地区,十月份以后才开始进入旅游旺季。这才让我有信心再试下去。你说的,可以利用宾馆这个平台寻找商机,提醒了我。所以,每天到店里时,我就留心住旅馆的客人。我想看看有没有别的商机。九月份,我认识了一个韩国工艺品批发商人,十月份又认识了一个俄罗斯工艺厂的技师。他们都是做旅游工艺品生意的同行。在我们认识以后,他们就决定跟我合作,从我这里进海南产的旅游工艺品了,而且进的数量还很大。我成了他们的中国海南岛贝类旅游工艺品进货的代理商。你也知道,我就是因为接了那爿旅游工艺品店,才懂得那些工艺品的进货渠道,才懂怎么能拿到折扣大的批发价。我这几年来挣的主要也是韩国人和俄罗斯人的钱。另外,我的工艺品零售店所卖的俄罗斯和韩国的工艺品,也都是从他们那里批发进的货。现在,我的工艺品店已经开到第8家连锁店了。我注册的心之旅公司,就是专门做这方面的业务的。

余如东说,我也问过安小丽,她怎么会从成都跑来开店。她说,原来是来旅游的。她也是靠炒房、炒股,赚了一百多万。来旅游时,是当年的四月份。看到这个滨海城市这么漂亮,喜欢在这里待着,然后,就决定了把这笔钱拿到三亚来找投资发展的机会;用一半在三亚观海苑买了一套房子,一半用来做创业的资本,在金海湾酒店盘下了一间旅游工艺品店。

余如东说,也是那天,安小丽说,如果你愿意接受的话,我可以把这第 8 间店铺，或者这辆本田飞度车送给你。我说，小姐你就别开玩笑了！我可是无功不受禄的。她说，你怎么会是无功呢？你确确实实帮助了我啊！如果不是因为那次和你聊天，我现在都已经回成都，和别人结婚生子，过着一种平庸的家庭主妇生活了。我说，那也不能接受。

就在我们把安小丽的这一单生意全部完成并结完账之后，我们按老规举，三个人按六二二的比例，分了"狗肉"，然后三人去饭店撮了一顿。饭后，我们又去了卡拉 OK 包厢。就在我们 K 歌的时候，余如东向我和孙斌郑重地宣布了一个消息：过几天，他就要去安小丽的公司上班了。因为安小丽已经正式聘请了他去当心之旅公司的办公室主任。也不知是看着我们这个三人组合终于要散伙，因而惋惜，还是看着我们三人当中，原来混得最差的余如东突然要发达而有些羡慕嫉妒恨，孙斌酸溜溜地说，接下来，小安老板也许会把你发展成她的情人。你信不信？余如东说，孙斌，你就别胡说八道了。我已经是有家室、有孩子的人了。我一旁笑着打圆场说，我信那句话，一切皆有可能。

总之，你记住我讲的这个故事。没准哪天，你一不留神，也会成了英雄。

厕所文学风波

如厕见了打油诗

贾正清正在办公室召集下属们开会。贾正清是海成盐业集团公司的老总。这次会议的议题，是商讨把公司一块临街的地皮出让给一家房地产公司的事宜。会刚开了个头，大腹便便的贾正清就突然觉得自己的肚子有点儿闷疼，同时感觉腹腔之内正有一股不正之风在咕嘟咕嘟作怪。随后，气体又重重地压迫着肛门，用兵家术语，即形成了寓意大举外突之态势。有伟人曾言道：屁者，五谷杂粮之味也。但这"味"的发散，在中华文化中也是要讲究尊卑的。不信，你敢在你的上级面前无所顾忌地排泄气体看看？但现在是下属面前。贾总是那种很强势、自我感觉十分良好的人，因此，就没有下意识地去控制腹中气体排泄时的流量，没有让气体丝牵线扯般地顺出来，而是大门突兀洞开，打出了一个很不文雅的响屁。

贾总这间办公室是个密闭的空调房。集合开会的一干人在听到了这一记沉闷、异样的声响之后，或出于对上位者的敬畏，或出于涵养，都强忍住笑，做出若无其事的状态。但众人嗅觉很快就受到了弥散在空气中富含硫化氢气体的刺激。于是，个个便一本正经、佯作摩挲下巴状，随机用手指堵住鼻孔，以期减少异味的侵入。此时，唯有在作会议记录的行政办女秘书余秀芳忍俊不禁，抿着嘴偷偷地笑。贾正清一见此状，略显尴尬，说："嘿嘿，中午被一个客户硬拉去吃日本料理。上了很多生鱼片、生虾片。也不知道是那些鱼片、虾片出了问题，还是我们这种典型的中国肚子不适应东洋人的饮食文化。诸位，卖地这件事你们可以先议一下，我先出去方便方便就回来。"

贾正清的这间办公室，配有一间专门供他单独使用的卧室和卫生间。他人胖，长着一个啤酒肚，还有便秘的毛病。公司行政科给他专门修建了一个用意大利陶瓷抽水马桶、红外线热风机、红外线出水龙头装备起来的豪华卫生间。谁知这一天上午，单位一个新来的女保洁员在搞卫生，清倒残茶、茶叶渣和脏水的时候，一不小心，就把抹桌布给冲进了马桶。马桶的便道也因此被堵塞。这厕所一时半会儿是不能用了。正在闹肚子的贾正清只好出门绕道，前往供单位职工使用的公用厕所解决问题。

单位办公区的员工厕所建在该区的东头。

男厕的格局是一排小便槽另加上五间蹲厕。每一间蹲厕都有一扇人头高的木门。此时的贾正清肚子里已经是翻江倒海，正处在紧急关头。一进厕所，他就匆匆地脱裤子蹲了下来，然后闭上眼睛，痛痛快快地排泄了一通。等到排泄物排得差不多、觉得肚子已经不是太难受了，他这才睁开眼睛，开始打量起这间蹲厕来。最初，他头是用手撑向着左侧的，一睁开眼，目光自然就先落在左侧的墙壁上。

说起来，这单位的公厕，实在是个厕所文学泛滥之场所。什么"来时急匆匆，去时真轻松"，"英雄好汉到此吞声忍气"，什么"大便所，好风光,有鱼有肉有鸡汤,不要钞票不要请,只要卫生纸一张",另外,还夹杂着许多带黄色意味的字句。贾正清看着看着就想笑,笑过之后在心里又骂道,这些家伙,真无聊!看过墙壁的左面,他目光又落在正面果绿色的木门门板之上。贾正清不看则已,一看就气得七窍冒烟。原来,这厕所的木门之上,居然有一幅配了打油诗的漫画。也不知道诗与画是不是出自同一个人的手笔。漫画是用钢笔画的,画了一个头戴解放帽,穿中山装,凸肚子官儿状的男人一手搂个女人,一手提了只大哥大,正向远处的停放的一辆小轿车走过去。漫画下方则是一首原子笔笔迹写出的打油诗:

贾正经,搞腐化,拿着公款大把花;
皇冠车,大哥大,嫖娼也是为公家。
贾正经,狗胆大,老板行贿他笑纳;
地皮全让他卖尽,职工饭碗要被砸!

贾正清看着看着,一股邪火就炎腾腾地直冲天灵盖。他几乎要破口大骂:哪个乌龟王八蛋胆子这么大,竟敢搞到老子的头上?但最终还是忍住了。他已经气得忘了用厕纸清洁屁股,提上裤子,"嘣"地一脚把门踹开。好一声巨响,竟把一个正站在厕前对着小便池撒尿的员工给吓了一大跳,尿液也溅了一裤腿。

贾正清几乎是气急败坏地回到他的办公室。其时,一干人正在屋里说着闲话等他回来继续开会。单位的老二王亦才副总瞥了一眼才进门的贾正清,正好瞅见他的裤门链没有拉上,红色的内裤很显眼地露了出来。于是,他边使眼色边好心提醒说:"老贾,门可没关严,小心冷气跑了。"此时的贾正清正在火气头上，一时间也没能领悟出人家这句关语隐指的是什么，回过头去看了看那扇自动弹回去的弹簧门，不悦地道："老王，你胡说八道些什么嘛？门不是关上了！"这一来，弄得其他人也注意到了他的裤裆部位，"嘿嘿"地窃笑。最糟糕的是连女秘书的目光也被吸引了。当贾正清同志意识到裤裆问题的严重性时，就更来气了。不过，他毕竟是在商场上混迹了多年的人，人嘛，多少还有一点涵养。他知道，此时绝对不能在部下面前发火。你不是私人老板。在这单位里，不是你想开谁就开谁的。搞不好，卖地的事议不成不说，还会严重影响个人形象。于是，他对众人说："对不起了各位，我今天身体突然觉得不太舒服。好了，散会吧，这件事大家可以先酝酿酝酿，我们改天再议。"

众人出去之后，贾正清理了理自己的情绪和思绪。心想，是什么人敢跟自己作对呢？是什么人会下作到搞这种人身攻击的小动作呢？会不会是某个副手或分公司经理想抢班夺权？这种民谣、打油诗之类的东西，是最可恨又是最让人头痛的。碰上了，你要理会不是，不理会也不是。如果他随便写你个"打倒贾正清"或者"贾正清是个贪污犯"什么的，这些都好办，你只要睁只眼闭只眼不理睬就行了。可民谣、打油诗这类东西就不同，这东西没长腿，却会满世界地乱传。就像社会上流传的那些什么"革命小酒天天醉"，什么"一等人是公仆"之类的民谣，也不管是大人小孩、男人女人、文的野的，全都跟着学说，把你的社会形象搞得一团糟，是最让人受不了的。可是要怎么对付这个写打油诗的家伙呢？当然，前提是要能找出这个家伙。可怎样才能找出这个家伙呢？他一时也想不出什么好办法。想着下午已经在下属面前有两次失态，就自语道："老子今天真是给气糊涂了。"

来了一个包打听

  正当贾正清在办公室里生闷气的时候,就听到门口传来两声很有节制的叩门声。他随口说了声:"请进!"跟着,门就推开了一半,侧身进来了一个健壮精干、留小平头的年轻人。"贾总,您不忙吧?我有点事想找您谈谈。"年轻人进门之后,小心翼翼地说。贾正清抬眼一看,认出了此人就是最近通过小姨子的说项,他才同意调进自己公司的员工。年轻人叫刘子颜,是他小姨子的丈夫的堂妹的儿子。论起来,他们之间,还可以勉强算得上有点地瓜藤似的亲戚。

  刘子颜年纪很轻,长着一副"国"字脸;原来曾在市公安局当过一年半载的治安警察。那时,这小子心高气盛,又正在习武练拳脚的阶段,天天没事就练习着击打沙包。这死物打多了,就想找个把真人来练练,看看自己的功夫如何。可惜那些街头小混混都熟悉他,知道他是一个警察,知道他是代表着国家的专政机器,所以,没什么人敢跟他动手动脚。他想打个真人、找找感觉的愿望始终无法实现。一回,在公安局组织查夜时,他所在的小组查到几个住在个体户小旅店但没有按照有关规定登记的外地客人。他在查看客人证件时出言不逊,动作粗鲁。其中一个外省来的年轻的游客身份又刚好是个教师,典型的书呆子,绝对不会看天时地利,梗着脖子跟他争执说:"你们的执法很不规范、很不礼貌。"前面说了,刘子颜正好手头痒痒的,总想要找由头在真人身上操练拳脚,于是就说人家很妨碍公务,上去给了人家上一拳下一脚。他这手出得又没轻没重的,一下就把那个青年教师给打翻了,额头还被床头柜磕破了个口子,出了不少血。那一阵子,正赶上全社会在搞普法教育,民众法律意识有了极大地提高。随便动手打一般的人都会有麻烦,更何况打的又是一个外出旅游的人民教师——倍受社会尊敬的园丁。那外来教师也不是好惹的，先是告到公安局、旅游局，然后所在的学校又委托本地的律师，将刘子颜起诉到了法院。事情闹大之后，他不但自己赔了几千块钱的医药费，还被清理出了警察队伍。失业之后的他，就一直在社会上游游荡荡，无所事事，后来还是通过贾正清小姨子的这一层关系，才进了盐业公司的保卫科。

再说了，眼下贾正清心里正烦着，见到刘子颜进来说有事，就没好气地问他，你有什么事啊？刘子颜一听那口气，就知道赶上了贾总情绪不好，他来得不是时候。但人既然已经来了，又对人家说了有事，也只好硬着头皮长话短说："我是想请贾总您帮助解决一下宿舍的问题。""宿舍？莫明其妙，要宿舍你不会自己去找行政处？这个时候来找我要什么宿舍，简直是乱弹琴嘛！"

刘子颜自从被清理出公安机关之后，早先那份心高气傲的狂妄态收敛了许多，也算是学费没有白交吧，察言观色还是懂了。他听出贾正清说话的口气非常之不耐烦，也知道此时该立马走人，于是就说："贾总，您如果忙的话，小的就不打扰了，这事我以后再说吧。"

贾正清看着正要被他打发走的年轻人，忽然就想到他小姨子曾经告诉过他，这刘子颜以前在公安局干过。也正因此，他同意刘子颜调进来时，特地将他安排进了公司的保卫科。于是，他眼睛一亮，闪出了一个主意。

刘子颜此时正要转身走人。贾正清突然一改冷冰冰的面孔，口吻亲切地招呼道："哦，小刘，你先别忙着走。来，你坐！我还有话要跟你说。"说着，还起身亲自动手给刘子颜沏了一杯茶。贾正清态度的突然转变，让刘子颜一时间摸不着头脑。他惴惴不安地勉强坐了下来，却只敢让自己的半只屁股挨在沙发上，上半身也绷得直直的。等到听清了贾正清说，有件事情想要请他帮忙办的时候，一种得宠若惊的表情就很明显地漾在了他的脸上。

贾正清沉吟了一会儿，"说起来嘛，这件事还很棘手啊，我是怕托了别人也办不好。"

刘子颜这时也看出来了，贾正清想要托他办的事，肯定不是一件一般的事情。同时，他心里也在纳闷：自己有何德何能？像贾总这样手眼通天的大人物，又会有何事需要用到自己这样一个无足轻重的小人物来办？也不知道自己能不能办？不过，他也意识到：这是个天赐的讨好贾总的机会。于是，就只管麻着胆子，大包大揽地说："贾总有事托我办，那就是看得起我。真有用得着小的地方，小的就是肝脑涂地，也在所不辞。"

贾正清听了他一番很俗气、奴才式的表白，皱了皱眉头说："我说小刘啊，我看你是古装戏看多了吧？以后没有外人时，你呢，就尽管叫我姨夫。我很欣赏你的这点江湖义气。不过，我们这里毕竟是正儿八经的国有企业，所以不要不分地点、不看场合，总说那些江湖上的话。"刘子颜赶紧点头说："那是，那是！"接着，贾正清就跟他讲了在厕所里出现打油诗的事情。末了问他："你是在公安局干过的人，你看看有没有办法能把这个人给我查出来？公司人太多太杂，有上千号人，恐怕会比较难查吧？"

说来，这刘子颜也确实不愧是在公安机关历练过的人。他思忖了一会儿，分析道："这件事情，说难其实也不是太难。因为能写出这种诗的人，文化水平比较高，有一定的文学基础，至少是那些平时喜欢舞文弄墨、写点东西的人干的。这样一来，查找的范围就不会太大，也不会太难。只要找出嫌疑人，一拿到他的笔迹，我就可以请我公安局的朋友帮忙，把作案人的笔迹给鉴定出来。"

刘子颜一番在行在理的话，让贾正清一听就舒了一口气，庆幸自己找对了人。想想，除了这个刘子颜之外，他再也找不出能担当此任更好的人选了。他说："那好！那好！这件事就全权交给你去办。如果是需要什么人配合，或者是要用钱的话，你就单独来跟我说。"

刘子颜也不是傻瓜，当然知道要抓着这个天赐的机会。他心想，如果讨到了贾总欢喜，再加上有一层亲戚关系，他就会把自己当成心腹看待。这对他在这个公司的发展极为有利。到那时，不要说是要一间宿舍，说不定还能捞到个有油水部门的头头当当。因此，他在办这件事时就十二分地卖力，用了十二分的认真。他先是回到科里拿了照相机，先去厕所把那幅漫画和打油诗的痕迹给拍了下来，然后又去买了一瓶果绿色的喷漆、一瓶红色的喷漆。先把厕所木门上的漫画和打油诗用绿油漆喷掉，以防止流言扩散。第二天，再在外面的招牌店，请人用镂空的方式，刻出一幅美术字标语模子，然后在每个蹲厕的木门上，细心地喷印上了标语：讲文明、讲卫生，不准在厕所内乱写乱画！

隔天，他又去请教了原公安局里的同事，看看用什么办法可以把那个写打油诗、攻击贾总的家伙给找出来。经过内行的指点，他就用起排队侦察、逐个排除的手段来了。

走狗仗势动了粗

再说刘子颜煞费苦心，经过一番明察暗访，把单位里所有可能作案（他把这件事定成了案子）的人都一一排列出来，有八九个之多。办这种"案子"很不容易。要知道单位员工有一两千人,分布的下属单位就有十几个之多。为此,他不但用了半个月的工作时间,还搭上所有的业余时间。他所排找出的嫌疑人中,主要是能写点文艺作品以及钢笔行书字迹写得类似打油诗字迹的人。可惜的是,当他把这些费了九牛二虎之力才弄到的嫌疑人的笔迹,拿到公安局去找熟人做笔迹鉴定时,竟然没有一个笔迹可以认定。

既然已经把事情办到这个份上,还真让刘子颜有些发愁了。他想,这件事如果是查不出来,就显得自己没有能耐了。贾总他未必会知道,即使没能查出来,自己也是拼尽了全力的。领导嘛,要的是结果。更何况他曾当着贾正清的面夸下海口,要破这个"案子"。也是合该他走狗屎运。那天,正好是他骑了摩托车到单位的子弟学校去帮他姐姐接送孩子。他一进学校门口,就看见子弟学校一个年轻、戴副眼镜的男教师在抄写学校门口的一块墙报。因为辛辛苦苦查了这么些天,每天几乎都在发呆地盯着那张拍照下来的照片在冥思苦想,可以这么说,他对厕所那首打油诗作者的字迹特点,已经是烂熟于胸。当时,他只是随随便便地一瞅,就觉出那字迹跟他拍下来的照片里的字迹十分相似。这也是所谓的"灯下黑"。原本子弟学校教员是不在他设定的侦察范围之内的,因为子弟学校自成一统,其教职人员也不在公司的办公区活动,因此教师是不会去使用办公区厕所的。所以,他所设计的侦察方案就有了疏漏。也多亏了他时时在绷紧着这根弦,加上他对写打油诗的人的书写特点了然于胸,所以一经发现情况,就能引起高度警觉。接下来的事情就简单了。他设法取了这个教师的笔迹,并打探清楚此人名叫张跃进,是子弟学校的高一语文教师。此人极有正义感,喜欢抱打不平,还喜欢写诗。之后,他就带着张跃进的笔迹样品,到公安局技术科找熟人做了个字迹鉴定。

鉴定的结果不出所料：打油诗的作者正是此人。这事说来也真是应了那句古话：踏破铁鞋无觅处，得来全不费功夫。当刘子颜从鉴定室出来时，就有一种大功告成的欣快感。他急不可待地打电话向贾总报功。电话打过去后，听出了那头接电话的人正是贾正清本人，他就小心地、悄声地叫了一声"姨夫吗？"在听到那面给了自己一个亲切的回答之后，他就在电话里兴奋地向贾总汇报了他所侦察到的和已经确定了的情况。接下来，就听到线头那面的贾正清说："好！好！你真有本事，干得不错。我也告诉你一件好事，你要宿舍的事，一个星期后就能给你解决。"待到他再要向贾正清请示下一步的动作时，就听到电话那端的贾总在跟人寒暄。听得出来，此时贾总的办公室里进来了什么人。既然如此，余下的话就不便再说了。贾总跟他匆匆说了一句："好吧，晚上你到家里来时，我们再细谈。"接着，就把电话给挂了。

侦破了打油诗案件、贾总的赏识和房子问题的解决，这三件好事同时到来，仿佛给刘子颜注入了兴奋剂。走在路上，他乐得脚跟子总是不由自主地要往上踮。古人所说的春风得意马蹄疾的意境，大约也莫过于如此了。他心里揣想着，既然贾总这么赏识自己，自己当然要做出更大的成绩让贾总看一看，不但是要证明自己不是个等闲之辈，还要证明自己是一个可以辅佐贾老总大业的心腹人才。总之，他的动机也是立功心切吧，所以，还没等贾总作进一步的指示，他就马上决定了要去找张跃进。他要先审一审这个敢在太岁头上动土的臭小子。他手头上就带着那份字迹鉴定证据。他想，我要先让张跃进自己先招认了，然后再让他听从贾总的发落。

刘子颜跟张跃进谈话的地点是在张跃进所在的教员组办公室。当时是下午第一节课时分。刘子颜威风凛凛地走进子弟学校二楼的一间办公室时，就有一个正要出门上课的教师客客气气地问他："请问，你找谁？"而此时的他，仿佛就是一个尚方宝剑在握的钦差大臣，牛气冲天，睬也没睬人家，径自走到了张跃进的办公桌前。

此时，张跃进正在备课。

刘子颜神色威严地用手指背叩了叩办公桌桌面。正在专注地备课写教案的张跃进停下了手中的笔，抬起头，从镜片后面扫了来人一眼。当他看到刘子颜那副不逊的神色，就没好气地问："你有什么事？没看到我在工作吗？"刘子颜神色凛然说道："本人是公司保卫科的刘子颜。工作嘛，你先放一放，有个案子跟你有关系，现在，我要你跟我到保卫科去调查一下。"张跃进说："我跟你去调查？你吃错药了吧？"刘子颜知道自己表述的意思不够准确，又说："是要你去接受调查。"张跃进说："我马上就要给学生上课了。如果你们单位有什么事情需要我协助的话，你必须先去跟我们校长说。"刘子颜态度强硬地说："公司保卫科传你，你就得去！"

张跃进看着来人那副神气十足的样子，又不认识这个莫名其妙的人，也火了，说："你凭什么？谁派你来的？你这算是传唤还是算什么？就是公安局、法院传唤人，也还要有一张传票啊！你有吗？"这一问问得刘子颜心有点虚，不过一想到自己是在替贾总办事。贾总是谁？单位的老大啊！身后有了贾总在撑腰，他怕谁？一下子胆又壮了，说："要想人不知，除非己莫为。有人在单位的公共厕所写打油诗攻击污蔑贾总，这事你知道吗？""那又怎么样？""你还敢说怎么样？你小子知道不知道，这是人身攻击，是犯法的。"

张跃进觉得眼前这个来审他的刘子颜不但样子滑稽可笑，而且是来路不明，审问也审得不伦不类的。于是，不屑地说："你好像是刚从氏族部落里出来的。我可以不计较你的满口秽语。但我要问你，贾正清干的那些事犯不犯法？贾正清的事我们还暂且不说，就说你。我先要请教一下：是谁给你权力，让你到这里来审问我的？"

张跃进那副轻蔑的神态简直让他受不了，刘子颜冲动之下，竟一把揪住张跃进胳膊，说："你跟我走！到了保卫科看老子不好好收拾收拾你。"而这时，张跃进则不动声色，扫了一眼那只抓着他胳膊的手，冷冷的一句，"请你放尊重一点，把——狗爪子给我拿开！"那话、那冷静轻蔑的神态，无异于给已经激怒了的刘子颜火上加油。"别说老子揪你，老子就是揍了你又怎样？"冲动之下，刘子颜仿佛是在审讯犯人，仿佛是跟那些调皮捣蛋的小流氓、小混混们在打交道，他当然容不得被他审讯的人这么傲慢。于是，一抬手就给了张跃进一个巴掌，把他的眼镜也给打掉了。

不过，就在动手的那一瞬间刘子颜就后悔了。他还没有健忘到想不起来第一次丢饭碗的原因，就是随手打了一个外地来旅游的教师。这一次，仿佛是鬼使神差，仿佛历史又回到了同一个始点，他居然又动手打了一个子弟学校的教师。幸好出手的瞬间泄了气、收敛了一下，这一巴掌打得并不重，而张跃进又不是那种会嚷嚷的俗人，办公室里又正好没有其他教师在场。要不然的话，一个公司保卫科的人闯到学校动手打教师，这种事只要一声张，肯定会引起轰动，引起学校全体教师、学生的愤怒。届时，事情会怎么收场，挨揍的是谁？他刘子颜能不能全身而退？情况就很难说了。

这时，挨了打的张跃进只是轻蔑地冷笑道："记住，你动手打了我！"他说这话时，并没有跟刘子颜过多计较的意思。但那冷笑，还真刺得刘子颜心里发虚。此时，心中充满了后怕的刘子颜只是用手指点着张跃进，结结巴巴地说："你、你、你竟敢写诗污蔑贾总，还嘴硬，你等着！你、你等着！"然后就悻悻地走了。

纪委来人作调查

按说，关于贾正清的情况，张跃进本人并不十分了解。单位比较大，他在公司的子弟学校上课，又没有直接接触过贾正清本人，对这个人也无所谓好感或恶感。他是在做学生家访时，跟学生的家长聊天，听到了学生家长们在议论贾正清卖地的事。单位里有几块临街的黄金地皮，按说如果没有资金去开发的话，卖掉一块，然后用这笔资金作为启动资金去开发第二块第三块就行了，可单位这些头头偏不这么干，卖一块地，花光一块卖地皮的钱，再卖一块。没有人知道这些败家子们安的是什么心。

前面说了，张跃进本是个很有正义感又爱抱打不平的角色。那一次也是一个巧合，工会组织职工代表在总公司的大会议室里召开本年度的职工代表大会，子弟学校选出来的职工代表又刚好有病住院，于是，学校的吴校长就临时决定，让张跃进作为学校方面的职工代表出席会议。就在会议分小组讨论时，与会代表们纷纷对公司财务管理上的种种猫腻加以指责。会议开到中途，张跃进去公厕解手，刚好在厕所蹲位上看到了那幅无名氏的漫画，联想到了学生家长和职工代表所说的种种情况，突然来了灵感，并顺手写下了那首后来让贾正清惶惶不安的打油诗。

当这会儿被刘子颜不伦不类地审讯了一番，挨过一巴掌之后，张跃进显得很冷静。他不动声色，心想：好吧，既然你贾正清敢找喽啰搞侦察，还敢非法审讯我，那我就豁出去跟你斗一斗。我就不信邪压得了正。大不了我不在这个单位待就是了。他知道，这个叫刘子颜的家伙只不过是一条狗，不值得跟他纠缠，只要把贾正清的真面目揭露出来，那狗没了主子，也就成了一条丧家之犬。于是，张跃进就用走访学生家长的机会，有目的地了解单位的情况，了解贾正清干的那些坏事。不了解犹可，这一了解就让他大吃了一惊。这贾正清真正是臭狗屎一泡，光是面上收集到的材料就一大堆：比如用公款带着小蜜周游列国；比如大哥大费用每月花上万元；比如搞一人得道，鸡犬升天；比如庙穷方丈富啦，还不包括那些幕后的钱权交易。

张跃进把收集到的材料整理好之后，亲自送到市纪委。市纪委会里有个叫杨小雅的女纪检员是张跃进读师大时的同学。他去的时候先找小雅。其时，杨小雅正在她办公室的电脑上打一个什么材料。老同学一见面，小雅就高兴地问他："张跃进，什么风把你吹来了？"还问他，"学院的海南籍同学上星期日在海口福兴酒家聚会时，你怎么没有去啊？"关于聚会的事，张跃进给了个没去的理由，接着，就把自己了解到的贾正清的情况给小雅说了。小雅听后，告诉他，近一段时间中纪委正在狠抓国有企业的反腐败工作。另外，她还告诉他，最近告你们单位那个贾正清的检举信还真不少。不过带着举报材料亲自上访的，你是头一份。小雅跟他谈了一会儿，就把他带到纪委会的接待办公室。

接待张跃进的是纪委的一个科长，姓苏，叫苏德平，正是四十九奔五十的年纪，人看上去显得平和，脸上极少表情，长得白白胖胖的。苏科长听了他简单的说明，然后接过举报材料，不温不火地说："你反映的情况很好。现在嘛，正好赶在风头上，全国上上下下都在关注国有企业的问题。说真的，你们国有企业里那些个乱七八糟的事情，真够让政府头疼的。"

大约过了一个星期，纪委会就派了两个人下来单位调查，其中之一是接待过他的苏科长，另一个就是他的同学杨小雅。

再说纪委来人时，也没跟贾正清直说，只是由工业局党组给他打了个招呼，说是有人反映单位的一些问题，纪委的人要下来调查一下。因为在单位里贾正清是党政一肩挑，既是总经理又兼党委书记，主管局只能让他回避一下，并让单位的工会派专人协助调查。

老贾心中乱如麻

本来，贾正清在委托刘子颜去调查写打油诗的人时，就一直在苦苦地思考，如果真的找到这个敢在太岁头上动土的家伙之后，该怎么办？处分他？整治他？给他小鞋穿？看来都不是好办法。这确实是一件让人头痛的事。虽说单位里是他的天下，各部门的头头脑脑都听他的，可现在这社会，怎么说也还是共产党领导的社会。上面天天念政治紧箍咒，天天讲廉政，眼下单位职工对他意见也很多，自己做的很多事本来就摆不上台面，再公开去整那个写打油诗的家伙，实在是不明智的事。想想，觉得最好的办法，就是不要再把事情扩大，如果能找到这家伙，就警告他或者笼络他，只要他不要再扩散就行，哪怕他要发泄对自己的不满，到处乱写"打倒贾正清"也行。

贾正清是从他在市党委部门的朋友那里知道了张跃进去纪委会告了他的。他开始也弄不明白，这个写打油诗的家伙干啥非要跟自己过不去呢？他写了打油诗攻击自己，自己也没怎么他，他怎么竟变本加厉，把事情越搞越大？后来，他把刘子颜找来一问，才知道事情的原委是刘子颜报恩立功心切，自己去审了张跃进，并且打了张跃进一巴掌。这本是瓜田李下的事情。刘子颜是他弄进来的人，又是他派去专门追查这件事情。张跃进当然有理由怀疑，所有的一切，都是他贾正清唆使人干的。

知道了事情的原委，贾正清心中暗自叫苦不迭，后悔自己是聪明反被聪明误。唉，怎么就找了刘子颜这么个白痴，在学校乱审人家不说，好不好还动手打人家。一定是让张跃进这个愣头青知道了他们的关系，或者以为是他指使刘子颜去打了他，所以才敢这么公开跟他叫板作对。贾正清把个刘子颜骂了个狗血淋头。刘子颜此时也只得委委屈屈地挨骂，那眼神，就像那些被主人踢一脚的狗。但事情都已经到了这一步，他知道再骂刘子颜也无济于事。现在的情势是，市纪委方面已经来人调查他了！他当务之急，是要考虑自己怎样能过得了这个关。他想，浮在面上的一些事情肯定是包不住了，不过也不怕，现在满世界都是这样，是大环境造成的。怕就怕来调查的人往深处挖。他这会儿的心情，跟如厕见到打油诗时的火气冲头绝对不同。那时主要是生气，是热，是气往外胀，现在则多是害怕，是冷，是气往里缩，而且是心乱如麻。他一时也搞不清楚市纪律检查委员会的那些人物是什么来头？有多大能耐？他们摸到了他多少底子？

贾正清焦躁地在他的办公室里踱来踱去，就像是一只被关在笼子里的老虎。弄得半只屁股坐在沙发上的刘子颜提心吊胆、小心翼翼的，大气也不敢出一口。

好一会儿，刘子颜才斗胆说："查就查！只不过是纪委会的人，说明并没有什么大的把柄，怕什么。现在这个社会，没有什么拿钱不能摆平的事情。查深查浅、查出问题查不出问题，关键还是要看来调查的人。就算是查出一些面上的问题，还要看他的调查报告怎么写。现在有很多事，只要有钱就能搞定。"

一句话倒也提醒了贾正清。

贾正清说："那好，你给我去摸那个苏科长的底。给我把他的人性弱点找出来，看看这人有什么嗜好。只要不是一个油盐不进的家伙，就好办！不过，这回我没叫你干的事你可千万千万不能有什么动作！再要出什么差错可不行。"

刘子颜听着，把头点得像鸡叨米一样。

摸苏科长的底，这事对刘子颜来说其实也很简单，他姐夫就在机关当收发，人头熟。只过了一天，刘子颜就把老总托办的事办得利利索索。

贾正清知道了苏科长的底，自己心里也就有了底。他主动打电话跟苏科长联系，约好了要跟苏科长谈谈，并定下了见面的具体时间，地点则选在市郊的一家海景大酒店。

老苏吃了"老鼠药"

再说了，这苏科长在应邀去市郊的海景大酒家跟贾正清见面之前，心里就已经揣测出贾正清想要干什么了。本来嘛，有什么事机密到需要到一个郊外的酒家去谈？你要交代问题，就在办公室里交代好了。一切迹象都明摆着是要贿赂他，收买他。这一点对于智商并不低的苏科长来说，实在是小儿科。不过，最近他家的经济状况也确实拮据得很。思来想去，脑子里的两个小人打架打得厉害。他人毕竟是受了党多年的教育。但最终是灰色的小人打赢了。他也觉得需要一点油水滋润滋润。苏德平是干纪检这一行的，大大小小的案件办了无数，他心里很清楚：只要谨慎行事，其中的风险概率并不大。正因为受贿风险概率小，正所谓天知地知，你知我知，又没有第三者作证，所以，时下这类钱权交易才颇为风行。当贾正清电话里说请他在市郊外的酒家谈谈时，他只犹豫了片刻就答应了。

苏科长按约定到达市郊的海景酒店时，先是刘子颜在酒店大厅跟他接头，然后，再由刘子颜把他带到一个单独的小餐包厅跟贾正清见面。安排好后，刘子颜就找了个借口离开，留下他们两人单独秘谈。地点选在这么个僻静的郊外酒家，接触又是经过缜密的安排，苏德平就觉得很有安全感，也觉得贾正清这个人很精明，很会办事。

刘子颜出去后，苏科长笑着调侃道："老贾啊，你该不会是请我来赴鸿门宴吧？"

"鸿门宴？"贾正清略微一怔。那一阵子，CCTV正在热播电视连续剧《三国》，所以他马上就醒悟过来了，说："嘿，看苏科长你说的！我哪里敢啰，依着现在的形势，您是项羽，鄙人才是刘邦。倒是我要请您老弟高抬贵手，放我一马。唉，这话我们就不说了吧。其实呢，我只是想着，苏科长这一阵子调查工作太忙，需要放松放松，我呢，也想借此机会跟苏科长好好叙一下，交交心。为了不至有外人打扰，所以就选在了这清净的地方聚一聚。苏科长不会因此见外吧？"

苏科长反问道："要是见外，我还会来吗？"

说完，两人都会心地笑了。

他们点的菜送上来后，两人就边吃边谈。贾正清故意把话题往经济上引，问苏科长单位是不是在搞房改？问苏科长儿子上大学学费是否自负？一提起这些经济上的事，苏科长就感慨唏嘘，说："唉，还是你们这些人活得潇洒啊。我们这些在清水衙门混的人可惨啦。"

贾正清说："其实嘛，一个人做事只要不是死心眼，灵活一点，门路还是很多的。现在在社会上混，多个朋友多条路。如果不嫌弃的话，您就给老兄一个学雷锋的机会，让我帮一下您老弟的忙。"说着适时递给他一个存有二万五千元的活期存折，并告诉了他存折密码，存折户主用的是一个化名。苏科长想了想，觉得贾正清靠得住，这事办得也还算稳妥，没说什么就把那本折子给接了。

两人喝酒喝到兴头上时，贾正清就笑眯眯地问他："苏科长，不知道有没雅兴找个小姐来按摩一下？很温馨的啦，全方位服务，您想要她怎么做都可以。"

此时，喝酒喝得有点飘飘然的苏科长，心里那道防御资产阶级腐朽生活方式、防御了二十多年的老土堤子就全线崩溃了。他色迷迷地说："老贾，你看着办吧，只要安全！"

贾正清说："现在是我有求于你，我能不保证你的绝对安全吗？"贾正清说着就拿起大哥大拨了一个电话号码，接通后，跟对方一个什么人讲了一气，过了大约十分钟，就有一个年轻貌美的"全功能"小姐进了他们的包厅。进来的女孩子是个外省姑娘，人长得确实很漂亮，十八九岁，面容姣好，肌肤白皙嫩滑得让人有一种一拧就出水的感觉。但看那神情，已经老练得不像是个雏。看着这鲜葡萄一样的女子，苏科长顿时就心旌摇荡，再也没心思喝酒了。那小姐也故意半推半就地跟他调情，一副风情万种的神态，特撩他的欲火。到了这火候，苏科长就显得按捺不住了。贾正清适时吩咐那女子先上到楼上预开的客房里等着。小姐上去还没过几分钟，苏德平也猴急着颠了上去，要解决形而下方面的问题。

苏科长行完风流韵事之后，感慨万分，心想：好东西，好东西！能中这种糖衣炮弹，看来真是一件很舒服的事。要是能有机会让我天天中一回就好了。这人啊，分三六九等，有钱、有权才真正是人上人。想着想着，他就觉得这辈子过得实在是窝囊；守着清规戒律，没有钱不说，权呢，也只是这丁点小权。

苏科长收受了贾正清好处，也就诚心诚意要替他消灾解难。他找了张跃进谈话，说："贾正清的问题，我们已经查过了，你反映的情况都沾边，不过呢，又不全准确。有些问题其实有他存在的客观原因。你是受过高等教育的人，大概也学过辩证法。每个人看问题，都会有不同的角度。你不是处在贾正清的领导位置上，所以看问题的角度不同。有些事，站在你的角度，你当然不会明白贾正清为什么会这么决策。你想，全公司职工工资的担子是很重的，有很多事情，他的出发点都是为了安定团结以及替政府分忧。"一番话，把张跃进说得云里雾里的。他也弄不明白，苏科长的态度怎么突然就变了，来了个一百八十度的大拐弯。

调查组要撤回去的那天，小雅专门到学校来找张跃进，并把这件事通知他。张跃进惊异地问："怎么这么快就撤走？贾正清的事都查清楚了？"

小雅说："你所反映的问题，我们基本上都粗略查了一下。也跟贾正清本人谈过。他有不少借口。单位财务科的几个关键人物，都是他的人，不太配合，我们一时也很难办。老苏是组长，就他那种查法，我看也很难有什么进展。"

"照这么说，查得不上不下就收摊了？"

"这事我也不知道老苏他是怎想的了。前几天，在给我们领导汇报情况时老苏就说：贾正清搞改革肯定会得罪一些人，触动一些人的利益。说国有企业领导现在也难当之类的话。我们的头就让他看着办。如果这个案子没什么搞头，就尽早结掉转去查别的案子。现在违纪案子也实在是太多，我们加班加点办，也办不完。"

张跃进说："我就不信贾正清就真的查不出什么大问题！"小雅说："大问题有没有一时还说不准。因为我们现在还只是在面上浮皮潦草查了一下。所接触过的职工几乎都对他很反感，不过他们说的也都是一些表面上的事，比如说，大哥大的话费问题，贾正清有他的一番解释；比如他带小蜜旅游，他说是打算洽谈合作项目，是公关的需要。还有一人得道，鸡犬升天的情况。他也有他的说辞，经理责任制，他有权用他认为可以用的人。这也是企业法上写了的。反映的那些风流韵事，现在也很难算得上什么大问题。男人女人，你情我愿这种作风上的事，大不了也就通报批评一下。至于其他的事，职工也反映了不少。问题是要时间，要再深入查一下。我也不知道老苏他是怎么想的，怎么这么快就班师回朝了。"

张跃进说："说不定是老苏给人家收买了吧！苏德平，哼，我一听到他这个名字，就有点中庸的感觉。"

小雅问："此话怎讲？"

张跃进说："第二次世界大战时期苏联和德国不是死对头，他们能和平嘛？"

小雅说："你看你，怎么像个拆字占卜的算命先生似的，人家的名字你都能拿来这么乱拆。你的名字我也拿来拆好不好？别搞唯心论了！"

张跃进说："啧啧，什么唯心论，直觉就是唯心论？"

小雅像被点醒似的说："要说直觉嘛，这倒很有可能。我也觉得怪怪的，老苏他人最近好像是一下子变了。原来还跟我说过，说依他多年的办案经验，一看被查单位的水的混浊程度，就知道里面有鱼没鱼，有大鱼还是有小鱼。这个贾正清只要细查，肯定会有大问题。后来又改了口气，说得罪的人太多不好。这年头社会都是这样啦，社会风气坏得没法收拾，不是处理一个人就能解决问题的。还是多一个朋友多一条路。一个纪委的工作人员，竟说出这种无原则的话！"

张跃进说："那这个老苏绝对是吃了'老鼠药'了。"

杨小雅说："我们单位最近搞房改，分给老苏一套三房两厅，前阵子总听他唉声叹气说穷啦说没钱要。唉，其实这社会也是挺矛盾的，说高薪养廉不合国情，可人性就是那样。现在一方面房改要交一大笔钱，一方面干部工资又那么低。像老苏这种年龄的干部，除要交房钱外还要供一个上大学的儿子。他老婆单位又不死不活的，每月只发个一百块钱的生活费。"

张跃进说："这也不能成为不讲原则的理由。而且这要看你怎么个比法，我们收入多少？国内普通百姓收入多少？如果一个社会没有公平和正义，这个社会就会叫人不堪忍受。"

小雅说："你没有听明白我的意思。当然，你说的这个公平正义的观点我也赞成！"

张跃进说："那你打算怎么办？不会也学着老苏的样，去吃贾正清的'老鼠药'吧？"

小雅不高兴地说："你怎么能这么说一个老同学？你以为我就不恨那些贪官污吏？这个社会，并不只是就你一个人有正义感！实话跟你说吧，我们内部的情况也很复杂。我是想等我们的许书记从党校学习回来之后，单独跟他把我们调查的情况汇报一下。事情都到了这一步，我就不信贾正清的问题会查不出来！"

小雅揪住狐尾巴

小雅第二次带调查组下来调查时，纪委的苏科长没有再来。第二个调查组一共来了四个人，其中有两个是市审计局来的审计师，他们主要是下来审计企业财务管理方面的问题。在调查组下来的前两天，贾正清就被组织部点名指定到市党校参加关于搞活国有大中型企业的学习班。贾正清万万没有想到市纪律检查委员会在此时杀他一个"回马枪"，所以有很多该堵的漏洞没有及时堵上，该布置的防范也没有布置。

这回小雅的调查小组是由她当组长。不了解小雅的人从外表上看，她只是个眉善心慈的小妇人。殊不知她疾恶如仇，办案子六亲不认，在纪委会里是出了名的铁娘子。曾经有过一次，上级让她去查一个乡镇小学校长的案子。据群众举报，那校长和会计合伙做手脚，把学校的一笔资金挪用去作私人的生意，而这会计又正好是她的堂姐夫。这案子只要把校长的事查出来，就等于把她堂姐夫也顺带挖了出来。就是这事，该怎么处理她就怎么处理，一点也不顾及什么亲情。当时，堂姐哭跪着求她，让她放他们一马。但她也没有因此手软。为此，堂姐一家人几年来都在恨她。

再说这回再查贾正清，小雅是人头熟，地头熟，轻车熟驾。她不学苏科长那样的作派，把人找到办公室来像审人家似的谈话。她每天所做的事情是：晚上走访职工的家庭，白天工人上班时，她一边跟工人干活一边跟人家聊。单位里很多职工都知道，市纪委有一个模样长得很清秀、态度很亲切的小妇人在调查贾正清。经过大半个月的明察暗访，小雅终于得到了一条重要的线索：有职工反映，在单位的一次地皮买卖合同签订的第二天，他看到了贾正清老婆在市郊某银行储蓄所一下子就存了一笔二十万的现款。

小雅的调查组就顺着这个线索去那家银行查，很快就在电脑上查到了用贾正清老婆名义开的一个银行户头上有一笔巨款。在审计单位的账目时,审计小组光查出小金柜款和不合理的开支就有上百万元。这两项归拢起来,贾正清的问题就不是一般的问题了。即使查不到别的什么,光是巨额财产来源不明罪一项,就够他受了。那些面上反映的大哥大、小汽车,以及一人得道,鸡犬升天之类的事与之相比,不过是小巫见大巫。查到了这一步,贾正清问题的性质已经十分清楚,于是,纪检方面就把案子转交到了市检察院。

小雅的调查工作结束以后,有一回她带着她三岁的儿子在街上散步时碰到张跃进。两人谈了检察院查办贾正清案子的进展情况。末了小雅说:"张跃进啊张跃进,你那一首打油诗惹出的事也够多的了。我们的苏科长最近因涉嫌包庇,已经被组织部门安排调动工作。贾正清的案子,检察院方面已经准备向法院起诉了。说起来嘛,还都是你那破诗招引来的。你这人有点才气我承认。可你也不能老搞那种不光明正大、味道不正的厕所文学吧?你怎么就不能写点正面的东西,拿到正规的报纸、杂志上去发表?什么时候也给我们编个正面的、歌颂的打油诗吧!"

张跃进笑着说:"像小雅你这样的女中豪杰,铁娘子一般的人物,当然要好好歌颂歌颂啰!"

小雅正色地说:"那你可不许再写像在学校时、攻击我们宿舍几个女同学那样的打油诗。"

说过之后,两人就孩子样一起拊掌笑着吟咏起当年在师大读书时张跃进写的那首曾经被全班男生传咏一时的打油诗:

  吴燕脸上乱涂霜,

  东平鞋跟三寸高;

  雯丽一副水蛇腰,

小雅照镜像老妖。

咏毕，小雅显出有点不解，道："你以前这首打油诗里，写的什么吴燕爱涂厚厚的珍珠霜啦，郭东平离谱的高跟鞋和许雯丽的水蛇腰的情况嘛，还基本上属实。班里的同学都公认。不过，你写我照镜子时的模样像老妖那一句，我就一直在纳闷，也不知道你怎么会这么编排我。你的根据是什么呢？"

张跃进说："具体的细节我也记不清了。好像是当时女生中谁到你们宿舍有事，有两次都看见你边照镜子，边做着鬼脸，然后就把这件事跟我们男生说了！"

小雅恍然大悟，说："哦，原来这样！想起来了。那时候我在珠影有个当导演的亲戚，她曾经说过要介绍我当演员。我呢，也想过一把明星瘾。所以，那一阵子，鬼使神差似的，我老是对着镜子练哭相、练笑相。总之，那是练习表演的需要。与所谓的妖精绝没有任何关系。"

张跃进得意地说："所以说，鄙人的大作都是有厚实的生活基础的，绝对不是凭空捏造。要不然，怎么会流传呢？"

小雅说："就像你写贾正清的那首歪诗是不是？张跃进，有件事还想问问你：你从前在打油诗里挖苦的我们宿舍的几个学姐都结婚了，你现在怎么样，有目标了吗？也该结婚了吧？"

张跃进蹲了下来，平视着、抚摸着小雅儿子那可爱的脸蛋蛋，笑着说："叔叔的老婆嘛，还在丈母娘的肚子里呢！你说是吧，小家伙？"

小雅也笑道："我真不明白，张跃进啊，张跃进，你怎么就老也长不大呢？"

这期打啥码

　　容海生一家大概可以算是我们这个城市最底层的穷人了,按照现在时尚的说法,也就是所谓的"弱势群体"。容海生今年五十有四,身材短小,长得有点老相,清瘦的脸上戴了一副深度的近视眼镜,加上平时衣履不整,一眼看上去,就像个旧时代的落魄文人。老容没有单位、没有经济收入、没有住房——这住房当然是指没有像那些有单位的人一样,有一套属于自己产权的房改房。他们一家四口,现在就租住在朋友的一套三室一厅的住宅之内。那个套间一共有三户人家租住,一户一个单间,他每月需要交二百块钱的房租。老容家里唯一的经济来源,就是靠着老婆去蹬三轮给人家拉拉货。

　　从经济角度来说,这个家庭也太脆弱、抗风险能力太低了,只要某个家庭成员患一场稍微大一点的疾病,就能从经济上把这家庭彻底击垮。面对这窘况,要是换了别人,愁也愁死了。可他老容在这一点上却显得与众不同。家境虽说贫寒至此,容海生却是个天生的乐天派。他是闲人一个,平时也没多少家务事可做,兜里就常常揣着跟老婆讨来的一两块钱,快快乐乐地随了一班朋友去街头的茶馆吃老爸茶。

　　穷人也有穷人的快乐。

老容的那一班朋友，虽说个个都是没钱没势、社会地位低微的平头百姓，但在吃茶时，也没有忘了高谈阔论、评论国是、臧否人物。众人高兴了，也会吼上一嗓子琼剧，过一把戏瘾。尤其是容海生，那琼剧唱得可真是有板有眼，戏文也比别人记得多。说到这琼剧嘛，眼下，也是属于那种需要振兴的地方小剧种，现如今也没几个年轻人喜欢了。所以有人说，凡事到了要振兴的地步，也就说明这玩意儿离绝种相去不远了。

容海生爱唱琼剧的嗜好，缘于他年轻时在文化馆工作过的一段经历。1963年，他中专毕业以后，分到A县群众艺术馆搞创联。那时的容海生，只是个二十刚出头的毛头小子，没有成家立业，光棍一条。单位没给他分宿舍。他呢，只能临时住宿在艺术馆的一间办公室内。晚上用两张办公桌拼起来当床，白天再归位办公。当时，同住在艺术馆另一间办公室的，还有一个叫黄越娥的独身女同志。这黄越娥原来是A县琼剧团里一个很有名气的旦角，20世纪50年代中期到20世纪60年代的中期，她因为唱琼剧红遍了琼南。容海生分进县文化馆的那一年，因为县里要求要普及戏剧艺术，所以把黄越娥调到文化馆来当了一个时期的琼剧辅导员。那年头，文化馆内的各种设施十分简陋。几行平房围出个小院，小便所和洗澡房是一体的；无论男女的小便所都兼有浴室的功能。这男女厕之间，只隔了人头高的一堵短墙。有回晚饭后，容海生提拎了只铁皮水桶去洗澡，就听到隔墙那头的黄越娥在唱戏。黄越娥唱的是琼剧《红叶题诗》中的主题段子。她先是扮着旦角唱道：

犹已深闺怯晓寒，

暖风吹梦到临安；

花娇软柳春如海，

却爱天涯一叶丹。

接下来又沉下嗓音,自扮着生角唱道:

血战中原骨未寒,

可怜湖上恋偏安;

蛾眉尚许酬霜叶,

愿结同心一片丹。

要知道,这《红叶题诗》当年在海南岛,那可是著名的家喻户晓的一出琼剧。该剧杜撰的是历史上海南琼台书院发生的一个优美动人的爱情故事。其主要情节是:宋朝的某一日,待字闺中的小姐姜玉蕊到书院周边游玩,聊发诗兴,在一片红叶上题写了一首诗,且将此红叶掷入河中,任其顺水漂流,又恰好让同样在下游春游的公子文东和拾得,进而以诗唱和,进而相慕,进而相恋的故事。这琼剧的戏文,让黄越娥唱得入情入境。怎知在墙的这一头,居然把个年轻、血气方刚的容海生撩得心头痒痒的。实在是忍不住了,容海生就把水桶倒转过来,垫在脚底下,探过头去偷窥。所见到的情形竟然是黄越娥赤裸着身体,手拎了条毛巾,一如在舞台之上,入情入境地在比画着戏剧里的动作。看来,这黄越娥是一边洗澡,一边在做着即兴表演。容海生是一下子就惊呆了。而此时,黄越娥也发现了隔墙有人在探头探脑偷窥。按说,如果是别的女人遇到这种状况,一般都要赶紧拿件衣物遮一遮私处,然后再把个伸头窥视的家伙用"流氓""不要脸"之类词句伺候一通。可那黄越娥却不是这样。她当然知道窥视者就是和她同宿住在馆内的单身青年。居然从从容容地把赤裸的身体转了过来，让容海生看个明白。然后呢，就用戏剧中念白、拖长的腔调，来一句：公子——侬家的身子——真的——那么——值得一看么？

事后，容海生越想越觉得出奇。这黄越娥还真是个天下少有的奇女子。不过，当时的他还是惊骇得差点从水桶上跌了下去。

至此，年轻的容海生就开始单恋着比他大了近十岁的黄越娥。不过抱定了独身主义想法的黄越娥只是把他当成小弟弟看待。晚上没事时，她就常常手把手地教他演练琼剧。每当演唱得入情入境时，两人会在办公室里比比画画，按照各自饰串的角色表演：对白、对唱。正可谓，人生如戏，戏即人生。那真可以说是容海生人生当中的一段最幸福、最难忘的时光。

1966年，黄越娥就倒了霉。她成了单位里宣扬封、资、修文化的反面典型，又是县文化界批斗封、资、修的靶子。在人身侮辱的风气盛行的时候，文化系统的人要给黄越娥剃阴阳头、挂破鞋。这挂破鞋，是因为风传她跟文化局长之间有一腿什么的。容海生很同情黄越娥的遭遇，当时就禀然站了出来，斥责那些人，说："你们这么干是不人道的，是侵犯人权！"容海生这也是愤不择词，一点也不知道因着这不合时宜的几句话，竟把自己也给卷了进去。

那种年代，"人道""人权"跟"民主自由"一样，都是与资产阶级有着某种血缘关系的词汇，就像在街头碰上要饭的私生子一样，即使是自己所生，有良家妇女名誉的人也是不屑于当众认领的。在清理阶级队伍的阶段，单位的某些人就说了，容海生这家伙狗胆包天，不但胆敢跳出来包庇黄越娥，还公开宣传资产阶级的"人道、人权"。于是，也把他打成了阶级异己分子，清理回了乡下老家。后来，单位给他落实了政策，让他回来上班。如果当年他就这么回来上班，现在岂不就安安稳稳，靠着领财政工资过日子，他的命运就会因此改变。说起来，也算是阴差阳错吧，那时的他是死活不愿意再回到文化馆了。他选择了去城郊县里新建的一家糖厂工作。这其中有几个原因：一是原来整他的那一帮人还在文化局系统，依他那耿直的脾气，他不愿再看这班人的嘴脸，更何况还要被他们管着。二是当时黄越娥也是因为上述原因，说什么也不愿再回文化馆。三是县城郊新建的糖厂方面答应，可以给他那农村户口的老婆安排一个临时性的工作。那女人是他被清理下放回乡下时娶的。

20世纪90年代初，县（后改了市）郊的糖厂因为经营不善，一下子就倒闭了，两百多个职工因生活没有着落，做了鸟兽散。老容两口子也因此成了无业游民。他们一家搬回城里，先是在城里找块空地搭了个棚户居住，后来城市管理部门清理违章建筑，把他们的棚屋给拆了。于是，他们只得花钱租房栖身。老容家靠妻子一个人蹬三轮养活全家四口，再花二百块租房，对他们的压力不小。老容也不是没找工作，只是这个城市的工作确实不大好找，体力活他干不了。这个城市是旅游区，酒家宾馆虽多，但人家要的却是青年男女。老容想把关系转回文化馆，但事情都过了二十年了，眼下又赶上精简机构，要办回去，再领一份财政工资，简直是难于徒手登青天。好在老容对这事看得开，反正是日子年年难过，年年过。

再说这年盛夏的一个周末的下午，老容又被一干茶友邀去吃茶。吃茶聊天时就有一个朋友说道：你们听说没有，黄越娥上个月得了乳腺癌走了。黄越娥终身未嫁，当年又是这一方土地上的名人，在老一辈琼剧爱好者当中，几乎是无人不知、无人不晓。老容乍一听到这个消息，不胜感慨嘘唏。联想到三十多年前与黄越娥相处的一段日子，心中就愈发郁闷。以往他与茶友吃下午茶,一般都要吃到六点钟方才散伙,这一日,因为听到了黄越娥的死讯,五点不到,他就推说身体不适,怏怏地走了。这一晚上,上半夜老容辗转难眠,思想着如烟的往事;下半夜昏昏沉沉睡着之后,又破天荒做了一个怪诞的梦。在梦中,他竟然在跟年轻、赤身裸体的黄越娥相拥。云雨之后,黄越娥边舞着水袖边唱了一句琼剧的戏文。他也没听清戏文中的字和词,只听记得咪——嗦——哆——拉的乐音。接着,又做了一个和已故的父亲相逢于老家祠堂的梦:他刚一出门,老父突然说了一句,侬啊,你先倒转过来嘛!

次日下午,一干茶友再聚喝茶、聊天时,老容就把自己昨夜所做的怪诞之梦说了出来。当然,他是省略了与黄越娥云雨一折。也故意模糊了唱戏人的性别、姓名。前面说了,老容的茶友们都是五十至六十这个年龄段中喜欢高谈阔论的人,激扬文字不敢当,但指点江山却是喝茶之时,时时可为之事。那架势,要是退回到古时候,他们一个个都是可以在开国皇帝跟前当军师的人物。

因为这个城市普通老百姓的时尚是买彩票,所以那些个私人彩票的摊子满城都是。随着彩票买卖的兴隆,应运而生的是马路边上的那些贩卖彩票独家密码、中奖指南的小摊贩。信步走走,看看那些摊贩摆在地摊上的印刷品,真乃五花八门:什么程运指南、八卦图、星占图,林林总总不下几十种。围着买这些东西的人,几乎个个都指望着能买中大奖,能一夜暴富。老容他们的茶摊门前,就有几铺地摊摆卖这些所谓的能指引迷津、达到胜利彼岸的彩票密码指南。于是,就有茶友分析道:这梦可能与打奖有关,这"咪——嗦——哆——拉"嘛,不用说,肯定是3516。先人的让你倒回去,那不过是叫你把前梦所得的奖号的阿拉伯数字位置给调换一下。一番分析之后,茶友们都觉着这奖号得来十分怪异，并从中看出了某种发财的预兆，故一个个回去之后，都买下了这个彩码，并且都按照各自的理解，把3516的顺序倒了一下，或者干脆买下了一组。

经过这些年命运的坎坷，有中专文化程度的老容现在也不能不相信命运了。他怀疑这是那位驾鹤西去的黄越娥在冥冥之中怜悯他的日子过得艰难，所以要给指引一条摆脱困境之路。他费了许多口舌，好不容易才说服老婆，给了他二十多块钱，把四个数字所有的组合全买了下来。可惜，这一期奖票开奖之后，他们一干人中，居然没有一个人打中。

这一期彩票的中奖号码是3519。一干人在仔细研析之后，这才悟出：并不是老容所梦的号码不准！这倒一下的意思，其实是先人让你将该码的最后一个数字的6倒成9。买彩票的人的心理就是这样：如果开出来的奖号离自己买的相差得远了，他们不会有更多的想法。而碰上这微小的一倒之差，眼看着就差这一点点就能缚住黄龙，你说，这能不让人扼腕长叹吗？眼下，一个个都悔得想自己抽自己一顿嘴巴。

有了这一回的经历，以前极少买彩票的老容竟也因此而进入半仙状态。一时间总是恍恍惚惚，总是喃喃自语：是啊，该倒一下，该倒一下。老容梦中的奖号很准很准的消息不知怎么就在他周围的人群中传开了。左右邻居见了面，都会追问他："老容，这期打啥码？"老容心地本来就善良，虽然穷得要命，但他一点也不想胡说八道让人家去破费钱财。于是，他总是笑而不答。谁知，这笑而不答在别人眼里，就越发呈出一种神秘感。越有神秘感的人，就越有可能掌握中奖的密码。而越是如此，别人就越想要打探。

在那段日子里，一天，老容老婆一个叫钟少波的远房亲戚过来找他老婆。他是来叫老容老婆去干活的。这钟姓的亲戚开了一间小印刷厂，因为有这一层亲戚关系，但凡厂里有拉运纸张、杂货或将印刷好的成品给客户送上门之类的活，他总会关照着让老容的妻子去做。也正是靠了这个，老容一家才有了活路。

妻子蹬着三轮车走后，老容去给钟亲戚沏了一杯茶。钟亲戚此时也没什么别的事，就坐下来跟容海生闲聊。他打量了一下老容那十分简陋的居处，满屋子没看到有什么值钱的物件，却摆着个神龛，供奉着一尊观世音菩萨的瓷身。老容家穷是穷，但老婆在神龛前供奉的水果却是日日不断的。钟亲戚问他："容哥，最近过得怎么样？"老容苦笑道："我们是王小二过年，一年不如一年。两个孩子越来越大，吃饭、穿衣、上学要用的钱越来越多。我又没有什么收入。"钟亲戚说："那你就要想点办法啰，老是这样下去也不行。"老容说："像我们这样一把年纪的人，没有什么技术，体力活又干不了，工作不好找。你说怎么办好？"钟亲戚说："最近，我听很多人都说了，你所梦的彩票号码非常灵验。你人又有文化，干吗不设法自己编一份彩票指南图？现在每个月都有人在我的厂里印这些东西。"老容说："你是说那些卜占图？也就是说要做那种彩票指南的生意？"钟亲戚说："对啊，对啊，很好做的。"说着，他从兜里掏出一张彩票指南，展开了，说："你看，这种图的背面，每一期都是固定的各期中奖号码，谁都一样。这一面，你只要每期像这个样子，编出一首能暗示中奖号码的卜占诗，画出一幅曲里拐弯、可以从中寻出0到9这十个阿拉伯数字踪影的图案，不就行了。"老容为难地说："我从来没学过周易卜算，要编出具有指导意义的卜占诗不容易。"钟亲戚说："你反正编些不明不白、看上去稀里糊涂的句子就行。比如……"钟亲戚看到老容窗台上有两只空酒瓶子，就启发他说："无盖瓶子二三只……什么的，反正给他来个一头雾水，越是似懂非懂的越好。"老容说："那我就试试。"他到底是个有点文化功底的人，平时也写点东西，沉吟片刻，大作即成。然后用纸笔誊清抄出：

> 无暇偏路二三差，
> 六七四五双日发；
> 中平填陆间零附，
> 九边携一运程大。

如此这般，这般如此，即草成卜占诗一首。粗粗看上去，似乎也颇有卜占之意了。钟亲戚看了老容的诗作之后，神色大变，一时间对容海生的才华佩服得五体投地，特别是对该诗最末一句的精妙绝伦之处，大加赞赏，说："太好了，这不是正好合了只可意会不可言传的约定。我说容哥，你可真是个人才啊，你既然有这个才华，怎么不早早用起来？怎么可以干等着受穷呢！"

容海生苦笑着摇头，也不知该说些什么才好。此时若是有人问，此诗乃何意？就是老容自己，恐怕也只能说些天机不便泄露之类的话来搪塞了。说句实话吧，鬼才晓得这诗中都写了些什么。

接下来，钟亲戚又指导老容给卜占诗配上一幅前所述过的图案，说："你每期都照此炮制。我们合伙，挣了钱再分成。我负责印刷。先试着印几百张，我还可以在市内岛内各县市的批发点跑一下，看看能批发出去多少。我们也批发，也搞零售。"

彩票指南编出来之后，老容想到应该给自己编的指南定个商标名称。想来想去，决定将其指南命名为《天马彩票指南》。天马，是取往来自由、天地广阔之意。钟亲戚首期试印了五六百张。印制好之后，老容和钟亲戚找熟人将指南批发出去一部分，剩余的部分就找人零售。算起来，平均每张能赚个三四毛钱的样子。在《天马彩票指南》编到第三期以后，他们开始向周边乡镇的市场扩张。这样，老容每一期忙活下来，就能有个几百块钱的收入。

自从干上了这行当以后，倘若周围邻居中再有人问他，这期打啥码？老容就会大大方方地说："你们可以买一张《天马彩票指南》试试看，听说那份彩票指南比较准。"他这么说，也是为了方便把每期的彩票指南卖出去。正是所谓：人在江湖，身不由己。老容为自己的彩票指南做一点口头广告，是很自然的事，也不能因此说他不厚道了。

最初，这件事让他在良心上多少还有些内疚，有些惴惴不安。他自己也闹不清楚这算不算是个正当的行业。总之，目前政府方面也没什么人出来干涉。后来，他听到有人说，他们经常研究《天马彩票指南》，按照《天马彩票指南》的指导，曾经打中过大、中、小奖若干。于是，容海生就心安理得了。有一阵子，市里还传出相关的小道消息，说《天马彩票指南》是本省彩票发行部门为了打击私人彩票贩子，故意通过这份指南把密码给泄漏出来。目的是为了让私彩贩子大亏血本，搞不下去。这些子虚乌有的小道消息，着实让老容他们编印的《天马彩票指南》火了一把。

虽说是一家人，睡同一张床、吃一锅饭，但老容的老婆并不知道老容在干这个勾当。她只知道自己的老公现在每个月都在帮人家写东西，有收入了。这女人的优点是勤快，缺点是没多少文化。有好几次，她从街上买了《天马彩票指南》回到家里仔细研究，似乎颇有心得。

他还经常见到老婆很认真地跟邻居们讨论、研析那些占卜诗所影射的某个奖码。那神情，很有些科学家、学者在专心致志搞研究的味道。这让老容看了大摇其头,又不好点破。他知道自己的老婆是个竹筒嘴,一旦话到了她那里,肯定是藏不住的。就算她买了一份自己编的指南,也花不了多少钱。所以这件事他一直在瞒着她。说心里话,他最顾忌的还是这事让老婆知道以后,两个上中学的儿子也会知道他在干这种事。这对于他们的成长影响不好。二是不利于自己对外宣传。让人知道了是谁编的东西,就没有什么神秘色彩了。再者,自己编的东西自家人说好,难免有王婆卖瓜,自卖自夸之嫌。别人总不会太相信。于是,他就劝他老婆:"你以后不要总花时间去研究这些东西了。"他心里清楚,所谓指南上面的东西,全是出自他的手笔。如果他掌握密码,真有这等好事的话,他早就发财了,还会轮到别人?可他老婆总是在跟他犟,说:"外面人家都说这个《天马彩票指南》有后台,很准的!这还是彩票总部内部人员某某某透露出来的。"他老婆甚至还根据《天马彩票指南》的提示,悟出的某期的某个奖码,让她买中过两次小奖。这个一脑瓜子糨糊的女人,就是这样用这所谓的事实来证明她所说的不谬!

这一来,弄得老容有点哭笑不得了。但不管怎么说,老容总算有了一条活路,一家人也因此活得滋润了许多。为这福分,老容有时就会想,这一切都是托黄越娥的荫福!看来鬼节时要记住给她多烧几炷香才行。

蹭舞的曾子雄

我们岛南Ｓ市地处在北纬十八度线上,每年天气炎热的节候要持续很长的时间,即使是在冬季的晚上,室外的气温也不低。所以这些年来,露天舞厅在这个城市一直是大行其道。城市的露天舞厅多是建在沿街的楼房顶层,或者是一些热闹地段的楼房顶层。舞厅的设备一般都很简陋,在楼顶的水泥地板上铺出一块瓷砖地坪,一只折光球,一只多色摇头转灯,一套音响器材,再加上一些台子、凳子、茶杯、茶壶之类的杂物就可以开业了。这些舞厅最大的特点是经济,投入不多,消费不高,适合大众。

露天舞厅因其简陋,喝茶、跳舞都是属于大众化的消费,一杯绿茶或乌龙茶加一小碟糖,只收个三块钱,就是好一点的三泡茶或点一听饮料,也就收个五块钱。上场跳舞则是免费的。当然,如果你要是想请个小姐伴舞或者是坐台聊聊天,那又另当别论了。光是这一项,每晚就要花上个三十五十块了。这个数目,也不是一般的工薪人士经常能消费得起的。

有一阵子,欧子雄就是一个经常光顾这一类露天舞厅的人。

欧子雄是Ｓ市史志办的一个科员,每天的工作就是整理本市的文史资料。这是个绝对的清水衙门，因为至少到目前为止，还没发现有人送来贿赂，要走后门，要请他们在史志书上关照关照，留下一笔。由于工作的特点，能在这单位里工作的人，差不多个个都是些能钻在故纸堆里度日的书蛀虫，或者是能摇笔杆子，写点格式化文章的角色。常年在故纸堆里讨生活，欧子雄庆幸自己还没有发霉，因为他还保持着一些文体爱好，比如唱唱歌、打打球什么的。他个头长得矮了一些，又是个土著，机关里有几个他儿时的玩伴或中小学时的同学，竟把他当年的绰号也带进了单位。单位里年轻的同事们背地里都管他叫矮子雄。

前几年，这城市里忽然流行起学跳国标交谊舞的热潮。中国人的国民性中，似乎历来都缺乏独立思考的基因。改革开放虽说有了些年头，但一时半会儿还恢复不过来。因此，国人每每喜欢跟风。学跳交谊舞的风刮起来之后，一时之间，上到单位里年已五十七八、腆着个便便的大腹，平时古板得像个老学究的江主任，下到单位里管端茶倒水打字的小公务员，一个个都说要学跳交谊舞。你想想，连史志办这样一个弥漫着历史迷雾、散发着故纸霉气的角落都让那交谊舞之风给席卷了，更不用说其他单位其他部门。由此，足以见此风之烈了。再说了，看看那些跟风学舞者的架势，好像不会跳舞就不是现代化的领导干部，不会跳舞就跟不上时代的潮流，不会跳舞就是枉度了此生，就会高血压血管硬化脑出血，就会长肿瘤，就会一命呜呼。伴随着学舞热潮的是，满世界都在使用"潇洒"这个词，以至把这个词弄得很俗，甚至带出一丁点性放纵的意味。都说了，学会跳交谊舞，我们也要出去"潇洒潇洒"。

这话任谁听了都有点暧昧的意味。

欧子雄单位里的人员学跳交谊舞，是单位系统专门花钱聘请市文化馆的一个国标舞女教员亲自上门教授的。女教员每个星期上门教授三个下午，地点是在市政府大楼六楼的大会议厅内。而来学跳交谊舞的，都是清一色的政府机关工作人员。大凡来学舞的人，都很认真，都很当回事。以往单位里组织学法律、学马列、学电脑什么的，众人都没有像这学跳交谊舞的积极性这么高。欧子雄身材虽说不是很好，偏矮，可他却很有跳舞的天赋。三个星期之内，他不但学完、学会了慢四慢三，又学会了快三还有恰恰舞，最后，还学会了难度很大的探戈。学习这些舞技，虽然说都是速成的，但他却极有天赋；乐感好，各种舞步舞次，一学就会，身形又灵活。除了跳舞时上身板有些僵硬这个缺点之外，他这舞跳得嘛，还蛮像一回事。

这一年的冬天，省史志办在Ｓ市开了一个"重大政治会议决策写入史志的规范"的专题研讨会。欧子雄没曾想到，他那速成的舞技，居然让他在这一次会议的期间，大大地出了一次风头。

说起这次研讨会，其实也跟其他类似的、跨地区的会议差不多。会议嘛，说白了只不过是个点缀。领导们真正的目的，就是要给下属县市级史志办那些在清水衙门工作，多年来一直埋头苦蛀的书蛀虫们一个旅游一下、放松一下、玩一玩、看一看祖国大好河山的机会。

开会仅仅用去半天，然后是集体到各个旅游景点游玩，晚上照例是安排跳舞。Ｓ市参加会议的代表们前一阵子速成的各种舞步，也因此派上了用场。虽然其他县市与会者众多，可惜，当晚能在场上翩翩起舞的，只限于省史志办、省城史志办和Ｓ市史志办的同志。由此看来，其他县市级史志办的同志们的观念，还有待于解放。也难怪，在这种市场经济十分活跃的时代，谁都恨不得生出第三只手来扒钱，而能安坐下来、钻进故纸堆里讨生活的书蛀虫们，能有几个的观念是开放的？舞会上，Ｓ市史志办的江主任也带头上了场。只是，该同志的舞步跳起来很有点像企鹅，很有些滑稽。而这次舞会的皇后，当推省志办来的傅珊珊小姐。市、县单位来的人，几乎没有人知道这个傅小姐的背景。人们甚至有点好奇，这么一个摩登女郎，为什么竟要混到这种出土文物一般的单位来？

在县市级这样一群出土文物似的书呆子们中，对交谊舞这种时髦的玩意，要么干脆不会，要么就是跳得很糟糕。于是，所面临的最大的问题是：交谊舞跳得很棒的傅小姐，在舞场上居然找不到对手舞伴。没有合适的舞伴，这舞跳得当然没劲。就在她觉得乏味之际，恰好欧子雄来到了舞厅。欧子雄不是会议代表。他来，只是过来向江浚波主任请示一下第二天会议的游玩地点和车辆安排问题。

傅小姐在舞会开场时，曾经出于礼貌，陪同地主江主任跳了一曲慢四，一曲慢三。他们还边跳边聊。江主任从与傅小姐交谈的只言片语中，听出了她对S市这个下级单位的交谊舞水平颇有微词、颇不以为然。出于一种要维护本单位荣誉的强烈的责任心，江主任很想找个机会挽回单位的面子。此时，见到了欧子雄，他眼睛突然一亮，马上逮住欧子雄，把他拉到傅小姐跟前，说："我说小傅啊，你可别说蜀国无大将哦。这不，我们单位的交谊舞高手来了。你先跟他跳上几个曲子，然后呢，我再过来，听听你对我们单位的交谊舞水平的评价。"说完，他又在矮子雄身边耳语道："小欧，你可要好好发挥了。此事关乎单位荣辱啊！"傅小姐瞅了欧子雄一眼，眼前这位三十多岁的男士长得跟她差不多一样高，也就是一米六四左右吧。男人的身材在这个高度上，显然是偏矮了一点。但看他的样子，还算干练。欧子雄此时也忍不住打量了一下江主任给他介绍的舞伴。他的直觉是，这女子气质高雅，长相也很养眼，看着就让人亢奋。虽说跳舞对他来说不过是速成的，至今还没经历过几次实战的检验。但既然是事关单位的荣誉,他也就顾不了许多。

他绅士般优雅地向傅小姐做了个请的手势。于是,两个人就结对儿上场跳开了。傅小姐的舞步娴熟,体态优美。欧子雄拥着个美人竟也飘然若仙,跳着跳着,忽然就有了一种驾驭烈马一样的奔放感,又有一种喝了适量的酒后产生的飘逸感、兴奋感。

当舞厅开始播放探戈舞的舞曲时,整个舞池里,就只有他们一对男女在跳——不,应该说是在表演。可以这么说,欧子雄此时把他那速成的舞技发挥得淋漓尽致。前面说了,矮子雄跳舞时身板有些僵硬,其实这主要还是出自心理方面的原因。一般身量不够高的男人,总是有一种错觉,觉得挺直了身子,身体的高度就可能会上去一些。而人要总是保持挺着的姿态,上肢自然就会显得有些僵硬。但一旦跳起探戈舞来,这上肢的僵硬,就更让他更显得有款有型。一般外行的人在总结这探戈特点是:三步一摇一回头。这摇和回头的动作都要有一种"木"的感觉才好。实际上是点出了探戈舞的节奏感强的特点。这舞跳得好了,确实很有点看头。

在几支舞曲跳下来之后,对此前傅小姐关于S市交谊舞水平所发的微词一直耿耿于怀的江主任,就凑了过来,笑着询问香汗微微、娇喘吁吁的傅小姐,看看她是否要对S市史志办的交谊舞的水平给予重新评价?傅小姐笑了笑,说:"嗯,你们这个同志的探戈舞确实跳得很棒。""你们这个同志",当然指的是欧子雄。

傅小姐还问了矮子雄:"欧先生学跳舞学了多长时间?"

欧子雄很诚实地回答道:"不好意思,就是临时学了三个星期。还是在单位系统上个月集体组织的速成班上学会的。"

这回答,差点没让傅小姐惊诧得昏厥过去。仅仅三个星期?而且是速成的，就跳得这么地道？真是有点不可思议。傅小姐赞叹道："看不出来，你这人还真是有点跳舞的天分。"正因为得到了傅小姐的一番赞誉，让本来并不把跳舞很当一回事的欧子雄在一段时间内，居然迷舞竟迷得就像中了鸦片烟瘾一样。一听到舞曲，就有条件反射，这是快三，这是慢三，然后脚跟子也痒痒得跟着节拍移动。

欧子雄因为迷上了跳舞，于是就经常光顾那些露天舞厅。但他又没有什么钱请舞伴。像单位开研讨会这样的机会，不说十年一遇也是一年两年才会有一次的。而舞者没有了舞伴，就相当于成吉思汗没有战马，蒙哥马利没有战车，英雄没有了用武之地。家里那黄脸老婆对他实行的是半开放政策，那就是：舞当然允许他去跳，但钱是绝对要控制的。这控制的办法就是，让他每晚出去之前掏兜，兜里绝对不可以超过十块钱。这女人嘛，也很懂得市道行情，知道在现如今，就算是长得英俊潇洒的男人，兜里没几个钱，也是很难泡上小姐的，更何况老公欧子雄这样的角色，要钱没钱，要高度没高度。所以，就出现这样的局面，花三五块的喝茶钱他拿得出来，但要花个三五十块请小姐伴舞，这对他来说就是一种奢侈了。老婆的严格管制当然是一方面，另一方面是他本人也有高度的思想觉悟。因为一个大活人，也不可能被老婆管死，真要想藏点私房的话，哪儿不能藏？老婆也未必查得到。主要是他知道，如果请了小姐，这一个晚上就会花掉家里三两天的菜钱，或是花掉儿子买个书包、买双鞋子的钱。三五十块钱对一个月收入七八百元，又要养家活口又要赡养老人的机关小职员来说，也不能说是个小数目。欧子雄从小家境贫寒，习性中就有贫寒人家的那份俭朴。总之，就是他不俭朴，他手头也确实没几个可供消遣的余钱。在他看来，花钱请人伴舞，怎么说也不合算。既然是拿不出钱来请伴舞的小姐，又找不到不要钱的舞伴，他就只好一边喝着茶,一边听舞曲,捎带着欣赏别人的舞姿,不时按音乐的节拍,小幅度地移动着台子下的脚步,左左右右,进进退退,总之是过过干瘾。有时,他也会痴呆地望着那些等候坐台的小姐。

在S市,但凡兴旺一点的舞厅或露天舞厅中,这类坐台伴舞的小姐都聚得很多。这成了一景。干这种坐台生意,按说还是比较轻松的。你想,那些在流水生产线上紧张得像机器人一样工作的工人,一天八小时干下来,也就挣个三五十块,而那些干服务员什么的,忙忙碌碌一天,怕还挣不到这个数目。而一个年轻的小姐,陪着客人坐台聊天,或伴个舞什么的,三四个小时下来,就能挣个三五十块。另外,还乐得让客人捎带着请饮料请小吃什么的。不过随着失业的人群增加,眼下伴舞这行当,已经是买方市场。至于这行当算不算三陪,算不算色情服务,目前还没有学者加以鉴别界定。所以,政府方面就一直采取一种暧昧的态度,即没有把此行业明明白白地列为正当职业,但也没有明令禁止。

没有舞伴、独自喝茶,久了也会让人觉得无聊。但欧子雄很快就找到了排遣无聊的办法:专捡靠近出入口处的座位去坐。那里是坐台小姐们聚集等候客人的地方。在那里,矮子雄除了可以在喝茶、听音乐、观看别人跳舞之外,还可以跟那些尚未找到台可坐的小姐们有一兜没一兜地聊天。这些小姐,绝大多数都是来自外省,因为矮子雄不准备请人家坐台,人家也没有义务要理睬他的搭讪,故小姐们对他的问话,常常是爱理不理的。只有碰上一些态度十分温和的或刚出道的小姐,他才能跟人家谈得起来。虽说如此,但能就近观察那些小姐的长相、打扮、气质、姿色,他也觉得有趣。一来二去,他就把那些坐台伴舞小姐接生意的情况观察得明明白白。

那些坐台小姐的心情和神色很有意思,在露天舞厅的入口,夹道的小姐每见到一个客人进来,一个个就在用期盼的眼神追随着每一个客人,希望有客人注意自己。有殷勤的还主动询问客人,"大哥,要不要舞伴?"等等。晚上,在八点这个时段,小姐们脸上还是一种从容等候的表情,到了九点这个时段,就变成了一种急切期盼的表情。这种时候,许多小姐的身子就有点躁动、坐不稳了。而到了十点钟这个时段,等待坐台的小姐此时如果还没机会坐上台或伴上舞,她们就知道,这个晚上是找不到钱,白来了。于是,一种失望、无奈的情绪就明显地出现在脸上,有的怏怏地离开,有的小姐跟小姐结伴上场去跳上两圈,这一个晚上就算混过去了。

　　这情况看得熟了,矮子雄脑子就有了一个主意:他想,为什么不可以在这个时候请那些小姐跳个舞呢?就像菜市场到了要收摊的时候,剩下来的菜,摊主也是愿意贱卖掉的。此时,已经坐台无望伴舞无望的她们,闲着也是闲着,跳个舞,活动活动筋骨,不是也很好吗?于是,他就试着出击了一回。矮子雄看准了一个面相和善、有点发胖的小姐。这小姐在等客的这段时间里,跟他多说了几句,也赞美了这位并不漂亮的小姐如何漂亮。这些恭维话,让这个浅薄的小姐乐得合不上嘴。他对她说:"这位小姐,跟你商量个事。如果可以的话,就陪我跳个舞,我也没多带钱,只能请你喝杯茶了。反正你今天也坐不上台了。"这么一说时,他心里已经在等着碰壁,没承想,这小姐居然爽快地答应了。

　　于是,他高高兴兴地给小姐叫了一听她要的可乐。他心里盘算着,兜里的十块钱花掉了三块,当然还有七块钱好好地躺着,再支个五块请这位小姐喝个水,让她在最后的时段里陪自己跳几个舞曲,怎么说也是合算的。后来这小姐陪他一连跳了五个曲子。小姐穿的是一双厚底鞋,这显然是对自己高度不足的弥补。欧子雄甚至还闻到女子身上隐隐有点香水味盖住的狐骚味，这倒没让他嫌弃，反而有点亢奋。这晚上他跳得很尽兴。事后他想，这个办法挺好的，不过人家毕竟是要挣钱糊口，不可能天天这样。但他可以变换舞厅或变换对象。

用这个办法，不能说每次都会成功，但总有大半的时候是成功的。每月在市内几个露天舞厅之间，这里蹭一下，那里蹭一下，只是花费一点点茶水钱，却也能实实在在地过上一把舞瘾。

这样的日子持续了一年多。第二年盛夏的一个晚上，他又转回了他最初常去的那家叫"盼你来"露天舞厅。来了之后，照例是坐在舞厅入口处伴舞小姐集候的地方，照例找一个看上去很面善的小姐搭讪。这晚，跟他搭腔说话的，是一个穿一袭白色连衣裙的小姐。小姐脸部的装也化得过于淡了一点，几乎是素面了，但那眼影又描得太深，这样看上去就不是很得体。只是，这小姐长相还算秀丽。她告诉欧子雄，她姓林。这个晚上，林小姐看上去情绪比较低落。一问，才知道林小姐所在的公司最近倒闭，因为债权人追债，单位的法人逃之夭夭。公司还欠了员工几个月的薪水没发。她们一干员工，正在等着法院拍卖处理公司的不动产，然后补偿员工的工资。眼下，她还没找到新职位，只好晚上出来找点钱，聊解无米之炊。那天晚上，这爿露天舞厅来的客人要比以往少很多，伴舞陪坐的小姐们大多没有生意可做。其间，倒是有两个客人问过林小姐。林小姐总是毫无表情地说，要五十块。她不会作媚态，加上那种不二价的神态，让客人连个讨价还价的余地也没有。结果生意没有谈成。这就显出林小姐在此行中还没出道。这点，欧子雄一眼就看出来了。他跟林小姐有一兜没一兜地聊着，攀谈中他知道林小姐是个大学生，也知道了林小姐在内地的家目前家境不怎么好。于是，他就对林小姐说了许多烫心烫肺的同情话。反正这些话任说多少也是不花钱的。

到了九点半，看看林小姐这个晚上已经是坐不上台了，矮子雄于是故伎重演，主动给林小姐叫了一杯茶水，对林小姐说，反正你也坐不上台了，我们跳个舞怎么样？

林小姐也没说什么，就顺从地跟着他跳了。矮子雄一只手攥着林小姐的手，另一只手扶住她的腰。他觉得林小姐的手真软，手指指尖细且颀长，跳着跳着就觉得身体有点发热，有点忘形，有点想入非非，搂人家腰的手的劲道就大了一点。弄得林小姐警示式地拍了一下他的右手。跳到了十一点左右，矮子雄忽然想到，单位新来的头安排他明天到一个乡镇去要一份地志资料，必须提早去办公室楼下等着搭社保局的便车。于是，他就对林小姐说："很幸运认识你。今天晚上过得真愉快！我还有点事，要先走了。"没承想，这林小姐竟说："那你就付给我钱吧。"矮子雄心里一怔，说："我们事前没有谈过要付钱啊。"林小姐说："可你也没有说过不付给我钱啊！"看到人家一个女大学生也这么大大咧咧地索要报酬，欧子雄一点心理准备都没有。事实上，他兜里也没几块钱。他一下子就急了，说："我不是说过，反正这个时候你也坐不上台，就陪我跳个舞吗？"林小姐说："是啊，可这并不等于说就不付给报酬，让我白白陪你跳吧？你可以少给一点嘛，哪怕给二十块也行。你是个端铁饭碗的人。我现在可是指望着每晚挣这点钱开支呢！"

矮子雄这才记起自己犯了个十分明显的错误。他原以为人家林小姐是大学生，说钱会降低了身份，于是，没有像以往蹭舞时，把跟小姐说的那一番话说全了。少了"我也没多带钱，只能请你喝杯茶了"这样潜藏着报酬约定的句子。谁知道人家却是那么现实。再说了，人家林小姐也是因为缺钱才来伴舞的啊。矮子雄这时想到，如果林小姐一吵起来，让人家知道自己请了小姐陪舞，又不愿意付钱给人家，那么全场的人肯定会用白眼看着自己，或出面指责自己。闹不好，这事传到单位里，也是一件很没面子的事。他很尴尬地对林小姐说："我今天实在是没带什么钱。我也是看你今晚坐不上台了，没什么事才请你的。我以前跟其他小姐也是这样，没生意时，跳两支曲子她们都不要我的钱。不过，对你，我事先没说清楚。真对不起！"

　　林小姐是那种有素质的文化人，并没大吵，只是不高兴地说："怎么到舞厅会不带钱呢？你也真是的！我见过人家蹭酒蹭饭的，还真的没见过像你这样蹭舞的。好好的一个大男人，不去想办法挣钱，就这么老是蹭舞，占人家小姐的便宜，还算什么男人嘛。"自从欧子雄出入舞厅蹭舞之后，那颗被茧子包得厚厚的自尊心，一瞬间，竟然被林小姐这几句尖刻的话给刺破了。蹭舞？他虽说不是搞文学的，却也是个搞史志材料的人，对一般词义内涵，自然是敏感的。只是，他从来都没想过这个词汇，也从来没有听过、接触过这个词汇，当然就更谈不上怎样给他这种行为定义。要不是林小姐用一种轻蔑的口吻提起，他还不会想起这"蹭"的字眼。蹭？不就是"擦油"，跟"乞讨"已经相去不远了吗？老子就是再穷，也还是个干部身份，还轮他去乞啊。这么一想，就有点来气了，他很干脆地从腕上把自己的手表摘下来，递给林小姐，说："我今天确实是没有多带钱。我这只手表你先拿着，就算是押在你那里。明天晚上，还是在这个舞厅，我把钱带过来还给你时，你再把表还我。怎么样？"林小姐摆摆手说："算了算了。没钱以后就别请人家小姐跳舞。你也不是不知道，到这里来陪舞的小姐都不是闲人，都是要找生活的人。一个公务员穷酸到要押手表这种境地，我都替你难堪。"

　　受了这女大学生的一番奚落，欧子雄这才觉出自己处境的可悲。回家之后，他把这件事翻来覆去地想了很久。看来就是在露天舞厅这种低消费的场所，碰上这种事，也一样会刺激人对金钱的欲望。那段时间，正好有一个他中学时的死党陈同学从工厂下岗。一时没有工作，陈同学就打算承包街边一家做粥粉生意的小食店，晚上八点到子夜二点这个时段，专门搞夜炒。陈同学知道他炒菜炒得不错，因为他们街区人家有红事白事时，他都喜欢去当厨。于是，就劝他入伙，让他每天只管从晚八点炒菜炒到凌晨一点，其他诸事不管，届时纯收入他可分成四分之一，且不妨碍第二天的上班。这有点类似于钟点工，又有点类似生意合伙人。对于这件事，他还处在犹豫之中。他原想自己怎么也是一个机关干部，干这种事，虽说是人在店里，没有人会看得见，但也有点掉份。倒是林小姐一番嘲讽，让他清醒了许多。他想，没钱请舞伴而去蹭舞，不也掉价？儿子眼看着已经初中二年级，将来上大学又需要一大笔费用，这是躲不过的。得，还是先挣钱吧。钱，真是混蛋的东西！按民间的说法：金钱不是万能的，但没钱却是万万不能的。所以你不能不去挣。又，古人云：临渊羡鱼，不如退而结网。他想通这道理后，晚上就不再去舞厅蹭舞了。这样，他每晚不但不花钱，还有颇多的进项。他的思想觉悟的提高，让家里那个黄脸婆笑得合不拢嘴。可惜，这夜炒不但让他每月有了不小的进项，还带来了一些副作用，让他发了福。你想，每天晚上又是油烟香气，又是油腻的，高蛋白、高脂肪的夜宵食物，（他喜欢吃）他焉有不发福之理？！

几年以后，傅小姐——不，现在应该称她傅主任或某厅长夫人了，她已经不在省史志办工作，而是在史志办上属的文化厅办公室当主任。此回傅珊珊是出差到Ｓ市市政府公干的。也不知她转错了哪根筋，抑或还有点怀旧情结，居然还没忘记到Ｓ市史志办这边来看看，居然还想到以前那个探戈舞跳得很棒的小欧。史志办原来的江主任早几年已经退休了，接替上来的是一个夫子气更足的孙继兵主任。而那个还在史志办混日子的欧子雄，至今在政治上还是窝窝囊囊的、没有什么进步。不过他的钱包却因为加盟了夜炒和公务员加薪而胀得很充实。他的精神世界当然也同样充实。因为，他目前虽说还不在富人的行列，但也开始向小康靠拢了。

欧子雄偶尔也会歇上个一晚两晚，也会去露天舞厅。当然，他不会再去蹭舞了。现在，他也能理直气壮，出得起给伴舞小姐陪舞的钱了。欧子雄还会经常做庄，请他史志办的同事们吃个早茶什么的。所以大家对他的评价还不错。

看到欧子雄现如今这副形象，他那肚子，简直就是当年江俊波主任的肚子的翻版嘛，傅女士趣味索然，再也没有情绪去提跳舞的事了（她原来倒是打算晚上邀欧子雄去跳跳舞的）。本来嘛，以矮子雄现在这副身材，跳舞还能跳出什么水平？就像一台计算机或一个城市或一个工厂，硬件条件不行了，软件再怎么行也是白搭的。而看到几年前一块在舞台上出过风头的舞伴，欧子雄不由感慨万端，心里想的是：有句格言说，任何漂亮的女人都害怕时间。可当年这个傅小姐跟自己跳舞时是个二十五六岁的姑娘，现在差不多十年过去，她应该是三十好几了，竟还这么光彩照人，这女人，真不知道是官场得意还是情场得意。

商海姊妹篇

人生抛物线

我中学时代的学弟周新华,现在跟我在同一个科室上下班。在我们科室的某些人看来,周新华是个傲慢、阴鸷、思想很出格的家伙;平时沉默寡言,走路看天,对人爱搭不理、一副高深莫测的样子。而在跟一些臭味相投的人,比如我吧,在一起时,则是夸夸其谈。总之,他的做派,让单位里那些凡是思想正统的人都看不顺眼。其实,对周新华这个人,我是非常了解的。论长相,他可以说是一表人才:一米八,五官端正,但眉眼却有点孩子相;举止呢,也彬彬有礼,特别是在年轻漂亮的女性面前,说话时还多少有些腼腆。不过,你如果跟他厮混熟了,特别是圈子里的人,都知道这小子是那种思想特别活跃,点子特别多,甚至于有点不靠谱的家伙。他的致命弱点是,做事没个常性,沉不下心来,所以很难成就大事。

周新华在单位里的朋友不多,在我们港口的机关,他只跟我合得来。他在调到我们科之前,曾经在单位的子弟学校中学部教初中的数学课。后来，按他的说法，是患上了慢性咽炎，不想再干教师这个行当了。他求我这个学长帮忙，设法把他调到机关来坐班。经过了我的一番运作，事情总算办成了。

我们这家国有中型企业的机关，从来都是人浮于事的。周新华到机关来坐班，也没有更多的事情可干，每天多数的时间，无非是喝喝茶水、看看报纸。工作虽然无聊，工资也低，但只要去想一想那些在流水生产线边上，像机器人一样一刻不停地干活的外来工人，以及破产企业那些发不出工资的下岗工人，你就会长舒一口郁气，到底是比上不足比下有余啊！这样一来，你心里就平衡，就会有所谓的幸福感了。

周新华从学校混进机关，原来是想能有机会弄个科长、经理干干。可事实上，知道权力的含金量、想坐这些交椅的大有人在，不少人都削尖脑袋、使尽招数往上爬。他呢，一个农场工人子弟，想升官吧，又不愿意放下架子去拍领导的马屁；又没有什么背景，所以升官的愿景也只能是空中的阁楼了。

成了同事之后，我们自然就经常来往。

有次，我爬上他五楼的宿舍邀他一块出去喝茶聊天，正赶上他在给一个被他辅导的学生讲解初中数学里关于抛物线概念的习题。这家教的活儿，还是从他当教师时延续下来的。每月辅导这个学生十个晚上，就可以从这个学生的父亲那里赚到五百块钱的辅导费。这个学生的父亲，是个开电器商行的老板，其赚钱的智商会不会得到乃父的遗传，这一点，我们暂且还不得而知，因为他还没成年，还没在人世间厮混。但其数理化的智商，显然是低了一点。一个简单的曲线概念，周新华讲了好半天，他还是稀里糊涂的。当时，周新华一看我过来邀他出去，知道一时半会儿也清理不了这学生脑袋里的糨糊，于是先草草打发那个学生回家。他说，好了，今天就辅导到这里吧。我刚才讲过的抛物线概念，你回去以后自己再好好体会一下。

大概是要在我面前表现一下他的幽默感，所以，就在学生收拾书包临走时，他拍着学生的肩膀，调侃道："马晓贵同学，这个概念嘛，你可以这么理解：比如，你老爸要把一叠钱扔到海里，因为地心是有吸引力的，所以呢，那叠钱嘛在空中所行走的路线，就不是一条直线，而是曲线！"他在说这话的时候，用手在空中优雅地比画出一条弧。他接着说："钱，当然也是物。这曲线嘛，也就是所谓的抛物线了。"

很可惜的是，眼前这个电器店老板的儿子身上根本就没有幽默的细胞。他从周新华所打的比方中，似乎感觉到了有一种对他或者他父亲的轻蔑和不敬，于是，一走出门口，嘴里就不满地嘀咕："我老爸才不会这么傻呢！就算我老爸不懂抛物线，挣的钱也比你多得多。"

就在学生离开后，周新华问我，你听到刚才那个小老板的儿子说的话了吗？我说，他不就是说他老爸挣的钱比你多得多吗？周新华恨恨地批判道，你看看，这还像是一个学生跟老师说的话吗？这个世道已经堕落到了世风日下、人心不古的地步。现在的人的价值观就是，谁有钱，谁英雄！就冲这话，老子也要找机会发他一笔横财。决不再伺候这个小老板的儿子了！

1992年，我们这个城市开始出现第二轮的房地产热。就在房地产热的火头上，周新华凭借着他跟市郊农村一个村干部的亲戚关系，做成了一笔土地中介生意——介绍一个从京城来三亚办公司的人，炒了一块他亲戚村里的地皮，大赚了一笔。据他说，是得了十万块钱的中介费。他说，那家公司还真讲信用！我原来以为人家只不过是说说而已，实际上是不会给那么多钱的。可是，等土地买卖过户等一应手续办完之后，人家就在第一时间通知我去公司的财务室提那份我应得的中介费。周新华告诉过我，他刚拿到那十万块钱时候的感觉。他说，老子当时乍一见到那些装在密码箱里的钞票，那个激动啊，就差一点要喊毛主席万岁了。整整十叠崭新的老人头大钞，人家可是连密码箱都一块奉送了。我以前可从来没碰过这么多的钱，现在，这些钞票就在顷刻之间，居然都属于我了。简直让人发晕。他说，那一刻，他就使劲掐一下自己的腿，他甚至怀疑自己在做梦？

周新华这小子还算是大方，在十万块钱到手之后，也没有悄悄地独享。他先是花了二千多块钱请我们三五个狐朋狗友，找了一家高级饭店大撮了一顿。

那还是我平生第一次在四星级酒家吃宴席，也是我平生第一次吃到干鲍鱼和龙虾。只可惜，那一天的菜肴太丰盛，鄙人吃得太兴奋（那吃相肯定不雅），所以，鲍鱼和龙虾的滋味，在事后我都有点记不起来了。总之，后来回想起来，竟觉得这些很贵的佳肴好像并没有鸡肉的味道来得深刻。酒宴之后，周新华显得余兴未尽，向我们宣布：还可以请你们每个人都来一次芬兰式桑拿。在那家宾馆洗这类桑拿浴的时候，据说还可以请小姐为你进行全方位的服务，让你爽，让你飘飘欲仙。周新华大包大揽着说，只要诸位愿意尝试，请小姐的费用，鄙人也买单。我们几个土包子虽然都对这种洋玩意儿充满了新鲜感、好奇心，但一个个都是有贼心没有贼胆的家伙，对要来真的突然感到一种恐慌，于是，就免了。

初次出击商海的成功，让周新华颇为亢奋。他总是显出一副趾高气昂的样子，常常坐在我的办公桌上跟我侃发财之道，末了，总是那句话：这年头，除了赚钱容易之外，别的什么都不容易。我呢，就是特别反感他这句话！难道说钱是垃圾？钱真的是那么好赚的吗？你小子不过是瞎猫拿到死老鼠才掐到十万罢了。我自问，我的智商并不低，我也是个老想着发财的人，可惜就是没有赚钱的门道；都过而立之年了，还是穷光蛋一个。不过，正如俗话所说的那样，吃了人家的嘴软！我虽然心里很反感他那一副少年得志的轻狂样，却也只能学习古人，仅仅局限于来一番腹诽。

周新华因此认定自己是个有经商才能的人。没多久，他就毅然宣布了要辞职下海。作为校友、同事，我不能不理性地替他长远着想。我力劝他说，你老弟下海可以，但公职你最好不要辞了。天有不测之风云。人嘛，总要留条后路吧！周新华听了我的劝，改成了办停薪留职手续。

他还怂恿我说，你就出来跟我一块干吧！何必在单位里这样不死不活地混日子。我说，我出去以后能干些什么呢？除了摇笔杆子写点单位的文字材料之外，别的什么也不会啊。还是等你在外面闯出了一条路子，成了大老板，再雇我替你拎拎包、跑跑腿吧。其实，说心里话，说到下海经商，我这个人的心理素质根本就不行。我是个天生求安稳的人。我非常敬重我手中端着的这只铁饭碗。对那种职业不稳定、收入不稳定的下海，心里有一种本能的恐惧。我们这个家族，父母叔伯以及家族的上一代、上上一代，似乎都是盯住牛屁股耍鞭子的农民，没听说过有人经商，更不用说出过一个成功的商人。我想，周新华这家伙兜里揣着十万块钱，毕竟是有一笔钱打底！而我则不同，一旦办了停薪留职手续，下个月的六百块钱工资就被断掉了。在没挣到银子之前，我每个月拿什么开销？更何况我正准备着要结婚。

周新华在下海之前，他先请我陪着他作了一番市场调查，主要是看看可以做些什么生意，要上个什么样的项目。我也没有什么经商经验，也就结伴在市内四处乱逛。逛到面包店时，他就问我，我们能不能也开一个？话刚说完，自己又否掉了。说，这种店利润太小，要搞个生产基地，要搞个铺面，如果两样都上的话，资金肯定是不够。只能是一个生产点对应一个铺面，一个铺面营业额又太小。逛到商场，又说想开个商场。我说，十万块也只能搞很小的规模。又否掉了。走到了电脑店，他又说，要是开个电脑店也不错。不过，他不是学计算机专业的人，对软件硬件都不太熟悉，自己估计也干不好，又否掉。最后是走到一条发廊云集的街道，周新华一拍脑袋，说，对了，就搞他个一条龙的生意！我问，怎么个一条龙法？他说，你没看见这一带有很多的发廊吗？我暧昧地笑笑说，发廊多又怎么样？你不会也去开个发廊吧？你知道发廊女按摩是怎么一回事吗？周新华不屑地说，丢，我怎么不懂人家是全方位服务。我就是看准了这个，想搞一个补肾壮阳的药膳店。于是，我明白了他的思路。他是想让食客吃了他的补肾壮阳药膳，就可以雄赳赳进入发廊。我于是说，旁边还可以搞一个药店，专卖一些治性病的药品。他似乎没有听出我是在调侃他，却说，这个构思嘛也很有创意，可以考虑考虑。

  周新华到人事科办了停薪留职手续出去后，还真的筹备起了开药膳店来了。具体他是怎么操作办药膳店的，我就不太清楚了，每个人都有自己的事情，他忙他的药膳店忙得昏天黑地，我每天也都要例行公事，忙着写单位里那些总结报告领导讲话一类的狗屁文章。

  两个多月后，我去看了他的药膳店，感觉他的这个店经营得并不好，请来的师傅是个半桶水，人又懒散，倒是会做几种简单的药膳，但滋味也不好。所以客人很少，生意很清冷。我问他，为什么不请个好一点的师傅？他说，好的师傅要价太高，店小承受不了啊。我说，那你可以钻研一下，自己搞嘛，像你这样有文化的人，书店里又有现成的教材，如果真下决心搞烹饪、搞药膳，那还不是小菜一碟！何况这些东西学起来并不困难。周新华马上用批判的口吻说，你这种思路就完全错了！我怎么可能事事都要自己动手呢？我现在是什么层次？我现在应该是通过管理，让资本去滚动、去产生效益，而不是再用自己的体力劳动去完成资本的原始积累的过程。这话，我一听就摇头。听他说话的口气，好像他已经把自己当成资本家了。十万块，对创业者来说，能是多大的数目？总之，对于他的观点，我不以为然。我觉得，他人已经走到了这一步，就应该全力以赴，想方设法把药膳店搞好，而不是去想自己是什么层次，放不下架子去学习制作药膳。看他那浮躁的心态，我断定，他这药膳店要黄。果然没多久，他的药膳店就办不下去，改成了普通的饭店了。

饭店开张之后，我也曾经带过单位的几拨客人去小店消费，目的是想帮衬他。当时，我还跟他开玩笑说，饭店旁边，也可以按照你当初"一条龙"的思路，开一家牙科诊所。他问，此话怎讲？我说，饭里多掺沙子，把顾客的牙齿咯坏就行。这样，牙科那边就有活可干了。当然了，挣了钱，可以给我提个成。他笑骂道，那我开人肉包子铺得了。

过一段时间，我又去他的饭店聊天。似乎他又开始对饭店不感兴趣了。据他说，开这种小饭店利薄不说，又太束缚人。于是，就委托了一个外省女子替他管理。管人、识别人是他的弱项。那女子只干了一个半月，就把他的一笔营业款给席卷走了，而替他的小饭店跑腿采购的人，也从每日采买中刮走了不少油水。饭店办得没什么效益，没多久，他就把饭店给盘卖掉了，然后又是跑中介。实际上，他再跑中介地皮、中介房产时，房地产业已经进入了低潮。

自从周新华盘掉饭店之后，我们就一直很少见面。一年多以后，我有次在大街上见到他。我问他，现在做什么呢？他说，目前是在给省里的一家电视台和报纸拉广告。说是拉广告来钱很快,有百分之几十的提成。我问,那么你现在赚了多少钱?听我这一问,他脸色有些黯然,说他刚开始搞,成功概率还不高。他还说,他结识了一个会摄像会搞视频编辑的人,他正准备投资八千块钱买一台摄像机,准备接一些产品广告的拍摄,另外,还可以帮人家拍一些婚礼场面的录像。

周新华还说我的文字功底不错,他要是接到广告的话,就让我负责电视广告的策划和脚本这一块。并且安排我从现在起,就开始学习写这一类文字。因为这策划、写脚本的活也不需要停薪留职什么的,只不过是依样画葫芦,完全可以在业余时间干,赚到钱赚不到钱对我也没什么损失,于是我就欣然同意了。

周新华拉没拉到广告我不知道,因为他一直都没来找我写广告脚本。但他曾经来过电话,让我构思过一句关于电热保温瓶的广告词。我费了大半天时间,想出了几句,比如,"注入一腔清水,倾出无尽热情"之类的广告词,然后就打电话告诉他。不过我撰写的广告词是用还是不用,他也没来电话说明。总之是不了了之了。

到了后来再见面,又听他眉飞色舞地说,正在打算搞法国香水。法国香水?这宏伟的计划,着实让我吓了一跳。且不说你人在中国,你又凭什么,用什么设备、什么原料去生产法国香水?周新华当即胸有成竹地笑笑,说,老兄,这个你就有所不知了。只要雇那些收破烂的人四处收集一些怪模怪样的空香水瓶子就行了。我说,那香水呢?他说,香水是可以自己配制的。至于商标的包装那也好办,因为有专门的厂家给印刷。出钱买就行了。我怀疑地说,你那技术行吗?他诡秘地说,这些你就不用管了,商业机密。看他那一副神秘兮兮的样子,我就猜到,这小子可能是要搞假冒伪劣的进口香水去骗人。这就不仅仅是一个道德问题了。不过平心想想,那些有钱人既然能一掷几百、上千块钱去买一小瓶所谓的法国名牌香水，这就说明他们的钱多得都有点不耐烦了，即使是被你宰个几百上千的，对于他们来说，也只不过是被割破了毛细血管，出了一点点血而已。似乎也无大碍。很多资本都是有原罪的。像我们这个在历史上"均贫富"口号曾经深入人心的民族，只要有某个权威人士站出来，一振臂高呼，号召民众去分暴发户的浮财，半夜里也会有许多人爬起来，跟着去分财产或跟着去摇旗呐喊。想到这点，所以我也没有劝阻他。

不过，麻烦的是周新华让我也入股跟他一块搞。我说，我手头只有区区的三千块钱啊。他说三千块钱也行！他让我马上把钱全部提出来，交给他。那一阵子，我刚刚结完婚。我把这件事跟我那个在保险公司跑保险业务的妻子一说，吾妻杏眼圆睁，顿时就翻了脸。妻子指着我的鼻子说，老公，这钱，你要是敢往外拿的话，我们立马就散伙。这个家我反正是不想要了！你知不知道，现在的世界是黄世仁怕杨白劳？所以满世界都是骗子。你要是敢把钱撒出去了，我敢保证，你就是放出十只狼狗，都追不回来！你一个领工资的人，三千块钱做盐不咸做醋不酸，你入什么股嘛？这女人嘴皮子的厉害我算是领教了！不过平心想想也是，也许是周新华这家伙真是到了穷途末路，连老朋友的钱都要算计了。于是，我赶紧找了个借口，把入股的事给推辞掉。

这些年，我也弄不清楚周新华到底换过多少个行当，总之是没一个行当干得长久。我估计他当初那笔"捡"来的十万块钱也全让他打了水漂。于是，我就想到民间的一句俗语：跳笼鸡、打破蛋。

三年的时间，只要过去了就不会觉得很长。眼下的周新华跟当初相比，一点也显不出混得人模狗样的派头。他这人历来是牛皮哄哄的角色，只要混出息了，肯定外露。否则，就只能有另外一种解释——落魄了。有一次，我们见了面一块在路边的茶摊上喝茶，完后要买单，他掏口袋掏了半天，也没掏出足够的钱来。最后还是由我付了十五块钱的茶资。这在以前，依他周新华的脾气和对金钱的轻蔑态度，绝没有让我付账的道理。由此我猜想，他小子一定是混得不行了。

也是那次，我跟他来了一次推心置腹的谈话。他说，到社会上一闯荡，就发现很多东西跟自己原来想象的不一样。他说，比如要做那些小本生意，开个小饭店、小商店什么的，对人的文化程度要求不高，但事情却很琐碎，你要有耐心，要时时看着守着，文化素养太高、思想太活跃的人反而忍受不了。比如拉广告一类，你要反复地跑，去求人，要忍受人家的白眼，仰人鼻息，而且是很低很低的成功率。你要搞产品开发就更不容易了，你要有足够的资本，要有专业的知识。你要想做点临时性的贩卖生意吧，贩水果贩鱼什么的，你至少要有门路，还要不怕吃苦。总之，赚点钱是很不容易的。听了他这一番感慨，让我想起从前他说过的"这年头，除了赚钱容易，别的什么都不容易！"的屁话。于是，就调侃他说，那么多下海的人都发了财，你小子就算是逮不到大鱼，怎么也该抓到点小鱼小虾吧。他说，你还没看到更多的人破产啊。底层经商，竞争太激烈了！这三年，我那十万块钱全泡了汤。要知道结果是这个样子，我当初就应该把十万块钱存着，吃利息。

我猜得果然不错！于是，我对他说，就算是交了人生的学费吧！幸亏你小子还听了我的劝，没有辞职，要不然，你这会儿就跟丧家犬一样，没个地方可去。我还说，你小子既然下海混得不行，那就干脆早点回来上班吧。他长叹一口气说，也只好如此了。

他在单位人事科办好复职手续，回来上班的那天，我们又一块坐在办公室里边看报纸边喝茶聊天。其时，我们单位的办公室已经搬到一幢新楼的五楼，隔着落地大玻璃窗，可以看见对面的一个农贸市场。俯看着在农贸市场里忙碌熙攘交易的人群，会让人生出一种非常悠闲的感觉。我问周新华，你小子出去闯荡了三年，现在又重新回来上班，有何感想？他沉思了好一会儿，才说，站在干岸上的感觉嘛，还算好！我问他，怎么个好法？他说，安全、没有经济压力、心不受累。说是这么说，可是，班还没上到两个月，我就发现这家伙的情绪变得很低沉。再问他时，他就说，啧，这死气沉沉、按部就班的机关生活，还真让我郁闷。特别是一看到单位这些人的嘴脸，看着一个个小人为一丁点利益钩心斗角，就觉得活得很累。他感叹道：这不叫生活，只是活着。简直可以说是在浪费青春！

　　我忽然就联想起周新华曾经给小老板的儿子辅导抛物线的往事。我觉得他这一次下海，不过是在天上划了一道美丽的弧线，然后又落回到平面上。虽然这一抛，还是落在地平面上，但毕竟不是落回原点。至少是他的观念改变了（要是落回原点当然就不成其为弧）。看来，只要有机会，我相信，他还是愿意把自己再抛它一次的。

包装时代

　　周新华的第二次下海，已经是20世纪90年代的末期。那时，单位里已经不再允许本单位的职工再申办停薪留职了。而在他，也一直在为要不要再下一次海而犹豫。如果不是因为在谈恋爱这件事上受到了刺激，他可能也会像我一样，老老实实在单位里待下去。

　　给周新华介绍对象的人是我们单位工会副主席刘茹慧，人长得矮矮胖胖的，能说会道，是那种古道热肠的大姐。大姐给周新华介绍的是一个叫高碧娟的女子。这女子在市政府一个实权部门上班，收入很不错，有车，家里在市区内还有一幢楼。只是这个高姓女子已经年过三十二岁了。看得出来这女人性格怪僻，是个典型的剩女。介绍人在双方之间牵线之后，双方都同意先见个面。见面时，女方是由她妈妈以及介绍人刘大姐陪着，周新华这一边是单刀赴会。就在这次见面回来后，周新华神情怏怏的，情绪很不好。我问他，女方长得怎样？周新华说，梨形脸、单眼皮，不过还算白皙，一米六二，有点发胖。我说，这种部件的组合，估计也算不上漂亮。周新华告诉我，两人见过一面之后，从刘姐那里反馈过来的信息是：女方对周新华的身高、长相都十分满意，但是对他的工作和收入以及家庭背景不满意。之后，两个人同意相处一个时期。

　　大约一个月之后，上班时我看他情绪很低落，就问他，你的恋爱谈得怎么样了？周新华说，不怎么样。看着他一副心事重重的样子，我猜，这桩婚事八成是没希望了。晚上，我就邀他到一个酒吧去散散心。路上，周新华简单说了一下情况，如果要结婚，女方家提出个约法三章：要求作婚前财产公证。要求婚后要住到她父母家。要求将来生了孩子，要随她家的姓氏或者也像澳港地区的人那样，搞个周高XX的复姓。估计是女方家提出来的这个丧权辱国的约法让周新华心里很不痛快。周新华在跟我谈这件事的时候征求我的意见，我就劝他说，这三个条件嘛，应该是可以接受的。按女方家的财产、经济状况，你呢，也不用再为金钱去奋斗了。周新华说，这事想想就像当初日本人逼迫清政府割让台湾似的，心里就发堵。再就是这女人总是居高临下，脾气又有点怪怪的，婚后日子怎么过嘛。我说，剩女嘛，多多少少都会有些怪癖。要不怎么会剩。再说了，人家家里有那么多财产，嫁给你个穷小子，肯定要牛一点。所谓舍得舍得，有舍才有得。

照我看，小毛病也不是不可以接受的。周新华说，有些事你不知道！看他欲言又止、一副似有难言之隐的样子，于是，我笑说，是不是床上的那点事不和谐？周新华一听，突然就笑了，说，你还真鬼，猜对了！我说，说来听听！周新华说，那女人有洁癖。干那种事时，她还非要让你用酒精消毒。我说，真逗！酒精消毒？将来生孩子会生出个畸形的孩子。周新华说，总之，她那种洁癖和居高临下的态度让人感觉很不好。她不就是有钱吗？有钱又怎样？老子不想再伺候她了。

在说这事时，我们已经走到了一家叫"秋月春风"的酒吧，捡了个位子坐下。这时，一个年轻的服务员小姐拿着酒水单过来，问我们，先生，你们要些什么呢？周新华随口就说，来一瓶忘情水吧！

忘情水？那女孩大概是刚从乡下来的，虽然她也像其他服务一样一身酒吧工作服，一条束头帕，人却显得十分纯朴。她也不知道人家是在调侃。她很认真地说，可是我们酒吧里没有你说的忘情水啊。周新华看她那一副认真样，就故意逗她玩，说，我们只要忘情水，别的不要。这要求让女孩显得很为难，拿着那本酒水单，尴尬地在一旁站着，不知道如何是好。这时，就过来了一个女领班，二十多岁的样子，高挑，凤眼、蘑菇头，头上没有戴像女服务员那种头帕。（这真是个美丽的邂逅，因为这个叫凌凤子的东北女孩，后来居然成了周新华后来生意上的搭档。）她是这家酒吧一个新来的领班。女子笑盈盈地走了过来，问那女服务生怎么了？女孩说，这位先生要点忘瓶（情）水，可是，可是我们的酒水单上没有这种水啊。我看着这纯朴的女孩子老是反应不过来，于是就提示了一句：给我一杯忘情水，换我一生不伤悲……

倒是领班的女孩冰雪聪明，一下子就反应过来了。说，哦，明白。这位大哥肯定是碰到感情问题了？所以需要忘情水，是吗？听她的口音，应该是一个东北女孩。我以为，她这时会劝周新华说，天下何处无芳草，大哥，您就想开点吧之类。没承想，她却大包大揽地说，大哥您是要忘情水是吧？有啊，有啊，您是要浓一点的还是淡一点的？周新华半真半假地说，那你就看着办吧。她说，好的，我这就给您拿去。看着她一副胸有成竹的样子，我还真的有点纳闷了。她会给周新华上什么忘情水呢？只一会儿，她就亲自用托盘给我们上了五小瓶蓝带啤酒外加一碟干果。

我一看上的是啤酒，就笑问，忘情水？这其中有什么说道吗？东北女孩说话的语速很快，大大咧咧说，不就那点感情问题吗？大老爷们，拿得起放得下，只要喝醉了，肯定就能把那点情给忘了。您说是吧！我说，只是，能管一辈子吗？这位小哥要的可是一辈子不伤悲哦！女领班指着果碟说，知道嘛，这个叫开心果，就着酒一块吃下去，效果会很好的。周新华因此一下子就快乐起来了。说，那我能请大妹子您一块喝两杯吗？周新华在说"大妹子"这个词时，显然是刻意在学着人家北方人说话的口吻。女孩爽快地说，可以啊，可是现在不行。我们上班的时间是不允许陪客人喝酒的！

这一次婚恋的刺激，应该是周新华下定决心再一次下海的动因。他在跟我商量这件事的时候，我就建议他说，你可以去办个内退或者办病退吧。人嘛，怎么样都要给自己留一条后路的。他说，我第一次下海，就是因为听你的话留了后路，所以做事情才有始没终。比如，当时的饭店，其实是完全可以开下去的。总之，这回我是想清楚了，必须破釜沉舟。我说，你还是悠着点吧，别到时后悔。他说，我不会后悔。我说，如果你不听我的，到时候，我就是想帮你，也有心无力。他似乎嫌我啰唆，不耐烦地说，行了，行了，别像我妈似的！你放心好吧。到时候就算我混得不好，穷途潦倒了，要饭也不会要到你家门口的。这小子说的话很伤人，让我听后很生气，所以有很长时间都没有理他。后来，是他自己去单位的人事科把辞职手续给办了。

周新华再跟我联系时，已经是约八个月之后。他问我，你能不能搞到本地区那些老的文学、艺术爱好者的名单？要不就去找文联的熟人，看能不能把下属各个协会凡上了六十岁以上的人员名单给他。我说，我现在手头上没有。他说，那你就帮帮忙。还有，你看看有哪些想出书的，想要入《世界名人录》之类的，想得奖的，都可以把信息给他。他说，我不会让你白干。要多少劳务费，尽管开口。我托了熟人，把他要的名单拿到手，然后从网上把名单传给了他。一星期后，他居然亲自给我送过来500块钱的劳务费。这次，我们是在单位办公室见面。我不想要他那500块。我说，举手之劳，要什么钱嘛。我问他，出去以后都在干些什么？他说，注册了一个名字叫"新时代形象包装策划公司"的小公司。帮助一些有需要的人出书，搞各种宣传，还有就是跟别人合作，策划、组织各种文学大奖赛，还有会议策划。我说，比如？他说，书法、摄影、论文、散文、新诗、旧体诗、传记类的书都帮助人家出过。最初，还做过一些想上《名人录》的人的生意。我因为曾经办过刊物，知道印刷装订的流程。只要在有其文字的内页及目录页处理一下就行了。这个人拿到的名人录，可能是世界上唯一的一本。我问他，拉一个人入"世界名人"能挣多少钱？周新说，你要看这个所谓的名人，他要多少本书。他如果要订上十本八本，那收入就高一些。我说，你的生意好吗？他说，说不上十分好。但公司一直在运转。没饿着！听他说话的口气，看他的派头，我猜，他应该是打开局面了。

几年之后，单位里的人在议论，说是周新华肯定是挣钱了，都说是看到他开着一辆崭新的日产尼桑车。直到有一天下午，我从单位下班，正走在回家的路上，一辆灰色的轿车靠着马路牙子缓慢地移动，不时打一下喇叭。我一直自顾走路，也没有理会。这时，从摇下玻璃窗的副驾驶座上探出头的是一个年轻的女子。她冲着我笑，说，大哥，您还认识我吗？我正发着愣，说，不认识！这时，开车的人转过头来冲着我说，老兄，你就快上车吧，端什么架子嘛！我这才注意到，开车的人是周新华。

上了车，我说，你们绑架我，总要给个理由吧？周新华说，做成一单生意，请你一起去小酌，喝点革命的小酒。这个理由可以吗？我说，那你怎么就不事先打个电话约呢？周新华说，给你个惊喜不行吗？女子说，您别听他撒谎。其实就是开车正巧路上见到您了。然后是周新华问我，这个小姐兄还认识吧？问这话时，女子回过头，冲着我莞尔一笑。东北口音、不对称的包头、斜刘海、凤眼，我突然觉得有一种似曾相识的感觉。周新华提醒我说，在秋月春风酒吧。曾经给我们上过什么水来着？我这才恍然。这女子不就是几年前我和周新华在秋月春风酒吧里见到的那个女领班吗？我说，哦，想起来了。是"忘情水"！不过你那时是个蘑菇头，看上去稚嫩得跟小女孩似的。周新华说，人家那时可是大学刚毕业。她也笑着说，大哥，您没把我们当成要拐骗您的坏人吧？我笑说，能被美女拐了，三生有幸！总之，在三亚这个城市待了几年之后，这个女孩的东北口音似乎也淡了一些。但感觉她的语速还是快。

我打趣说，你们怎么就整在一块了？是不是当年的"忘情水"还没喝够呢？周新华笑着说，老兄啊，你怎么会用"整"这个词呢？可别往歪里想啊。我和凌小姐只不过是生意上的合作伙伴。她在我下海以后，也跳槽到了一家旅行社当业务经理了。我们后来就一直联手在做那些想得文学奖的人的生意。我问他，你们的生意怎么个做法？他说，公司接到生意,比如,要在北京或者是某个城市颁发大奖,我们就把那些需要领奖的客户交给她们旅行社操办。她们有什么生意上的线索,也会提供给我们。我们也在网上发信息征集客户。我说,那费用怎么算?周新华说,费用一般是分为会务费和旅行团费两个部分。收入多少要看我们拉到多少个客户。会务费我们是跟合作者分,旅行团费归旅行社。他们也给一点提成。当然,这只是我们的一部分业务。

我说,可我怎么总觉得你们干这一行简直就是在忽悠!

周新华说,你啊,还是那种旧观念。这种观念一定要改才行。你不知道,当我看到这些人捧着奖杯,一个个幸福十足的样子,一个个对人生充满了希望的样子,说真的,我很有成就感呢。

我说,这就是你们所谓的包装?周新华说,从商业角度说,包装虽然没有改变商品的品质,但包装拉近了商品与潜在客户的距离。我说,从道德角度说,这种包装混淆视听,败坏社会道德啊。周新华说,你可不要把社会问题和合理的商业运作混淆了。

凌凤子说,大哥,我知道您是搞小说写作的。我也是大学文科毕业生。您一定看过都德的一个短篇《柏林之围》吧?我说,经典小说,当然看过!她问我,您说,小说里的那个女孩对她祖父所做的事情,算是欺骗吗?我说,在那种特定的情境下,这应该算是一种善意的谎言吧!凌凤子说,这个例子说明了什么呢?就是说,有一些事情,您嘛,从某个角度去看,似乎是在欺骗,但是从另外的角度看,则是一种关爱,临终关爱,是一种善意的谎言或者说是善意的欺骗。其实,我们公司所做的,就是满足人的某种需求。因为有需求才有买卖。而且法律没有明文禁止的,就不算违法。我说,不说欺骗也可以。但你们这样做,至少是在鼓励人的一种虚荣心啊,从道德层面上说,这也是在鼓励一种不良的社会风气。你们就没有看到社会上假文凭、假职称、假证件、假奖杯满天飞吗?

凌凤子说,您也甭管是虚荣实荣,总之,你承认不承认这也是一部分人的一种心理需求?您知道马斯洛人类五种需求的理论?她似乎在考我呢。我说,当然记得。马斯洛关于人的需求说里,人的需求分为五个层次。一是生存需求;二是安全需求;三是亲情需求;四是尊重需求;五是自我实现的需求。

凌凤子说,这一类需求属于第四种。

那一天,我随着他们一起去一家东北饺子城吃了些饺子,还喝了一点酒。完后,周新华非要拉我到他的公司去坐坐。他说,兄弟我这几年都做了些什么,你就不想知道吗?我今天要给老同学好好汇报一下。因为他喝了酒,车就由凌凤子开着。她把我们送到了新风桥头边上的一个小区。有好几家市内知名的公司都在这里办公。新时代形象包装策划公司租了这幢大楼九楼的一套公寓当办公室。

周新华公司的一个叫小候的年轻员工就住在办公室。周新华说,他们现在手下有五个年轻人,摄像、摄影候如冰;文案邵小飞;杂务田玉明、蔡丽琴。周新华让那个叫候如冰的年轻人准备好给我放录像的资料。

周新华进屋后吩咐他说,小候,你把投影仪和业务资料准备一下。他们公司小客厅的一面墙上,就挂着一帧投影视屏屏幕。年轻人把投影仪摆好、打开,并麻利地连接上一台手提电脑,并把投影的画面调整好。然后他问周新华说,周总,要不要我来讲解?周新华说,麻烦你去泡两杯茶过来,完了你就忙你自己的事情吧。年轻人于是把遥控器交给周新华。周新华接过遥控器,一本正经地说,我现在就来给学长汇报一下学弟这几年来的工作。我说,行了行了,就别装模作样了。

周新华按了遥控器,屏幕的画面上出现几个大字:《新时代形象包装策划公司商业案例》,然后是一些画面。

一个主持人模样的女子在台上讲话。

一个戴贝雷帽的老年学者模样的男人在台上讲话。周新华介绍说,国内著名诗人王大地先生来给获奖者授课。我说,真的是他本人?周新华说,当然是王老真人。我说,像他这样国家级的名人,出场费肯定要很贵吧?周新华说,这你就没猜对。老先生还真的不要钱。我说,不要钱人家愿意?周新华说,也不一定。主要看公关人员怎么操作。有一些人要钱,而有一些老先生的观念很正统,有一些则是因为退休后寂寞。他们高兴的是别人还记着他。你给钱,他还不一定愿意来。

接下来,周新华一按键,挂在墙上的投影布上就出现了画面。

(画面)一群礼仪小姐,每人用托盘托捧着一尊奖杯上台。

(画面)颁奖流程。

(画面)一群笑容灿烂的获奖者,主要是老者手捧着奖杯的特写。

(画面)一个获奖的老者热泪盈眶的特写。

我甚至还在其中看到了某个熟人领取奖杯的特写镜头。我之前曾经听说,这个先生入了十几个的名人录,拿了国内外各式各样的文学奖居然有几十个之多。我问周新华,刚才举着奖杯使劲摇的那个人,是不是原来在三亚某单位工作的那个老廖?周新华说,具体的人名就不说了吧。我们是有义务为客户保密的。我说,不是都已经制成光碟了吗?周新华说,光碟是刻了,但是还没有公开。至于要不要公开,要不要传播,这个要由客户自己决定。我们跟他们是有合同承诺的。

周新华一旁介绍说,这些总体的资料我们还没有搞后期制作,没有配音、解说。你刚才看的是我们组织的北京之旅"文华杯"旧体诗大奖赛的比赛颁奖现场。我问,你们的客户都是岛南的吗?周新华说,也不一定!我说,这个颁奖有几个是你们的客户?周新华说,这次有5个吧。

接下来又是另外几组类似的画面。周新华介绍说,这是云南之旅"华夏杯"散文诗大奖赛的颁奖现场。这个场地是云南一所中学的会议厅。这是广西桂林之旅"文豪杯"自由诗大奖赛的颁奖画面……

我问周新华,你们这种生意能挣多少钱?

周新华说,老兄,有些话是不能问的。老实说,也挣,但挣得不是太多。直到去年下半年,公司才算是打了个翻身仗。我说,是挖到金矿了?周新华说,是碰上贵人了。当然,客户还是凌凤子给介绍过来的。她的功劳我可不敢抢!我问,什么贵人?凌凤子在一旁说,他说的贵人就是徐老伯。有一次,他参加我们旅行社组织的北方七日游。正好我要回家探亲,顺便就带了这个团。所以我们认识了。

周新华说,这徐老伯以前只是个供销社的会计,也没有什么特别的爱好。只是晚年闲下来了,无所事事,觉得很无聊。偶尔看到了他当年同学出的一本书。受到了启发,他也想把自己的经历写出来,然后出一本书。我问,一个供销社退休的会计?他有什么背景吗?周新华说,他吗不过是个普通的退休人员。不过,他的两个儿子就了不得了。毕竟抚养出了两个优秀的儿子。他的大儿子是一个房地产商,有的是钱。小儿子是外省的一个厅局级官员。徐老先生的老伴死得早,靠着他独自一人把两个儿子抚养大。

周新华说,得到这个信息以后,我就亲自找到了徐老伯。他让我们直接去他儿子的公司,找他儿子洽谈。也就是三亚天星房地产公司。在我们上门去谈这一单生意时,徐老伯的儿子徐老板跟我们谈到他父亲当年如何含辛茹苦，把他们兄弟两个拉扯大的往事时，都情不自禁流眼泪了。徐老板一再强调，只要能让他老爸高兴，钱不是问题。我们一听，就知道有戏。我们找到金矿了。除了写书出书之外，我们还顺势给他推荐了一系列的组合包装。

周新华给我说，这个小徐老板还真有点哲学思维。他说，钱是什么？钱实际上是一种购买占有某种东西的权利。生不带来，死不带去。总之，钱对活着的人才有意义。现在是他回报父亲的时候。听着小徐老板的这些话，我心里那乐啊，比当年看到那十万块钱还厉害。你说，这意味着什么？周新华微笑着问我。

我说，不就意味着你们可以从中赚到钱了吗？

周新华说，哎，你啊，真是太不敏感了。这不但是意味着可以挣钱，而且意味着，这老板是大大方方打开自己的钱柜，那潜台词是：用多少钱，可以自己拿！当然，前提是，我们必须要想出办法来让他父亲高兴。你要知道，这种机会，对于我们这个处于濒临倒闭状态的公司来说，那真是可遇而不可求的机遇啊。所以，那一段时间，我们公司的全部人员把其他业务都放下了，还临时招了一些人，全力以赴去做这一单生意。我问他，那么你们这单生意挣了多少钱？方便说吗？周新华说，具体数目就不便说了。总之，是6位数。这还不算后来我们接那家房地产公司的一些策划项目。这么说吧，光是有这家公司的业务，公司就能生存。周新华郑重地吩咐我，如果我说的这些内容，你想要写进你的小说，一定要记住，不能把人家的真实的信息给透露出去。一定要虚化，不然，就等于砸了我们的饭碗。我说，这点你尽管放心好了！我也不想有官司。

接下来，周新华又按了一下控制键。

（画面）XX省中国公众传媒传记类银奖作家签名售书仪式。

以下有一部分是照片，有一部分资料是录像。

一群小学生围着坐在椅子上的老人，老人笑容满面。

一群美女帅哥粉丝排着队，等着徐老伯签名，老伯埋头认真签名。

一群挂绶带的小姐捧着鲜花围着徐老伯。

乡镇的小镇街道上，一条挂着"热烈祝贺徐敬初先生《岁月长河》出版"的横幅。

徐敬初老人加入作协的证书照片。

《岁月长河》作品研讨会现场。

周新华说，这就是他出的那本《岁月大河》的书的讨论会。凌凤子纠正说，是《岁月长河》。周新华说，光是这次会议，我们就花了八万块钱。我说，一次会议怎么可能花掉这么多钱？你蒙人家吧？周新华说，这你就有所不知了。从京城请两个名家，还有省里名人的出场费、车马费，还有接待费，都是要花钱的。只是羊毛出在羊身上就是了。我说，这就是所谓的有钱能使鬼推磨？周新华说，现在已经不这么说了，因为已经不时尚。现在我们说的是：有钱能使磨推鬼。

我们于是都笑了。

周新华说，书稿是我们专门派了两个小姐陪了老人十多天，让他谈经历、给他录音，然后打印整理出来的。他原来也有一份初稿。再请了省内一个著名作家王志成帮助成书。我说，有这等好事你就没想到我？周新华说，本来是要请学长出马的。那阵子联系你时，你不是说你岳母摔断腿，你没有时间吗？我这才想起来，去年周新华确实为这事联系过我，问我，最近能不能抽出一个月的时间，帮助他们完成一本书？我那时正因为岳母摔断髋骨的事忙得一塌糊涂。所以就把这活——一块到口的肥肉（后来知道润笔给的是六万）给推掉了。

周新华说，后来还是这个王志成跟我们联系，弄了一个丛书书号。我说，为什么不单独给他弄个书号？你们也不差钱！周新华说，这就是王志成的策划了。不是为了省钱。我怎么不知道单一书号要一万五，丛书号要看有几个出书的人分摊。多也就一两千吧。实际在书号上，我们花的钱比单一书号还要多。我问他，为什么？周新华说，有些事不能说！有一点，是我们想要让他和那些省作家协会的作家在一起，一块参加新书发布会活动。这样才会显得真实。这样徐老伯才能真正感受到跟真作家平起平坐甚至压人家一头的滋味。

书是去年底印出来的。书运回来以后，我们在省城搞了一个售书仪式。之前，我们组织了50个民工当场去买他的书，然后请他签名。还有就是组织礼仪小姐给他献花什么的。我说，画面上那些人，看上去可不像是农民工。周新华说，秀之前，我们还给那些民工买了些衣服、眼镜、帽子、皮包、钢笔之类的行头，还有专门的化妆师去指导他们。我说，怪不得那些人看上去不像是从街头随便找来的农民工。周新华说，人家是出了大价钱的。我说，道具钱也应该算在内。

周新华说，那是！那天吧，我们也算是让徐老伯出尽了风头。他的派头，把那些参与丛书签名售书仪式的其他作者全给比下去了。我说，那些作家就心甘情愿在一个为别人量身定做的仪式上当陪衬吗？周新华说，给钱啊！另外，那些作家也未必知道真相。刚才说过，我们还策划了徐老伯的作品讨论会。除了邀请京城两个知名的评论家，另外，还有市内一些大学的中文系的教师、学生。我说，他们也有出场费？周新华说，你傻啊？这个年头，没有出场费谁会来呢？

周新华说，几个月以后，老人就去世了。老人在临终之前，我还专门到医院去看望他。老人拉着我的手，说，小周呵，我也知道，我退休时的身份不过是个无足轻重的供销社小会计。我写的也不好，是不可能达到这样高的成就的。但你们为我所做的一切，确实让我在离开这世界之前，感觉到了前所未有的快慰。我这一辈子活得值了。

我说，你是真的让他快乐了！周新华说，那是当然的了！你没看刚才的画面，一群拿着书、拿着鲜花的美少女粉丝，围着让他签名。还众口同声、甜甜地喊，阿公，我们崇拜你！他脸上都笑出花来了。还有，在他们村里的那些横幅标语，让他在父老乡亲面前出尽了风头。我说，服了！你们真会来事！跟当年慈禧太后的那些太监有得一拼！周新华说，你这是什么话嘛？是在夸我吗？我说，应该理解成夸吧！周新华说，你猜，我当时怎么想？我说，你就窃喜呗！就你那德行，挣了别人的钱，心里没准还骂别人呢吧？周新华说，那倒不至于。毕竟客户是我们公司的衣食父母嘛。其实，当时我心里是在说，要谢嘛，就谢你儿子的那些人民币好了！

周新华还和我谈了他们公司的发展前景。他说："我们的市场大着呢！你要知道，现代人，尤其是现在这些 60 岁到 80 岁这个年龄段的人，很多人都是很有钱的。特别是那些本土的居民，怎么都有一些房产、地产。三亚这个城市的房产、地产，你应该知道有多值钱了吧？他们有钱、有闲，其中的一些人之前在社会上是有头有脸面的人物，一些人之前也在玩一点文化，现在赋闲了，或者不甘寂寞，或者害怕社会忘记了他们。这些人都是我们公司的潜在客户群。"接着他问我，"你看你是不是也出来跟我一块干？来了就给你当副总。每个月底薪给你 5000 块钱。奖金还另算。"

这已经是他第二次邀请我入伙了。我考虑了一下说，如果是松散合作，还是可以考虑的！

宠物犬姊妹篇

走失的叭儿狗

在 S 市，临春河西路的美兰花园，是这个风景如画的旅游城内一个独具特色的小区。小区由二十几幢西式别墅群组成：依着公园傍着水，居住环境优雅舒适。你无论从景观角度，还是从宜居角度看，都是无可挑剔的。这里的别墅，当年每幢的售价都在人民币一百万元以上。现在嘛，在市区内，独立的别墅都已经成了绝版，价值已经不止十倍于原来的价了。总之，当年能在这小区中拥有一幢别墅的，一定是属于那种非贵即富的人。

在别墅区最靠北的一头，是一幢两层大坡顶钢混结构的西班牙式小楼。整幢小楼爬满了一种叫作炮仗花的常春藤，阳台上也栽种了各种鲜花。远远看上去，那楼就像一座小花山，十分惹人注目。同样惹人注目的是这幢别墅的主人，那时，徐菁年纪刚好四十出头。这女人生活过得很有规律。每天早上，一般都会睡到九点左右才懒洋洋地起床，起床之后，会穿着睡袍，牵着一只狗狗，到沿河堤的一片地毯草坪上溜狗。

徐菁这一辈子不曾生儿育女,加上有钱、有闲和精心保养,所以那身段看上去也还是有形有款。一张丰满润泽、漂亮的蛋脸,头发向上堆出一个大发髻,乍一看,也就像个三十岁左右的女人,加上平时又总爱穿戴一些色彩艳丽的服饰,她人又姓徐,让那些熟悉她的男人一见到她,就不由得要想起那句"半老徐娘,风韵犹在"的话。

徐菁的前半生,那真是很有故事可说的。

在她几十年的人生中,曾经先后有过三个男人。

第一个男人是她上山下乡时嫁的一个年轻的队长。那可以算是她这一生中真正爱过的男人。当年,她才十七岁,稚气还没有脱尽,就被上山下乡运动裹携去了海南岛中部琼中县的生产建设兵团的农场。去的头一年,男女知青都被分派挖环山行。傍晚收工后,知青们会结伴到附近一条叫昌化江的河里洗澡。男知青在上游段,女知青在下游段。这些年轻、精力过剩的女知青们虽然劳累了一整天,可一旦聚集在河里洗澡,就会嬉戏打闹。一次,她是因为躲避女伴的泼水,一不留神,滑落到河湾处的深水里。眼看着她挣扎几近淹死,女伴们只知道在大声呼喊,也不敢去救。正是那个叫韩德欣的男队长,听到喊叫,赶过来,一个猛子扎下水,奋力把她捞了上来。英雄救美,不过是个很俗套的故事。之前,她是从来不把这些土里土气的农场子弟放在眼里的。可自从出这件事情,他们在食堂打饭时再相看,那眼神就不一样了!她眼里含着脉脉的温情。毕竟人家救过你呀!后来他们就相爱了。这个体态硕美、名字叫韩德欣的男队长,是个朴实、憨厚且内向的农场子弟,没读过多少书,也不会甜言蜜语,属于保温杯式内热型的男人。他有自己疼女人的方式。比如,设法去逮只果子狸、捉只鸟、网点鱼给她改善一下伙食,或者会按着季节时令,采点野果、野蜂蜜什么的给她解解馋。和从城里来的男知识青年相比,韩德欣虽然显得土气一点,但那个时代自有那个时代的审美观和价值观。一般来说,跟韩德欣这样根正苗红的男人过日子,会很可靠,会有一种安全感,至少在政治上不会有什么麻烦。

如果不是后来世道变了,如果是再晚两年才有招工回城以及高考上大学诸般的变化,她就有可能永远留在农场过上一名普通农场人的生活——因为农场就在县城附近;因为这个叫德欣的男人,在她肚子里播下的一粒种子已经悄悄发芽;因为农场照顾她,准备调她到场部小学当教员。后来,社会情况发生了变化,知青同伴一个个或通过招工或通过办病休或通过考大学的方式回了州城。眼看着同伴一个个离开农场,已经结了婚的她,心也开始躁动起来了。事情明摆着,跟着这个队长在农场过下去,已经不符合时代的潮流,也没有发展前途。于是,徐菁一咬牙,果断地到场部医院去把已经怀了三个月的胎儿做掉,然后跟随着农场最后一批知青招工回了城。

出现在徐菁生活中的第二个男人,是自治州师范学院的一个中文系讲师。那是在她回城、跟韩德欣办理了离婚手续并过了几年独身生活之后。男人是她姨妈给她介绍的。男人姓单,名介文。姨妈在撮合这桩婚事的时候,徐菁已经年近二十七岁,而这个单介文已经是四十四奔四十五岁的人了。一个男人到了这个年纪还没有娶妻成家,如果不考虑中国当时政治环境的因素,从个性来说,这个人也应该是个另类了。事实上,这个单介文也确实是一个不合群且孤芳自赏的人。

就在20世纪80年代那种知识分子人气一路上扬的时候,单介文踌躇满志,傍晚常常独自背着手,在校园里散步。甚至学着唐代大诗人杜甫,昂头向西仰望天空,做出一副问天之状。其实,他心里冥想着诺贝尔文学大奖。他一门心思想要成为当代中国最伟大的散文诗诗人，于是，天天将泰戈尔啊飞鸟啊挂在嘴边。而且，几乎每天都能生产出，在他看来是当下的中国还没有人能企及、能望其项背的散文诗大作。为此，学院里曾经流传过这样一句歇后语，说单教授的诗作嘛，那真可谓"来航鸡下蛋——高产"。

不过单大诗人写的那些散文诗作品，能够见诸报纸杂志的篇什极少。他发布诗作的主要渠道，主要是在几个学生崇拜者当中相互传阅（当年还没有粉丝这个词汇）。用他单大诗人的话来说：在目前中国的散文诗届、编辑、评论家当中，至少在21世纪之内，都不会产生出独具慧眼、能够识别跨世纪天才诗作、诗人的伯乐。正所谓"千里马常有，而伯乐不常有"。他所要面对的，是一个世纪之交寂寞的诗坛。单老夫子总是对他那几个崇拜者说，他的散文诗作，那是要留给下一个世纪中叶（2050年）的读者们欣赏的。当新世纪中叶的曙光照耀大地，当人类大规模开发太空的时代到来，人类也同时具备了宇宙的视野和全维度的观照。到了那个时候，人们自然就能够欣赏他这个超前的诗人的伟大的作品，就能够解读他作品中所蕴含的划时代的伟大意义了。总之，那些当年的粉丝们听了他这一番似是而非的高论，都像坠在云里雾里似的，一个个都佩服得只能像鸡叨米似的不停点头。可是，单介文中文系的同事们似乎都不买他的账，一提起他那些诗作就摇头，说，老单写的那些什么散文诗？尽是些骗中学生的不着边际、文理不通的句子嘛！

徐菁的姨妈是单介文执教的那所学院的会计。

姨妈从少女时代起就一直在崇拜诗人。当她还是豆蔻年华的少女时，就爱上了当时父母单位的一个诗人。正好赶上了1957年，她心仪的诗人不幸被划成了右派，并且被发配到了一个地处偏远的农场去劳动改造。她是因为受了组织的教育和家庭的阻拦,才没能把自己初开的情窦,奉献给这位右派诗人。而等过许多年之后,再听到该诗人的消息时,人家已经平了反,且已经调到了省城,已经成了国内一个知名度颇高的诗人。他们自然无缘分了。为此,她总是在自责,总是耿耿于怀。她想,如果当初自己能勇敢一点,冲破阻力,事情的结局也许就会是另外一番景象。失之交臂啊,失之交臂!总之,这件事几乎成了她生命中最不能承受之痛。现在呢,又碰上了单位里恰恰有这么一个可爱的单身诗人。只可惜,她青春早已不再;这会儿,正恼恨时光没有单独为她倒退二十年,自己无法再年轻二十岁;又恼恨自己那个胸无点墨的老头子没有早早死掉(不然自己怎么也要去追一追这个单大诗人)。如果人生能有一次跟诗人罗曼蒂克私奔的经历,那她这一辈子活得就太值了!只可惜,目前人类还打造不出这样的时光机器。

后来姨妈就想到自己已经离了婚的外甥女徐菁。

她盘算着,自己这辈子无论如何是沾不到诗人的荤膻了,但有个外甥女做替身也好,还不至于让肥水流到外人田(追求老单的女孩子可不少)。日后如果他们能生下孩子,也会携带着诗人的基因。于是,她就积极从中撮合,把这桩婚姻吹得天好。可是,等到徐菁跟单老夫子一结婚,过了日子之后,就发现这桩婚姻对她来说真是一点也不合适。我们伟大的诗人特酸,成天自命清高,要过形而上的日子,总是要把自己置放在散文诗的氛围里。据说,是为了要在诗的语言叙述上有所突破,他也学着一些时尚的年轻人,走前卫路线。而这所谓的前卫路线,在徐菁看来,无非就是把一些本来明明白白的话弄得疙疙瘩瘩,造出一些让吕叔湘那些语言学家们看了,会气得吐血的文句。加上老夫子日常生活自理能力又差,大凡家务事,他不是不会就是不屑。这段婚姻生活好不容易熬过了一年，徐菁就觉得跟这个不食人间烟火的诗人的日子，断断是过不下去了。于是，她也顾不得姨妈替她跌足惋惜，给诗人丢下一句，"你最好还是跟你的'宇宙昂扬，跨上思想的无限高度'（单诗人大作中最让他得意的佳句）过日子去吧。"说完，一摔门，头也不回，走了。

第三个是一个从上海来这个特区省份闯荡、玩空手道的叫王可斌的男人。这个精瘦的上海人1988年建省之初，就在市工商局注册了一个S市浦江信息咨询公司。据说是做中介生意。说白了，就是个皮包公司。徐菁这年读电大会计专业刚好毕业，手上有了一张会计文凭。徐菁在她的一个女友家聊天时认识了王老板。一番接触之后，王老板很赏识她的聪明和美丽。说是想请徐菁出来跟他干。而徐菁那时也正好想着下海试一试身手。于是，徐菁就在单位办了留职停薪手续，出来给王可斌当会计并兼管公司里的一些杂琐事务。后来他们的关系又有了进一步的发展，徐菁开始跟王可斌同居，成了他的情妇。王老板是个十分奸诈、狡猾的家伙。市场经济的初期，他就懂得利用上层关系赚钱。他先是把有限的钱花在结识本市政要的活动方面，设法搞了几次公关活动，跟市领导人在电视上露过几次脸，照过几回相。然后就利用这照片、录像作为资本，对别人吹嘘说他与市内主管工程发包的官员如何如何的稔熟，如何如何的有交情，哄那些初来乍到、要在市内立足的外地工程队，说是他可以凭关系承揽到大工程、大项目。

在市场经济的初期，中国人就像刚学着走路的孩子，似乎都很好骗。玩过几次"白手套狼"的把戏后，就有几个工程队的几笔工程预付款入到了他的账户上，合计近300万元。到了最后的关头，王老板的计划是，在一两天之内，等最后一笔款转到账户之后，就携款逃之夭夭，到一个别人不知晓的地方好好享受。可惜天不助他，人还没走成就出了车祸。

　　出事的前一天晚上，好像是有预兆似的。这个奸猾的上海人在跟徐菁做爱时，显得特别疯狂。是老夫聊发少年狂抑或吃了什么春药？这情形在他是极少有的。徐菁看着在她身上快活地操作着的王老板，便有了一种不祥的预感，说："你今天怎么像饿鬼似的？"当时，王老板带上海口音，也一语双关地笑道："是啊，老夫是在吃最后的晚餐啊。"一语成谶，谁也没曾想到，这一句不吉利的话，竟让他第二天就倒了大霉。他乘坐的出租车在第二天下午行驶在路上，就被一辆货柜车撞翻在公路边，他也因此当场一命归西了。那和徐菁的一宿，还真真成了他在人世间吃的最后的"晚餐"。

　　王老板的公司也没有几个人，而真正知道公司财务底细的，除了王老板之外，就只有徐菁一个。不过，她平时也只是给王老板做一点骗骗税务局的假账，王老板具体有多少钱她也不知道。而其他的，比如跟什么工程队有些什么协议？钱款是什么时候进账的，怎么出账？她也不知道。王可斌把骗来的那些钱都全部转移到一个秘密账户上，这一点她更不知道。王老板这人本身就来路不明，没有人知道他的家庭住址、他的历史、他的社会关系、他原来的单位等等情况。所以他在死时，交警部门自然没有办法通知他的家属，只有徐菁代表公司去料理他的后事。王老板随身所携带的物品，如钥匙、印鉴、支票等一应什物，自然就落到了她的手上。徐菁是从他订的机票和刚刚填写好的转账支票上知道了他要开溜的，顺便也就悟到了前天晚上做爱时，他所说的那句双关语的真实含义。心想：这个该死的老家伙，你要走吧，连一个跟你同床共眠的女人你也要欺瞒。真是苍天有眼啊，让你去死了！你想不到你的后事权就落到老娘我的手里了。你就别指望我会给你烧香、烧纸钱了。你在阳间不是有钱吗？不是会骗吗？不是风流吗？好，看这回我就让你在阴曹地府里当个穷鬼，看看没了钱，你还能风流得起来不？她越想越恨这个王可斌，心里便不断在诅咒着他。

人死债烂。那些上了当的工程队头头，眼见着王可斌他人已经死了，公司里空无一人，都傻了眼，也不知道该找谁去追回他们的工程押金。于是，那大笔的资金就控制在徐菁的手中。之后，她就动用这笔钱中的一部分，买下了这幢小楼。

过上这种富婆的生活，徐菁一般是不再做什么事了，手头的钱已经够她花一辈子。只是为解解闷，她偶尔也去炒炒股票。但炒股票她做的是长线，不需要经常往证券交易所跑。闲着没事时，她就跟几个别墅区内、同样是百无聊赖的贵夫人或秘密夫人们喝喝茶、聊聊天或打打麻将。这一帮有钱又有闲的贵妇人或二奶的男人们，大都会在外面拈花惹草，更多的时候，这些无聊的女人就只有自己找乐子了。偶尔聊起爱情这个话题的时候，她们都举手一致赞成"爱情只是当少女时昏头昏脑才信其有""只有钱才是硬道理"的观点。她们都有一套"活一天、乐一天"的人生哲学作为精神支柱，因此也算是参悟透了人生、人世了。日子就这么优哉游哉地过着。

悠闲的日子里却出了些许乱子——她那只可爱的叫贝贝的叭儿狗在这一天突然就走失了。

贝贝是徐菁两年前花了三千块钱，从一个狗贩子那里买来的。它是一只活泼可爱的叭儿狗，除了两只耳朵上长有两小片棕色的毛以外，浑身都是雪白雪白的长毛。贝贝喜欢玩球，还会两腿站立作揖，会翻跟斗，还会自己到洗手间排泄。每当看到贝贝那副憨态可掬的样子，总是会让徐菁想起她的前夫德欣。徐菁把这狗狗买回来，饲养了一年之后，就跟那狗狗有了深厚的感情。她没有孩子，没有男人，感情没处寄托，自然就把这个贝贝当成自己的心肝宝贝。走到哪儿都带着贝贝，每天亲自给它洗澡、喂食。到了晚上无聊时，就跟它说话。那狗狗也通人性，居然会察言观色，懂得主人喜怒哀乐的情绪变化。徐菁心情好的时候，它也陪着高兴，不停地翻跟头，作虎扑状，追着自己的尾巴转圈，前窜后窜跟主人逗闹，十分活跃；而一旦主人不高兴了郁闷了，它就会乖乖地待在一边，那对黑溜溜的大眼睛温顺地盯着女主人，分明摆出了一副要替主人分忧解愁的样子。此时的贝贝，就像是一个思想深邃的哲学家。只可惜这狗不会说人话，要是能说，也会说一些带哲味的句子。比如，一份快乐，两人分享，就是两份快乐。一份忧愁，两人分担，就是每人一半。

唉，能把一只狗狗饲养到了这个份上，你说，这让当主人的怎么会不怜爱它？尤其是一个独身女人。徐菁每天都会让那贝贝趴在她的床脚上睡。总之，她对待那只叭儿狗就像伺候亲生儿子一样。

贝贝是在徐菁某次专注于麻将时走失的。贝贝一走失，徐菁整个人就像丢了魂似的坐立不安。周围四处应该找的地方都找遍了，该问的人也全都问了，却没有找到。情急之下，她找到了本市电视台的广告部，联系要打个寻找狗狗的电视广告。管事的人说了，电视是党和国家的宣传喉舌，你要是在那上头打出个寻狗启事什么的，那还成什么样子？所以就没给她打。眼看着她人就要急疯了，这时，家里的小保姆阿凤想出了个主意说："阿姨，要不咱就印一些小广告，出去四处张贴，效果也是一样的。"徐菁一想也对，就叫小保姆阿凤复印了上百份寻狗启事，找来了两个打工仔，让他们到市内各处去张贴。那广告上写明：拾到她的狗狗贝贝送回来者，重酬！提供找寻线索者，也给报酬！

又过了大约两天，徐菁每天都在心急火燎中度日子，几乎到了食不甘、夜不寐的程度。这天中午，小保姆喜滋滋地跑上楼来报告，说："阿姨，贝贝找到了！贝贝找到了！是个先生给我们送回来的。"徐菁一听，不啻喜从天降，急匆匆地下楼，远远就一迭连声地叫道："我的贝贝哦，我的贝贝。"此时，在楼下的客厅里，一个二十多岁的青年男人正蹲着戏逗着一只脏兮兮的叭儿狗。徐菁一看，正是她那只走失了将近五天的、宝贝的叭儿狗。她一把从来人的手中接过贝贝，就像见到久别重逢的儿子一般激动，也顾不得那狗狗身上脏不脏的，不停地吻着那只叭儿狗，还不停地念叨："我的心肝宝贝啊，你可让我好找啊，你跑到哪儿去了嘛？你看看你，你看看你，这回受苦了吧！你啊，让我好找。你知不知道你这一丢，让我想你想得好苦好苦喔……"

那送叭儿狗回来的年轻人，就站在一旁默默地看着她的秀。

徐菁跟那只叭儿狗亲热了好一阵子，这才恍然想起自己只顾着高兴，只顾着跟狗狗亲热，却怠慢了给她把狗狗送回来的先生。于是，她不好意思地说："先生，啊，小弟，太谢谢你了，你请坐。"并吩咐小保姆给来人拿饮料。小保姆在给来人送过来饮料和点心之后，她就让小保姆抱着贝贝去洗澡房洗澡，自己留下来陪着来人在客厅里聊天。年轻人自我介绍说，他叫肖远岗，是建筑专业毕业的大学生。徐菁这才细细打量这个年轻人，一副周正的脸、中分头，很土的那种高发脚，白净高挑且一副敦厚相，算不上风度翩翩却也彬彬有礼。徐菁问他是什么学校毕业的？他说，他读的是中南建筑学院民用建筑设计系，现在就在附近的一家建筑工地替老板管理建筑工程施工。肖远岗给她的第一印象就非常好，后来听他谈吐得体，人又显得单纯，心中就不免有些细微的波澜。说白了，她喜欢这个年轻男子那一份单纯又举止儒雅得体的样子。

两人说了一会儿话，徐菁忽然想到什么似的，上楼从保险柜里拿了一叠钱钞下来递给肖远岗，说："这是5000块钱。一点小意思，小弟你就收下吧。"肖远岗笑着推辞道："不必了，大姐你也太客气了。不就这么点小事，反正我也是正巧看到小广告后，在我们的工地碰巧看到您这只叭儿狗。"

徐菁说："我在打广告时就说好了的，要给重酬！你总不能让我食言吧？"

肖远岗开玩笑说："可你总不能不让我学雷锋吧？"

徐菁说："你要是不让我报答你，我心里还真过意不去。找到贝贝再给送回来，你也是费了心出了力的。"

"其实我也蛮喜欢这只叭儿狗，又伶俐又可爱，如果您不反对的话，让我经常过来看看你这个贝贝也就行了。反正我们的工地离这里也很近。"

徐菁也着实喜欢这年轻的男人，心里自然也是这么期待的，但又不好说出来。听年轻人这么一说，隐隐一喜，于是说："那我可是求之不得了。好吧，我们一言为定！你可要经常来哦。"

从此之后，肖远岗就因此经常出入这幢小楼，成了徐菁的座上宾。

半个月后的一个晚上，贝贝突然又吐又泻，徐菁也不知道这狗狗到底得了什么病症，情急之下，想到了肖远岗，就打电话召肖远岗过来帮忙。肖远岗过来以后，看了看口角有白沫、病病恹恹的贝贝，说："感觉它好像吃了什么东西不对劲。"于是，就陪她打的到医院找大夫给狗狗治病。那阵子市内暂时没有动物医院。他们也是急病乱投医，竟找到了一家有夜间门诊的大医院。他们急匆匆把狗狗抱了进去。可还没等张口，那个看夜间急诊的大夫就把他们往外轰，说："喂，喂，我说，这里可是治人的医院，谁让你们把一只狗给抱到这里来了？简直是乱弹琴嘛。快抱出去，抱出去！"肖远岗一旁陪着笑脸说："大夫您别急，听我解释一下嘛。"那大夫正十二分不耐烦、待要再往外轰他们的时候，徐菁已经忙不迭打开钱包，露出一叠大钞。她豪爽地抽出一叠老人头，拍在桌面上，说："你给人看病给狗狗看病不都是为了挣钱吗？给，报酬我一分都不会少你的。该多少，你自己拿！"徐菁甩出的大钞，以及那一副贵族的派头，到底还是把这个给人看病的医生给镇住了。看在那些大钞的份上，这个刚才还口口声声称自己是治人的医生，也就不再计较自己服务的对象是人还是狗了。看得出来，这医生不过是依样画葫芦，照徐菁所叙述的狗的症状，按照治人的办法，开了一些人类常用的消炎止泻之类的药物。

他们给狗狗看完病取了药，又打的回到别墅，把药给贝贝服了。这天晚上，为了这只叭儿狗的事情，他们一折腾就折腾到了晚上一点半。安顿好了贝贝之后，肖远岗便起身告辞："徐姐，要是没别的事，那我就先走了。"徐菁说："你急什么嘛？先坐坐看电视。床头还有杂志，你先看着，等大姐洗个澡，完了我们一块吃夜宵。"

肖远岗便坐着随便翻看几本通俗内容的杂志。

徐菁洗浴完后从浴室出来时，只围了一条小浴巾，上面低低的只遮着一半乳房，下面高高的只够大腿的一半，手里拿把梳子且打着赤脚。看着坐在能变换角度读写的小照灯前叠腿斜靠在沙发上看书的肖远岗，那灯投过的光线映照着肖远岗的半边脸，她就觉得这年轻人的神态特别撩人，并让她突然有了一种异样的冲动。她用火辣辣的眼光盯着肖远岗，挑逗着说，小弟，你觉得大姐这身材怎么样？

肖远岗抬头看了看，有点羞涩地笑笑说，其实大姐的身段还是很匀称的、很美的。

听肖远岗这么说，她便咄咄逼人地开始进攻："大姐老啰。你不会嫌弃大姐吧？"

"我看到杂志上的文章说，人有两种年龄：一种生理年龄，一种心理年龄。一般年纪相差不大的人，老不老主要看他的精神状态。大姐的状态嘛，看去大概也就二十多岁的人吧。"

徐菁一下就被他说得亢奋起来，盯住他："你该不是想让大姐高兴，就奉承大姐吧？"

肖远岗腼腆地笑说："我这也是实话实说。"

于是，徐菁几乎是用哀求的口吻说："那你也在这里洗洗，今晚别走了，就在这里陪陪你大姐吧。大姐一个人其实也很寂寞的。"

肖远岗自然也从徐菁眼神里看出了她的用意，脸颊有些潮红，低头踌躇了一会儿后，也不再说什么，顺从地去浴室洗沐了。

那晚，他们上了床。自然就有了云雨之事。

第二天早上，徐菁跟睡在她身边的肖远岗说："小肖，你干脆不用再上班了，每天随便陪着大姐就行。反正你大姐有的是钱，也不缺钱花。"

肖远岗说："我这么年轻，不工作就这么闲着成什么样子？"

"你可以学着炒股票啊，你也可以看看有什么项目可以作，如果找到可行的项目，就由我来投资你负责经营好了。"

按说，徐菁到了这个年龄，本来已经是个对男女情爱这类事情看得十分透彻且是心如古井的女人。但碰上肖远岗这样的年轻男子，也不由得她不动心、不昏头。那欲火一经燃烧起来，却也是干柴烈火一般。徐菁让肖远岗搬过来随他一块住。肖远岗也顺从了她的意思，真的搬了过来，在二楼上另住了一个房间。徐菁欲火难熬时，就让肖远岗过去救救火。

接下来，徐菁就开始教肖远岗炒股。只一次肖远岗也就会了。毕竟是两人年纪相差大，每个人的生活习惯、爱好不相同。两人热过一阵之后，徐菁又照着她原来的生活方式过日子，每天打打麻将、遛遛狗以及在贵夫人的圈子里聊天。那圈子里的人都知道她养了个小白脸当情人。一个个都露出或羡慕或妒忌的样子，总之是内心希望她们的先生，也能给她们这样的自由。半个月后的一天，徐菁跟几个贵妇人打了一整天麻将，回来后不见肖远岗。她问了家里的小保姆阿凤。阿凤说："肖先生上午9点就拿着他的行李走了。我问过他，他也没说去哪里。"徐菁开始觉得这事蹊跷，打他的手提电话，电话已经关机，打电话问他常去的几个地方的人，都说没见到他。总之，怎么也找不肖远岗，仿佛是人间蒸发了一样。后来在自己卧室的台灯座底下，发现了肖远岗给她留的一封信，另有一个存折。她抽出信笺来看。

徐姐：

　　原谅我不辞而别，原谅我用这种不正当的办法把你几乎所有的资产给卷走了。但这也是没有办法的事！

　　我这样做，除了手段上有些卑鄙之外，我并不受自己的良心谴责。因为我知道，你的这些财产的来路是不正当的，更知道这些财产是王可斌死后留下来的。而王可斌的这些财产从何而来？你曾是他的情人兼会计，我想，你也应该是清楚的。

　　王可斌生前用给工程队介绍市内的大工程作幌子，骗了他们近三百万。你大概不知道我叔叔肖志明也是其中的一个受害者。他的工程队被王可斌骗了整整六十万。这六十万，其中的十万是我叔叔自己的。他在家乡拉起一支小工程队伍，干了近五年的小工程，积下了一点血汗钱。他就是用这些钱买了一些必需的建筑施工机器设备，拉上他的队伍来闯世界的。其余的五十万，是我叔叔用工程机械和家里的房产作抵押，跟熟人借贷的。有一部分甚至是高利贷。他指望能在这城里包到一个大工程，发大财。

后来，我们才知道王可斌介绍的高速公路工程，其实是子虚乌有的，他不过是复印了别人的图纸来哄他们。我叔他们毕竟文化素质不高，人又耿直，不知道商途的凶险。照王可斌说法，是要先拿工程总造价的百分之五，打点发包人及中介费及方方面面的人。如果工程没接到，除原款将全数退还外，再加付十分之一的利息。为此双方还签了一份合同。

后来，有另外一个工程队的老乡过来和我叔闲聊，说起王可斌也是用同样的手法，说要给他的工程队介绍工程，但一直都没介绍下来。于是，他们就开始怀疑了。正在他们要去找王可斌要回工程介绍款时，就听说王可斌出了车祸，死了。王可斌开的是皮包公司。他人一死，树倒猢狲散，他的公司的其他人，也不知道怎么在一天之内就人间蒸发了。他们这些被骗了钱的人，连怎么追债、该找谁追债都摸不到门。我叔的工程队也因此散了伙。而我叔在万般无奈的之下，一时想不开，竟跳楼自杀。但他却没死成。人虽给救活过来，却也成了植物人。我之所以选择读民用建筑工程专业，完全是我叔叔的主张，也是他出资供我读的。原来说好，我学成之后，就出来给他当帮手，在他的工地替他管理技术方面的事务。谁知道我刚刚毕业，我叔叔竟出了这种事。真是让我欲哭无泪。

现在，我叔叔他人死不死活不活地躺在家里。他们一家的境况，真是太惨了，正所谓贫、病、债交加。如果亲眼见到，就是铁石心肠的人也会落泪的。

为了帮助我叔叔他们一家，我毕业后就到这个城市里打工。这有两个目地，一是谋生及为我叔的工程队那些乡亲们找个东山再起的机会；二是我想调查一下王可斌公司的情况，追查王可斌骗去的那笔款的下落，替我叔找回公道。我想，王可斌他人虽然死了，但钱总不会带走，总会转到那里去。也是老天有眼，让我认识了曾经给王可斌跑腿办事的老张。老张虽说不清楚王可斌的财务情况，但是他提到了你。他估计王可斌骗走的那些钱，肯定全部都在你的手上。像这种特殊的情况，我也无法用诉诸法律的办法去解决。因为当时我没有证据，不知道你手头到底有多少资产，也不知道这些财产真实的来源，但有一点很清楚：你很有钱！所以我就想办法接近你，目的是把财产的来源弄清楚。

是你的那只叭儿狗贝贝那回蹿到我们工地，给了我一个接近你的机会。以后的事，我想你应该可以猜到了。我把贝贝扣了几天，然后主动送还你，并成了你的座上宾。在和你共同生活的这段时间里，我复制了你保险柜的钥匙，也查清了你的所有账户及资金情况。手头也有了王可斌的秘密账户的那笔钱落在你手里的证据。所以我不怕你报警。

从你这里转走的所有这些钱，我是不会私吞的。除了还我叔叔的那一笔款外，我还将还给另外的工程队，当然只能按比例还，归还其他工程队的款项的收据，我会另寄给你。我相信，我这样做是正义的！

另，我还留下十五万元以供你日常生活开销。我想，你过一个普通人的日子，这笔钱应该是足够的了。

肖远岗即日

徐菁看到这封信，先是半信半疑。在她的印象中，这个一半儿书生气一半儿乡下孩子憨态的肖远岗，任你怎么看，他也不像那种工于心计的奸诈之人啊。但如果真是照他信上说的，那他们就是俗话所说的，不是冤家不聚头了。徐菁是有两个账户：一个是银行账户，另一个是炒股账户。她看了肖远岗的信，去查账户时发现不但银行账户里的近五十万元款项已经被转走，就是炒股账户上的几十万块钱的股票也被抛掉并把资金全部提走。她这才大吃了一惊，再翻看家里的保险柜，真的是连房产证也没有了，只有一张抵押借贷一百二十万元的合同书，要命的是合同上还有她的亲笔签名。她这才恍然记起，有一回她喝酒喝得迷迷糊糊时，肖远岗拿来一份合同，说是他看好的一个十万元的经营项目，跟甲方拟好了一份合同，让她签字。当时，她看也没看合同内容，就签了。现在她才知是上了当。当时她签的，其实正是这份房产抵押借款合同。她仔细看了合同上的条款，上面明明白白地写着：借款期限三个月过后，如果是乙方不能按时归还一百二十万元加上利息，这房子的所有权就归属甲方。按现在这种情况，不用说，届时甲方就会有人来接管房子。因为这会儿她的钱已经被肖远岗席卷得七七八八，你叫她上哪里再拿出那么一笔钱，更何况还有利息？

徐菁后悔自己中了美男计，真正是引狼入室了，她又想，这事也不能全怪肖远岗，勾引他上床并让他跟自己同居的并不是人家。她不想去报案，也不能报案。如果报了案，让警察一查起事情前因后果来，还不知道这案子该怎么了结。徐菁前思后想了一番，长叹了一口气：也罢了，命中有时终须有，命中无时莫强求。再说这钱来的也是不义。肖远岗的叔叔还有那些工程队，被王可斌确实害得也不浅。只是，眼下只有肖远岗手下留情，留下的十五万元，另外，还有一点白金、黄金首饰，合起来有二十多万元。如果花十几万元在市面上买一套商品房，剩下的也就不多了。将来怎么办？总不能坐吃山空吧？但要找一份工作，这对于她这个已经习惯了过着优哉游哉的富婆生活、支使佣人习惯了的人来说，恐怕是很难适应的。她想来想去，觉得最好的办法就是开个小店谋生了。

从这以后，徐菁就搬出别墅，去房市买了一套普通的两居室小套间，并用剩余的钱开了个粥粉小食店，雇两了个小工，做点小生意，过起普通人的日子。好在她人还勤快，小店经营得还可以，收入也不错。另外，还有那只叭儿狗贝贝跟她做伴，闲时她细心照料那只叭儿狗，她也从狗狗那里得到了许多的安慰。

再说那个叫肖远岗的年轻人，自从在她那里卷走了那笔钱之后，没多久也在市内拉起了一个工程队。看来，他并没有像他给徐菁信上许诺的那样，把王可斌诈骗别家工程队的工程押金款如数还给人家，却是用这些钱垫资作为资本，立刻投入了房地产开发。市内的房产热轰轰烈烈地折腾了一阵之后，突然跌入低谷，没有经历过市场经济的众人，这才悟出泡沫经济是何物。但此时为时已经晚了，市区内留下了大片大片的鬼楼（空置的楼）。据市里有关部门测算，按照本市人口的购买力，就是卖上十年，也未必能卖得完。这其中自然也包括肖远岗部分垫资盖起来的一幢十八层的烂尾楼。肖远岗的工程队刚刚聚合不久，又散伙了。他眼下一边照旧在这个城市里给人家打工，一边等着他的垫资盖的那幢十八层楼能炒卖出去。他希望能在下一轮房地产高潮时，能把他垫进去的钱和业主欠付的工程款如数收回来。

他有时也会到徐菁开的小食店吃一碗粥或一碟肠粉。最初见面时，两人都有点不尴不尬的。徐菁在听肖远岗说他投资房产的资金全部被套住这件事时，也掠过一丝复仇的快感，心想：真是人算不如天算。他比起他那个倒霉的叔叔，也不见得高明到哪里去。不过她心里也实在是说不清自己对这个年轻人到底是爱，还是恨？她对他的感情，始终一半儿像情人，一半儿像亲弟弟。

徐菁在生意的间隙时，也会像那些妇人逗孩子一样逗着她那只叭儿狗，有时她会自嘲，会对贝贝说："我的宝贝啊，你可不能再丢了喔！要是你再给我带回来一个骗子先生，让老娘再中一回美男计，再把我们这点血汗钱给骗走了，那我们可就无家可归，就要一起在街头流浪啰。"有时，闲坐着的徐菁，会想想自己前前后后跟过的这几个男人，以及他们的命运，还有自己最近这两年来经历过的事情，就会万分感慨：人生啊，真像个梦！

可爱的吉娃娃

1999年底，肖远岗参与投资的S市西区的楼盘枕涛阁项目还在昼夜不停的施工。在工地周边生活的居民，每天都要承受着建筑工地噪音和工程车来来往往搅起的灰尘的侵扰。

前面已经说到了他和徐菁的再见面。详细情况是这样的。一天晚上,肖远岗在施工的工地上一直忙碌到了十点,等他把工地上的事情处理完之后,这才觉得肚子饿了,想吃点东西。于是,他踱到了离工地不远处的一个新街区,想找一家小食店光顾。他走到了绿海花园。这是这一片街区中新开发的商住楼盘,小区由七八幢九层楼组成,中间有两个分隔的院子。临街的一面,开发商把楼下一层全部开发成了门面房并出租。这些门面房被租户用于各种经营。其中就有一家并不显眼的、起名"如家"的粥粉店。他在走到这家小店门口时,透过玻璃窗朝里看了一眼。小店装修得简洁、温馨,让人很有食欲。于是他决定就在这店里吃碗面,填一下肚子。

当他走到如家粥面店的店门口时,就听到有个姑娘在喊他"肖先生"。定睛一看,竟是徐菁家那个手脚利索的叫丹凤的小保姆。肖远岗于是有点惊讶了,说,阿凤,真没想到会在这里碰到你。怎么,你现在在这家饭店里打工?阿凤说,肖先生,你还不知道吧?这就是徐菁阿姨开的店啊!这肖远岗一听到"徐菁"两个字,人就有点发怔了。他问阿凤,你是说这——这是徐姐开的店吗?阿凤说,是啊,是啊,自从你人走了以后,我们就从别墅搬出来了。徐阿姨对你那么好,你怎么说走就走,连个招呼都不打呢?肖远岗尴尬地搓着手,不知如何向她说明白这一切。于是他把话题岔开,问,你们就住在附近?阿凤说,是啊。徐阿姨在这个小区买了一套60平方米的小套间。我们现在就住在这里。搬过来以后,就租这个临街的门面开了这个小店。徐阿姨她刚才出去,说是到前面那家发廊洗头发了,你稍稍等一会儿,她就会过来的。

肖远岗此时的心中,竟像翻倒了个酱料瓶似的,五味杂陈。他开始想要不要回避徐菁，但又想，反正阿凤都已经见到自己了，而自己投资参与开发的枕涛阁楼盘又在附近，邂逅徐菁，只不过是一件或迟或早的事情。这时，阿凤问他，肖先生，你想吃点什么呢？肖远岗心想，既来之，则安之吧。他说，那你就给我来一碗排骨面吧。阿凤叫另一个打工的姑娘给他下面，并介绍说，她叫蔡采英，也是在我们店里打小工。我们这个店，包括徐阿姨，一共是三个女人在经营。

吃面吃到一半的时候，徐菁就回来了。她的头发，一看就是刚刚洗过的样子，松松的，用一条黑丝巾扎着。跟徐菁形影不离的那只叫贝贝的狗狗，就跟在她的身后。这贝贝一见到肖远岗，就像见到了老熟人一样兴奋，不停地在他的脚边打圈圈，还不时地嗅他的脚。他们本来就是熟人！肖远岗赶紧弯下腰，用手去抚摸狗狗的头，亲热地说，贝贝，我们有两年多没见面了，小家伙，你还好吗？徐菁也看出了是他，显得有点惊讶。此时，她的感情十分复杂，一时间竟让她有点不知所措。最终是沉下了脸，说了句，怎么会是你呀？肖远岗此时更显得尴尬，说，是啊，这个世界真是太小了。徐菁冷着脸说，跟世界大小有什么关系？大家不都是在一个城市里混吗？

这一次邂逅，算起来离肖远岗卷款从徐菁家那幢西班牙式别墅出走，时间已经足足过了两年。

肖远岗解释说，我从你那里拿走的那些钱，我本来是想……可话才说到一半，就被徐菁打断了。徐菁瞪了他一眼，冷冷地说，不说了，不说了，事情都已经这样了，还提它干什么？提起来就让人心烦。肖远岗要说的话也只能就此打住。

自从这次见面之后，他就让他手下的人经常去光顾徐菁开的如家粥粉店。他心里总有点内疚，是想用这个办法，来补偿一下徐菁。因为他没有兑现自己当初的诺言,没有将从徐菁那里卷走的钱款如数退还给其他工程队,而是把这些钱全部都投入到了新楼盘的开发上,总觉得自己有食言之嫌,欠着徐菁的。虽然自己的目的并不是想要独自吞下这一笔钱,但那种做法,总让他有一种黑吃黑的感觉。一个善良的人去干这种事,心里总会很不踏实。

就在肖远岗还在为他的项目努力支撑的时候,1999年底,海南房地产进入了历史上最长的低潮期。因为房地产市场的长时间低迷和资金链的断裂,枕涛阁在年初就被迫停了工。一幢已经封了顶的烂尾楼,就这样扔在那里任凭风吹雨打。肖远岗手下的工程队的人,也都作了鸟兽散。肖远岗因此欠了一屁股债。其中主要是手下工人的工资以及材料供应商的一部分材料款。

有一天,如家粥面店的小工蔡采英采购物品回来时,远远就看见驻守在工地上的肖远岗被一伙人追着打。蔡采英赶紧回来把情况报告给徐菁。当时的徐菁,正在店里算账。她听了蔡采英的叙说,心想,肖远岗他挨打,跟自己有什么关系?于是,不冷不热地说,你报个警不就行了。阿凤赶紧打电话报了警。蔡采英说,我是怕他们会把人给打坏的。徐菁说,他挨他的打干我们什么事,不是已经报了警吗?阿凤也着急地说,阿姨啊,我们还是去管管吧,要不然,等警察来了,他也被打死了。徐菁说,你们就别烦我了,让他去死吧!她话虽然是这么说,可不到半分钟,徐菁又改变了主意,也跟着阿凤她们冲了出去。

徐菁当时也不知道自己哪里来那么大的勇气,一下子就凛凛然站护在肖远岗前面,用自己的身体挡住那一伙人。她喝道,你们干吗要打人?那伙人中一个领头的说,大姐,他欠了我们的血汗钱啊。徐菁厉声喝道,欠债还钱。你们打他就能打出钱吗?其中一个霸气十足的家伙说，不打他，他会给我们钱吗？他是有钱的。肖远岗说，我如果有钱的话，能不还你们吗？领头的说，你说你没钱，那怎么张中全、魏广明和老赵，他们怎么就能从你那里拿到钱了？肖远岗解释说，我现在是给一个在建的政府宿舍楼的开发商管理工地，每个月就只能挣到三千元。那是用我给人家打工的薪水啊。他们三人的家里急着用钱，我从每月的工资里先抽出2500元还他们的账。剩下来这五百元，也只够我吃饭了。你们就不能再等等吗，我投资参与开发的楼盘就在那里，谁也拿不走。现在是房地产低潮期，只要有了转机，我一定会连本带利还给你们的。领头的说，你看看，你看看就这半拉子工程，谁知道会拖到猴年马月才能建成？才能卖得出去？

徐菁看着被打得一脸伤痕的肖远岗，不由就动了恻隐之心。她让阿凤去自己的公寓里拿了一些云南白药给他敷伤。之前，她也听阿凤说了肖远岗投资楼盘被套的事情。她心里甚至还嘲笑过他。只不过，她听说得很笼统，也不知道具体细节。每次肖远岗过来吃粥的时候，他们都不冷不淡的相处，谁也不想再提过去的事情。

徐菁这时就问他，他们干吗要打你呢？肖远岗惨淡地笑笑，说，不就是因为我的楼盘项目欠了他们的工钱。我雇用了上百个工人。七八十个从家乡来的工人都没有一个人逼我。就是他们几个一直在死死的逼债。

徐菁一旁看着肖远岗被人如此粗暴的逼债，心也有点软了。她对肖远岗说，这样吧，你每个月剩下来的五百块饭钱，也拿去还给他们吧。他们也不容易，给你干了活，没拿到钱，他们也要生活。肖远岗于是把兜里仅剩的五百块钱分给了他们几个。一看肖远岗已经被掏空了，又承诺了以后每个月还他们每人二百块，这伙人眼见从肖远岗身上再也掏不出钱，便骂骂咧咧地走了。肖远岗长叹了一口气,然后眼圈红了,讪讪着说,我这个月是连饭钱都没了。这场面,让徐菁动了恻隐之心,说,没饭吃那你就在店里跟我们搭伙吧。你放心,只要我们还有口饭吃,就不会让你饿着的。当然不是让你白吃。伙食费你先欠着,以后有了钱你再还吧。

这一年,因为手头拮据,春节期间,穷途潦倒的肖远岗也没回家,就在徐菁的饭店里帮工。这一年春节期间,从内地来的游客很多,小店春节期间的生意特别好。徐菁悄悄塞给了肖远岗五百块零花钱。说,过年了,你买点你喜欢的东西吧!

肖远岗把钱捏在手里,感激地说,徐姐,你心眼这么好,只要今后能挣到大钱,我一定会还你一幢别墅的。徐菁苦笑着说,还提什么别墅,你现在都已经落魄成这个样了,还提什么别墅不别墅的。我呢,这样活着,反正也习惯了。我还要感谢你当初没有赶尽杀绝,没把钱全部拿走。还要感谢你让我懂得靠自己的能力谋生,人会过得比较充实一些。肖远岗说,听大姐的口气,我觉得好像还是在生我的气?徐菁说,大姐我说的全是真话,不是气话!肖远岗说,大姐,你要相信我。我一个搞经济研究的同学跟他说过,经济这种东西,有高潮就会有低潮,呈现出一种波浪似的运动规律。也就是因为听了这个同学的话,所以我一直在苦苦撑着。我也有机会把我建的楼盘的股份便宜卖掉,把所有的欠账先还掉。可要是那样,我的那些投资,我的努力就全打水漂了。所以,我一直在苦苦撑着,我就不相信楼价会永远不涨!

徐菁问他,你当初从我家里把钱卷走时,留下来的纸条上不是说,你要把钱还给被骗的工程队吗?肖远岗说,并不是我要食言。我确实是这样想过,也着手去调查了。我从你拿走的那些钱,总共是580万元。如果按原数额退还各个工程队,包括我叔叔的部分,钱还差一点。

当然差一点就差一点了，能帮他们把钱追回来，不管多少，他们都会高兴的。正当我准备把钱送出去时，我的一个在市内搞房产开发的老乡劝我说，你如果一下子把钱给还了，你到头来还是手头空空。你手上现在控制着这笔钱，这是一个天赐的难得的机遇。你还不如把这笔先用来投资，算是先借着，等到投资有了利润，你再还给人家也不迟。总之，现在也没有人在追着你还钱，也没有人知道你手上有这笔钱。说起来，这不过是一笔良心账。你将来只要能把钱还了，良心也就安宁了。想想，他说的也有道理。另外，我也是看到我叔叔带出来的那些农民工流散在市内的各个建筑工地，我想把他们重新组织起来。于是，就用这笔钱入股，参与了枕涛阁楼盘的开发。当然，那时三亚的楼盘已经有点难卖了，可我想，这也是个机会，这种时候，人工、材料都便宜，估计房地产低潮期，也就是这一两年的事。

就这样，肖远岗参股开发建设十八层的枕涛阁。

肖远岗原来的计划是在枕涛阁一封顶后就开始预售。等到资金回笼，就可以兑现对徐菁的承诺，把应该付给其他工程队的账给付了。没想到房地产低潮会持续这么长的时间。所以他被套住了。

徐菁饲养的那只叫贝贝的叭儿狗是2002年春季时出的事。那时，狗狗正处在发情期，它看到了马路对面有一个它的异性同类，于是就冲过去和它的同类在马路上交媾。在光天化日下的马路边上做这种事情，在传统的卫道士看来，这是离经叛道、是伤风败俗的。而在我们的前卫艺术家们看来，这却是一种行为艺术。谁知两只可怜的狗狗正沐浴在爱河之中，竟被一辆急驰而过的泥头车给碾死了。如果这件事是发生在人类身上，死于做爱，那么我们的文人墨客所使用的赞美词汇就会是：宁在花下死，做鬼也风流。在狗界，虽然没有这一类的赞词，但估计它们也可以算是殉情的英雄。也是为了把自己优秀的 DNA 给传下去，也很伟大。如果狗界也有新闻记者，那么它们的事迹估计也能被轰轰烈烈地炒上一阵子。但贝贝的意外死亡，给徐菁带来的痛苦是可想而知的。

2002 年的下半年，S 市冷了几年的房地产市场就开始有动静了。大批大批的内地老人过来买房过冬，当候鸟。S 市开始被国内国外的媒体热炒，说是要建成国际旅游城市，国际旅游城是个什么概念？按民间的说法，那就是要有大批大批的洋人要到这个城市插队落户。落户的首要条件当然是要买房子。所以房地产又始热起来。中国这房产市场，就像是过山车一样，一下又从低谷开始向上攀升。原来政府房地产管理部门所做的空置房至少要十年才能卖完的预测，一下就改变了。

参与枕涛阁投资建设的共有四个股东。其中的一个股东因为资金无法回笼，压力过大，把自己的股份便宜出让给了肖远岗，用以冲抵要支付给工程队的工钱。而这个楼盘施工的工程队人员，绝大多数都是肖远岗广东电白的老乡。他们的工钱，全部都让肖远岗背着。于是，股东之一把几层楼房产权给了肖远岗，用以冲抵肖远岗所欠的工程队的工钱。空楼在那放着，甚至还达不到毛坯状态，房子卖不动，兑不出钱，所以肖远岗才有了那一副落魄像。

直到 2005 年底，肖远岗的房产才开始出手，这时，他手中的房产，每平方米的均价已经是八千五百元。这批房子一出手，让他赚得个满盆满钵。

有一天，肖远岗把一辆黑色、崭新的奥迪车开到如家粥粉店的门前时，阿凤和蔡采英一看到那车都惊讶地叫了起来，说，哇，肖先生，你买车了？徐菁则抱着肘，冷冷地在一旁看着，没有说什么。从电视上看一路疯长的房价，她当然知道肖远岗成功了。肖远岗这时悄悄走近徐菁的身边，说，大姐，这几年，你们都在照顾我，大家相互取暖。现在我的情况好了，你们说，我要怎么感谢你们吧？阿凤说，那你就买一件什么东西当礼物送给我们作纪念吧！肖远岗说，好啊，好啊，每人给你们买一条金项链，如何？

听了这个许诺，让两个女子都高兴得直跳脚。然后就问他，那你打算要给徐阿姨送一件什么样的礼物呢？肖远岗故意说，徐姐嘛，我就不给礼物了，因为她不相信我能够成功。徐菁说，知道你发财了！其实我早就看出了你是个当老板的料。你看你以前的那些设计，就知道你是个能干大事的人。肖远岗说，姐怎么能看得出来？徐菁说，不就看你使的那些算计嘛。

肖远岗说，今天高兴，过去那些不愉快的事我们就不说了。你们上车！徐菁说，你想把我们带到哪里呢？肖远岗说，先带你们出去兜兜风，然后去喝点酒，庆祝一下吧。徐菁于是就让蔡采英留下来看店，然后，她和阿凤坐上肖远岗的轿车。

肖远岗开着车在市区兜了一圈后，又带着她们到了一个叫玉苑的小区。那里开发的都是一些连体别墅群。肖远岗把车停在了其中的一套别墅前，这是一套三层的连体别墅。每层大约八十平方米。底层是一个车库、一个小厅房。

别墅的大门一打开，就有一只体形很小、长着黄色毛发的小狗狗一下子蹿了上来。自从徐菁的叭儿狗贝贝被车碾死以后，她一看到和贝贝一样毛色的叭儿狗就伤心。而失去了心爱的宠物之后，徐菁一下子就变得很憔悴。这让肖远岗看着心疼。他曾经征求过她意见，说，我再给你卖一只和贝贝一模一样的叭儿狗好吗？徐菁说，别别别，你快不要再提什么叭儿狗了，不可能再有比贝贝更让我疼爱的狗狗了。一看到那些叭儿狗，我就会想起贝贝被碾死时的惨相。我心里就难受。肖远岗知道，这女人是有心理障碍了。他也知道，像徐菁这样寂寞的单身女人，也确实需要有一只宠物来陪伴着她。所以，肖远岗在为她选择宠物狗的品种时，着实费了一番心思。

现在，徐菁看着这只在自己腿脚边蹭着的可爱的、黄色的小精灵，一下子就动了心。她忍不住用手小心地抚摸着狗狗头说，唷，这狗怎么会这么小啊，小精灵似的，还真的很可爱耶！

肖远岗说，徐姐，咱先不说狗狗。你觉得这套别墅怎么样？徐菁说，别墅当然好啦。肖远岗说，我知道，这种连体的别墅怎么说也比不上你原来的那一套独立的别墅。只是，原来那种独立的、在市区内的小别墅，每一幢现在要价六百万元左右。这种别墅只需要一百多万元。我手头暂时没有那么多资金。所以不能按原样给你买下一套，暂时只能买这种连体的别墅送你了。听了肖远岗的解释，徐菁一会儿盯着肖远岗，一会儿看着眼前这套新别墅，想着自己这些年来所经历的酸甜苦辣，一时间感慨万千，眼泪情不自禁地流了下来。肖远岗见到徐菁流眼泪，心里就发慌了。他不知道眼前这大姐此时又在想些什么，又为什么会突然伤感。他以为徐菁是因此想到了她原来的那一套别墅，为失去那套别墅而伤心。于是，他慌乱地说，大姐，你先住着，以后，等我的公司发展了，我肯定会兑现我的诺言，一定会还你一套独立的、比原来那套更好的别墅。

缓了一会儿，徐菁才说，你这间别墅大姐是不会要的。这又不是靠我劳动挣来的，住着也不会安心。不过，你如果是送这只狗狗，我接受了。这只狗狗，你大概是要送我的吧？

肖远岗说，是啊，是啊。我就是想要把这狗狗和别墅一块儿送你给的。怕你会联想贝贝、会伤心，所以这狗我选黄颜色的。这种狗的品种叫吉娃娃，它的名字叫庆庆。徐菁问他，为什么要叫庆庆呢？肖远岗说，一是庆祝我这些年的房产投资成功，二是庆祝大姐你重新住进别墅。这个庆庆，我买下来之后，还专门找人训练过几个月呢。很多基本的动作它都会。徐菁问他，这种狗狗要怎么养啊？会不会很娇气呢？肖远岗说，这个你也不用担心，我已经从网上给你下载了这种狗的资料，你可以抽空看一看，按资料上说的方法饲养就行。说着，给了徐菁一份打印出来的有关吉娃娃的资料：

吉娃娃属小型犬种里最小型的，有坚忍的意志，优雅，警惕，动作迅速，以匀称的体格和娇小的体型广受人们的喜爱。

吉娃娃犬不仅是可爱的小型玩具犬，同时也具备大型犬的狩猎与防范本能，具有类似梗类犬的气质。此犬分为长毛种和短毛种。

这种犬体型娇小，对其他犬不胆怯，十分勇敢，能在大犬面前自卫，对主人极有独占心。

长毛种的吉娃娃除了背毛丰厚外，像短毛种一样具有发抖的倾向。它颇畏寒，不宜养于室外犬舍，冬天外出需加外衣御寒。吉娃娃身材小，对生活空间的要求不高，基本上像一般住所的空间就够让它们去玩耍了。它们每天的运动量也不多，也不用经常花费时间带它出去玩。吉娃娃每天都能够待在家里，非常适宜被现在居住在公寓里面的人们所饲养。

吉娃娃从墨西哥传到美国后到1898年的历史至今不清。有人确定此犬原产于南美，初期被印加族人视为神圣的犬种，后来传到阿斯提克族。也有人认为此犬是随西班牙的侵略者到达新世界的品种，或者在19世纪初期，从中国传入的。总之，吉娃娃犬的确切来源众说不一。这些想象中的根据来自托尔提克族时代的修道院之雕像以及在墨西哥发掘的小型犬骨骸。

根据中国冠章上的犬像，则认为此犬来自遥远的亚洲。以上各种判断，可以说明此犬绝非源自一种品种，而是自古以来就是由多种品种交配而来的。1923 年成立吉娃娃犬俱乐部，它是美国最受欢迎的十二个品种犬之一。英国吉娃娃犬俱乐部建立于 1949 年。它是世界上最小的犬，又称奇娃娃、齐花花玩赏犬。

既然徐菁执意不肯收下他送的那套连体别墅，肖远岗就只好用自己开发的楼盘下层的一间铺面房，与绿海花园的开发商对换了徐菁所租的铺面房的产权，这样，如家粥粉店租用的那间门面房就过户到了房主徐菁的名下。既然已经是自己的店面，店面的租金也就省了下来。这一来，没有了店面租金的压力，如家的生意就做得非常轻松了。

一直到了 2006 年底，肖远岗才让手上那些房产全部出手。那时，三亚市的房产的均价已经涨到六千多元一个平方米，而肖远岗投资枕涛阁地段的楼盘，因为临海，房价更是涨得惊人。资金回笼后，肖远岗又把资金投到新楼盘的开发。这时，他已经从一个穷小子成了一个经常出入高尔夫球场的富人。

徐菁的日子过得很平静，一个已经近五十岁的独身女人，衣食无忧，也没更多的欲望，每一天的生活，就像一只小船，轻轻地划过港湾里无风的水面，没有留下什么痕迹。

这一年冬季的一个下午，徐菁闲着没事，就抱着庆庆到这个城市三亚湾的海边去闲逛。这一带的海滩上，每年都有很多内地过来的老人在海边休闲。有打牌的、看海的、闲聊天的和演奏乐器的。每个人都在自得其乐。徐菁注意到了一个画家，在一棵椰子树的树荫下支着油画架，在一块绷在框里的粗白布面上写生。她突然就萌发看看人家画画的念头。

走近了看那画面，是无际大海、浪花、礁石、白云。

徐菁抱着庆庆站在画家身后，边抚着庆庆的背边看着画家作画，同时，她也留意到了这个画画的男人。骨骼粗壮，一下巴花白的短胡须，棱角分明的脸，一米八的个头，用一根黑色的皮筋扎着一束尺把长的头发。徐菁心想：老男人留着一束辫子，也就是艺术家才有的浪漫了。

那画家注意到了有个女人站在他的身边看画，于是，一边用旧报纸块擦拭着油画笔，一边问她，妹子，觉得怎么样？徐菁看画看得很投入，没想到画家会停下来跟她说话，怔了一会儿，才说，你是在问我吗？画家笑着说，是啊，是在问你！你看得很入迷啊。是本地人吧？徐菁说，是啊！画家仔细打量着她，说，你看上去很有海南女人的特点。如果给你画张肖像画，应该不错。徐菁说，我可不懂画，不过，我很喜欢你画的海。画家说，我是北方人，画海的机会不多，表现海的手法也不熟练。徐菁说，可我觉得很美啊，就是……画面上的着色好像有点儿单调。这时，天上正好有一架橘红色的动力飞行翼驶过，那画家就说，那好，我就再添上这架小飞机。这飞机是橘红色的，加上橘红色之后，你看看效果如何？画家说着，就在调色板挤上一点橘红色，然后，开始往画面上画。徐菁没想到自己随便说了一句，人家就当真了，心里也高兴。

没曾想，徐菁怀里抱着的庆庆此时竟惹了祸。也不知道这狗狗是因为看到了小飞机兴奋，还是看了画家用橘红色的油彩往画布上涂，刺激了它的创作冲动。总之，那狗狗这时突然使劲一蹿，居然从徐菁怀里挣脱出来，蹿到了画家端着的油画调色板上。徐菁一看狗狗的脚爪子踩在油画板上，就急着去抓狗狗。那画家此时也转过身来要帮着捉庆庆。没曾想，这个顽皮的庆庆一跃，竟跳到了画家的怀里，让画家那条淡蓝色的衬衣上沾了各色的油彩。

徐菁一看自己的狗狗庆庆把人家的衣服给弄脏了，一时间手足无措。半天后，才掏出手绢来，擦也不是，不擦也不是，嘴里只是不停地说，对不起！对不起！老画家笑着说，嘀，你这狗狗还真调皮。没准是来灵感了，也想显显身手？徐菁说，真不好意思，让它把你这条衬衣弄脏了。沾了油彩怕洗不掉了，我赔你一条新的吧？画家却说，没事，没事，到时我用松节油处理一下就干净了。徐菁说，是不是这小狗看到了红色会兴奋？画家说，应该不是。狗的眼睛是分辨不出色彩的！

徐菁说，毕竟是我的狗狗给你添了麻烦，心里过意不去。画家突然眯着的眼开始打量着徐菁，说，这样吧，如果你愿意的话，就给我当一回模特。徐菁爽快地说，行啊，谁让我们家的庆庆惹了祸呢。画家笑着说，我可不是因为这狗狗弄脏了衣服要罚你，我不会让你白干的，我会按每小时50块钱的标准支付报酬。徐菁说，那我也不能收你的钱。画家解释说，主要是你长得很有特点，眼神里有一种历经沧桑的恬静。画家没有使用"漂亮"这个字眼。徐菁说，我父母都是海南人，世代居住在海南。画家说，怪不得看你脸部海南人的特征那么明显。我主要搞的是人物肖像画创作。说着便给了徐菁一张自己的名片。

徐菁这才知道这老男人叫乔子峰，是北方一所美院的油画系的教授。后来聊天时她还知道他已经六十五岁，退休了，东北吉林人。两人约好，徐菁只要有空，就带上她的庆庆到老乔的工作室去给他当模特。去之前先电话联系。过了几天，徐菁是按着老乔电话里的指点，找到了他居住的海天花园那套在十八楼上的公寓。

老乔买的公寓是一套一百六十平方米的房子。近五十平方米的客厅被主人布置成了一个大画室。左右两面墙上，挂着各种大幅小幅的油画。正面，有一道玻璃门，打开后可以到大阳台上。从阳台上府瞰，美丽的三亚湾海景一览无余。徐菁边看边说，老乔，你这里的环境还真不错。

客厅里有个小吧柜，柜里存有红酒及各种饮料。老乔指着说，喜欢喝什么就自己动手。徐菁觉得这个北方男人虽然言语不多，但感觉得出他豪爽的个性，没什么过多的客套。

老乔安排徐菁坐在一张木框雕花沙发上，让她怀里抱着庆庆，保持着一个姿势。先拍了一张数码相片，这才开始画，他们一边作画一边聊天。徐菁在这个男人面前，突然有了一种难以言说的亲近的感觉。她跟他聊天时就非常放得开，谈了自己几次失败的婚姻，也谈了自己曾经上山下乡的经历。老乔很多时候都是在静静地听她说。后来，老乔也简单说了一下他的情况。老乔的老伴三年前因患乳腺癌去世了。两人原来计划好了，等老乔办好退休手续，两人就一块儿到海岛南边的城市度过余生。说起来，这套房子还是老伴和女儿亲自过来挑选的。可惜，现在他和老伴已经是天人两隔。说起人生的无奈，两人都有点感慨人生的无常。老乔现在只有一个女儿在美国，而且是找了个洋女婿，已经生子。老乔自己已经退休了，支气管不太好，北方的冬天漫长、寒冷，所以打算长年在三亚住着。

老乔给徐菁画的是一幅 1500 毫米 ×2000 毫米的大幅肖像画。他告诉徐菁，这是为参加北方学院派画家画展准备的创作。老乔这个北方男人气质上显得粗犷，但心很细，每次绘画时间到了一个小时，老乔就会安排徐菁休息一下。休息时，徐菁看到房间里很零乱，这显然是个没有女主人收拾的家。于是徐菁就主动帮助乔画家收拾了一下房子。一看徐菁在动手帮助自己收拾房子，老乔就想到了老伴还在的日子，然后心里就有温润的感觉。他又想着人家女子是个外人，就主动说，那我再付你钟点工工钱吧？徐菁说，你别老是说钱钱的好不好？

两人熟悉之后，老乔也常常去光顾徐菁的如家粥面店。有一次，老乔喝粥时，一不小心，让粥汁沾到了胡子上。徐菁就说，老乔啊，你看你留着个大胡子，生活多不方便啊。老乔说，你是不喜欢我留着大胡子的样子？徐菁说，我怎么能干涉您呢。这是您的自由。隔一天，老乔再来时，下巴就已经刮得干干净净了。

一个男人，肯为自己而改变，这让徐菁非常感动，也隐隐有一种感觉，这个男人迟早会向自己表白。果然，隔天的傍晚，两人在海边散步时，老乔就对她说，感觉我们是有缘分的，你还是嫁给我吧！徐菁以为自己听错了，讷讷着问，你说什么？老乔就说，我是说你给我当老伴吧。反正你也是个独身。妹子，是行还是不行，你给个回话！徐菁又惊又喜，只是说，你让我再想想吧！

徐菁回来之后，把画家老乔向她求婚这件事告诉了阿凤和蔡采英。阿凤为此又打电话把这件事报告了肖远岗。次日，肖远岗就专程开车过来如家店粥面，和她们议论这件事。画家老乔在认识徐菁后，也来过如家店好多次，她们都见过他，而且对这个北方男人的印象还不错。于是，大家都说支持。十多年相处下来，阿凤、肖远岗他们已经和徐菁像家人一样了。当年的小保姆阿凤都已经结婚，孩子也长到了四岁。大家都觉得，徐菁今年五十多岁了，是应该有个归宿了。徐菁对这事还显得犹豫，说，光你们说行，那还不行。阿凤说，那你还想怎么样呢？徐菁说，还要看庆庆答不答应。它就像我的儿子一样啊！娘要嫁人，也要征求儿子的意见啊！这么一说，大家都笑了。阿凤于是就把庆庆抱在怀里，说，你看看，你妈妈这么爱你，要嫁人还要先征求你的意见！

这狗狗庆庆因为平日里都是徐菁或阿凤照顾它，所以，当阿凤哼出"世上只有妈妈好，有妈的孩子像个宝……"庆庆也跟着唱了起来，咬字虽然不是很清楚，但声音还真像那么回事，能听得出是同一首歌。阿凤说，庆庆唱歌是平时跟我们学的，她们常抱着它哼唱《世上只有妈妈好》，时间一长，它居然也会唱了，只要开个头，它马上就会哼出这首歌的调子，很有节奏感。这首歌的调子竟然是一只吉娃娃狗狗唱出来的，这让店里几个围观客人都赞叹不已。

大家也都听说了，正是因为这个吉娃娃庆庆无意中的一次捣乱，促成了徐菁和乔画家相识和交往。蔡采英说，我们怎么知道庆庆同意不同意这桩婚事呢？肖远岗说，你傻啊，我们就直接问它好了。如果它同意，就会连叫两声。于是，大家齐声问它，庆庆，你同不同意我们的徐姐嫁给乔画家？狗狗庆庆后脚站在桌子上，立着保持一个作揖的姿势。在听到大家齐声向它发问之后，庆庆也"汪汪"应了两声。

众人就笑说，它已经同意了！然后就一起鼓掌。

肖远岗这时说，既然我们这边已经一致同意徐姐出嫁了，那就通知乔画家过来正式求婚吧！店里中午不要营业了，我请客。到Ｓ市最好的酒楼。阿凤说，那就去贵宾楼，然后就和蔡采英一起缠着徐菁，让她快点打电话，把乔画家叫过来。徐菁不知怎的，竟然也像少女似的羞涩起来。

差不多到了中午时分，乔画家才开着他那辆灰色的尼桑车，带着一束红色的玫瑰花匆匆赶了过来，同时还带来了一个好消息：他创作的那幅徐菁抱着庆庆的人物肖像画《岁月流逝中的女人》，在北方三省学院派画家画作展中得了金奖。乔画家就是带着画展画册过来告知徐菁这件喜事。众人于是都围着观看画册中的那幅《岁月流逝中的女人》。之前，除了徐菁，谁也没见过这幅画。画作中，徐菁显得既恬静，又有一种历经沧桑的女人才有的淡定和豁达。一边观赏的蔡采英说，徐姐看上去真像个贵妇人呢。阿凤说,徐姐长得就是富贵相呀!肖远岗说,是啊,徐姐这幅肖像画得确实耐看!我觉得有一点蒙娜丽莎的神采。阿凤于是就问道,蒙娜丽莎是谁啊?肖远岗逗她说,跟徐姐一样,是个开粥面店的老板娘。蔡采英说,笨蛋,人家是意大利画家达芬奇画的一幅名画。

乔画家这时突然想到什么似的,悄悄把徐菁拉到一边,说,有画商想出大价钱收购这一幅画。问徐菁是不是同意出手这一幅画。徐菁一听就有点不高兴了,问他,你缺钱吗?乔画家说,不关乎钱的事,只是这个画商是我的老朋友。以前我的画大多是由他收购的。徐菁有点犹豫,说,可我还是想留下来做个纪念啊。乔画家解释说,我可以复制一张尺寸小一点的。原件也太大了,放在客厅里也不便欣赏。另外,不是还有画册吗?之后,徐菁也不再说什么了。

徐菁的姨妈这年已经有七十多岁了。当她知道了侄女徐菁和乔画家订婚之事后,也特地从五指山市过来看望了一次侄女和未来的侄女婿。本来是最崇拜诗人、骨子里一直坚定地认为嫁给诗人是最好归宿的姨妈,在看到徐菁的现状(有车、有大房子,老乔人也精神)后,观念也立马发生了与时俱进的变化。但她在承受着背叛理念压力的同时,也在心里安慰着自己:管他是画家还是诗人呢,反正都是艺术家嘛!正因为姨妈把观念调整成了"还是嫁艺术家好",让她成功地解开了侄女嫁诗人才是最好的心结。只是有一点让姨妈终生遗憾,徐菁的妈也就是她的亲姐姐早逝,她一直把徐菁当成自己的女儿看。她也一直希望看到徐菁的后人。只是,徐菁五十有三的人,已经过了生育的年龄,不可能再生育宝宝了。想到此,她长长叹了一口气。

一旁的徐菁当然知道姨妈心里想的是什么,但也无可奈何。DNA的遗传问题应该不只是姨妈心中永远的痛。

分房纪事

1

周五这天下午,在港务局宣传科上班的梁海平下到码头作业区拍了几张现场新闻照片之后,就早早溜回了家。这时时间还早,也没有其他的事情,他顺手就下厨把饭菜全给做好了。平时,海平如果回得早,他只管煮饭和洗菜,不炒菜。因为妻子和女儿都嫌他炒的菜不好吃。六点时分,妻子陈敏从卫生所下班。海平把饭菜摆上了桌:三菜一汤。陈敏今天情绪很好,脸上带着笑,进到厨房,先用筷子夹了菜来尝,没有挑毛病,甚至还破天荒地表扬了一句:有进步!之前,海平看见她从随身带的包包里拿出一沓钱往小衣柜的抽屉里藏。他知道陈敏最近一直在倒卖药品,猜想,这女人肯定是挣到钱了,心情大好!

傍晚,天边有大片大片色彩斑斓的云彩。

陈敏站在宿舍和厨房之间的露天过道上,不经意地抬头看了看天上的云,说,海平,你看这天不会是要刮台风了吧?海平说,不可能吧?下码头时都没有听到有预报。一家三口人在吃晚饭时,陈敏提议说,海平,吃完饭我们到工地去看看呗!海平说,行啊。饭后,陈敏利索地清洗碗碟、收拾好厨房，夫妇俩就手牵着手出门，到单位新宿舍楼的工地散步去了。

差不多有大半年时间，他们傍晚散步时，总会隔三差五地转到单位新宿舍楼建筑工地去看一看。工地上那一组八层的新楼建造得进度很快，从挖基坑打地基到楼群封顶，仅仅用了半年多一点的时间。眼下，虽说住宅内部的装修、水电安装还没有全部完工，但是按照目前这个进度，估计用不了两个月，房子就可以竣工交付使用了。

新楼的建筑工地与海平他们居住的老宿舍区接壤，位置在这片老宿舍区的东面。这时，晚霞映照着这片刚刚拆掉脚手架的新楼楼群，楼群的背景是一片水面平静的内海，那一幢幢披着白色间杂兰的马赛克的新楼外壁，以及内海的水面上，都漾着深一片、浅一片艳丽的霞色，远远看上去，显得十分壮观。真不失为一道亮丽的风景。不过，海平夫妇之所以要经常到工地上走一走、看一看，倒也不是因为有什么闲情逸致要看风景。究其原因，无非是他们有把握、能在这一批新盖的住宅当中，分到一套。一家三口，住了好几年拥拥塞塞、只有十五平方米的小单间，一直盼望着能改善住房现状。工地上在建的新楼，既然是和自己的切身利益密切相关，他们当然会格外关注建筑的进度。

海平这回是特地带了一把钢卷尺。

海平和陈敏走进一幢一梯口三户"品"字形分布的楼型，选了其中的一个小套间，一边用卷尺丈量着客厅的尺寸，一边商量着将来要定做的家具的式样和尺寸。在把这一切都做完后，时间还早，他们又转着看了另外一幢三室两厅套型的新楼。这一幢楼，据说是给单位的科长、经理一级干部盖的；每层、每个梯口分左右两户，每个套间大约有一百一十平方米，厕所和洗澡间是单独的，阳台的设计也不像五十五平方米小套间那样窝进去，而是弧形外凸的，客厅的面积近二十五平方米。客厅大，人的活动空间就显得宽敞，而且地板上还给铺上了瓷砖。

陈敏看着看着，就心里生出感慨来，说，嗨，人比人，气死人！你要是也能像人家一样，混上个一官半职的，我们不是也能住进这样阔气的房子了吗？海平说，我要是市委书记，我们还能住上别墅呢！他之所以说这话，是因为本来挺好的心情让陈敏那些抱怨话给败坏了。他最讨厌这个女人动不动就提什么官不官的，哪壶不开提哪壶。而陈敏让他这么一顶撞，心里也不是滋味，想，你一个男人这么不上进，说你两句就挂不住了？接着挖苦了一句，你不是连中国最小的官也没有捞上吗？还市委书记！就你们家祖坟那风水，是能出大官的风水吗？海平一看那架势，再说下去就要吵架了。他不想再和她抬杠，说，我们还是面对现实吧！先住几年小套间。过几年，单位再盖房子，那时，我们的资格也够了，再想办法换一套大的吧。陈敏叹了一口气，说，跟了你，我就没指望有这个福气。现在都风传说马上要搞房改。房子分了，就会让你买下来。还能有什么下一次？

海平也承认自己在单位里混得不好，十二年工龄，在单位的宣传科里干了近八年，可眼下还是个小干事。即使如此，他也是有自尊的。他反感陈敏时不时说的嘲讽话，他又不想跟陈敏吵；于是板着脸，怏怏地不再说话。他跟着陈敏在新楼相对的两个套间随便转了转、看了看，然后就下楼。在下到楼口时，陈敏被横在台阶上的一根脚手架横木绊了一腿，一个趔趄，人虽然没摔倒，但白皙的腿面被蹭破了一点皮。要是放在平时，碰上这种事情，她也会在海平面前作作嗲态，展露一下小女人柔弱、妩媚的一面。只是，她眼下没这个心思，海平的态度让她很不爽，只是自己随手揉了揉。海平也因为心里不痛快，不想去搭理她。

就在两人离开工地准备返回宿舍时，在工地出入口一侧的民工工棚旁边，正好碰到了单位基建科的施工员葛存明。

老葛此时正在跟一个包工队的小工头说话，见到他们夫妇远远走过来，黑瘦、镶一口不锈钢牙的老葛三两句就把小工头打发了，然后，笑眯眯地迎上来跟他们夫妇打招呼，哇，两公婆又过来看房子啊？海平说，散散步。老葛关切地问，你们这回应该能分到一套了吧？海平淡淡地说，分到房子应该不是问题！怎么，你这么晚了你还没回家吃饭？老葛说，C幢的内墙施工出了一点质量问题，我刚才正在跟小工头交涉。一边的陈敏热情地说，老葛啊，你要是不嫌弃的话，就到我们家随便吃一点？老葛说，就不用麻烦了！又问，这回分房，你们估计能分到两室一厅的小套间，还是三室两厅的大套间呢？陈敏说，按我老公在单位的身份、地位、资历，能分到一间厕所住住就已经很不错了。这话，又让海平生气了，说，你说什么屁话嘛！

在单位里，老葛跟他们夫妇的关系最好，甚至可以说对陈敏感恩戴德。这其中的原因是陈敏曾经帮助他解决了二胎准生证的问题。

这葛存明的父母都是岛东万宁市的乡下人。在老家人的观念里，特别看重传宗接代、姓氏继承的问题。要继承姓氏，当然要生育，而且还要生育男丁。他在他们老葛家又是个独苗，就肩负着这样的重担。按父母的心愿，真可谓悠悠万事，唯此为大！老葛老婆头胎生了个女孩。按照国家的计划生育政策，他们并不在准生二胎的范围之内。这样一来，他们老葛家姓氏的传宗接代就成了问题。为了对得起列祖列宗，老葛偷着让老婆怀了计划外的二胎。到了四个月时，他让老婆照了B超影像。负责检查的医生在收了老葛的红包后，暗示他老婆肚子里怀的是个长鸡鸡的、能传承姓氏的胎儿。这让老葛又喜又忧。喜的是传宗接代自有后来人，忧的是眼看着就要生产了，却牵涉户口、单位生育政策以及他要从助理工程师转成工程师等一系列问题。这其中关键的环节是,要赶紧办一个生育二胎的指标,然后申办准生证。可他又不懂怎样操作。

正当老葛焦头烂额、左右为难之际,陈敏出手相援了。她神秘兮兮地指导老葛,让他在打二胎准生申请报告时,申请理由就说自己头胎生的女儿患有哮喘病。并告诉他,这种病是最好弄假的,因为孩子的病不发作时,也跟好好的人一样,要是经常发作,拍片时肺造影才会显示支气管有些变化。孩子患有这种疾病的家长,按照国家政策,是允许生育二胎的。接下来,又帮着跑上跑下介绍医生。教老葛怎么给主管人员好处费,怎么请人造假病历、写假证明。

准生证办下来没多久,老葛终于如愿以偿——老婆给他生出了一个长鸡鸡的后代。当时老葛心情那个激动啊,真是无法形容。他兴奋地抱着刚出生的男婴,不停地亲吻着孩子的鸡鸡,还不停地赞叹,啧啧,能打种的好东西啊!弄得同产房的那些孕产妇看得都觉得不好意思。而一旁站着的、对人体器官见多识广的产科护士就训斥老葛,说,你这人是不是有病啊?光是男的就能繁殖后代了吗?总之,不管护士怎么说,宗族血脉延续的大问题总算解决了,这让他,也让在第一时间接到电话通知的乡下父母松了一口气。他们在不停地感恩苍天有眼。接下来,入户口的事、职称转正的事也顺顺当当地解决了。这诸事的顺利,让老葛把陈敏当成了他的大恩人,一直对她感恩不尽。

海平对陈敏的这些做法屡有非议,私下说,计划生育那可是国策啊!这种弄虚作假的事,你也敢帮?陈敏就说,老公啊,不准贪污受贿还白纸黑字写在法律条文上呢,可社会上这种事怎么越来越多了呢。你啊,是一点也不会做人。这个世道,对我们这种没权、没势的小人物来说,只能积攒点人情人脉。人家有困难,你帮人家,将来人家就帮你。

事情就是这么简单。海平说,帮忙,也要有原则嘛!陈敏说,你是有原则。可是领导现在怎么还让你当小干事呢?唉,看来啊,我跟你这样的傻瓜实在是没有共同语言了。

老葛因为怀着一颗感恩的心,就总是想着法子要还这一份人情。老葛也用自己手上的一点权力帮过他们很多忙,让他们得到不少实惠。比如,他们厨房里的灶台和水池还是老葛叫人给铺上瓷砖的,没花什么钱。他们居住的十五平方米小房间的铝合金窗,也是老葛让人给换上的。陈敏总是在用现实中的这些事例去教育海平,让他要懂得做人。

这一天的照面、一番寒暄之后,老葛就神秘兮兮对他们说,这回你们一定要想办法争取搞到一套大的,不然的话,过了这个村就没这个店了。海平说,不是说那些大套间是分给经理、科长一级干部吗?老葛说,早没有那么多经理、科长了。去年、前年就已经安排了一大半。今年又盖了三十六套,哪里还有那么多经理、科长级的干部呢?我实话跟你们说吧,这回是我们单位福利分房的最后一班车!再以后嘛,就别指望单位再拿出钱来盖房子了。

陈敏在一边听着,有点不相信,说,老葛,你可别危言耸听,像我们这么大的单位,怎么会没钱盖房子呢?老葛认真地说,单位现在差不多已经是个空架子了,生产那头的钱,刚勉强够发一千多人的工资,机械设备折旧都折不出来。这两年盖楼房的几千万元,都是卖单位两块地皮得的钱。现在盖完这些楼,工程款还欠二三百万。

陈敏说,就不可以再卖地了?海平知道点这方面的情况,说,地是很难再卖下去了,国家现在有新政策,要控制国有企业国有资产流失。陈敏说,叫了多少年了,地还不是照卖?老葛说,前几次是钻空子,用联营的名誉,上报时说是跟别人合作,盖好楼四六分,等到报批成了以后又把甲方该得的楼层全部卖给乙方。陈敏说,现在就不能这么干?老葛说,此一时彼一时,现在国土、税务、国有资产部门是越管越严。人家现在的办法是,不管你怎么搞,你地上盖的建筑经营没经营,钱只要一入你甲方的账户,国家就抽走百分之四十的税,以后每年还要交土地费用。如果是出租,要收走百分之三十的税,单位现在就很难钻空子。陈敏说,单位里每届当官的都会想办法搞基建,不搞他们怎么捞?老葛说,这话就不好说了。不过就是卖地,也没多少好卖的。单位就这么点地,这一届已经卖得差不多了,卖完地,单位就剩个空架子了。

海平问老葛,你们搞建筑这一行的,我隐约听说,如果不通过招标,把工程发包出去是有回扣的。现在包工头给的回扣是百分之几?老葛似乎特别忌讳这个话题,故意含糊其辞、语焉不详,说,这就要看具体情况啦。其实就是招标,也一样可以作假,也一样可以搞回扣。不过,这些事最好别谈,也不是我们所能管的范围。海平,说真的,这一回分房,你们也别管用什么手段,尽量想办法搞一套大的吧。按照标准价,三室两厅,每户最多也就交个二三万,实际成本价都要八万多。如果将来碰到单位不景气、发不出工资,你分到一套三室两厅,房子大,位置又是在市区内,你们人口少住不完,就出租一半,每个月都会有几百块钱的房租补贴生活。如果你手里要是有个二三万块钱,物价天天在涨,就算存银行挣利息,那点利息恐怕都不够补贴贬值。把钱变成不动产,且买得越大越合算。你算算,一户至少要得四五万块钱的实惠。以后,就算单位再盖房,恐怕都是个人集资盖了,就算优惠,最多也只能给你个成本价。

2

夫妇两人从工地散步回到家里,时间已经是晚上的七点。陈敏从用布帘子分隔开的里屋的梳妆台底柜找出衣服,径自过到厨房去洗澡。海平则歪靠在双人床的被子上发呆。此时,他心里一直在想着老葛所说的搭最后一班车、搞一套大房子的那些话。其实,能不能住上大套间,对他来说倒也无所谓。即使无法分大套间又如何?最主要的是居住条件大大改善了。五十平方米的空间,比眼下的十五平方米平房至少增加了两倍。他是那种随遇而安的人,对物质看得不是很重。他最担心的是,这样一来,又要让陈敏指挥着他去找关系,去活动。

他没有像平时那样跟六岁的女儿丹红去争夺电视机的控制权。此时,女儿丹红乐得独坐在外间的沙发上、津津有味地看着卫视中文台播出的日本儿童卡通片,高兴了,就手舞足蹈,咧着嘴大笑,又用遥控器把那台离他脑袋不足一米远的电视机声音开得很闹。电视的声音把海平弄得有点烦躁。于是,他就吓唬她说,红红,你把电视声音关小一点,要不然,我就要看新闻了。女儿吓得赶紧把声调小。

他们住的这间宿舍,是一个十五平方米的单间。妻子用一块土黄色的绒布作幕帘,将房子分隔成里外两间。外间入门处摆放着一张小床,门左侧是一张小沙发,沙发对面是一个放电视机的茶几,隔布里间是一张双人床和一个二合一的梳妆台衣柜。就是这么一间陋室,他们一住就是好几年,其间也没添什么家具。就是添了也摆放不下。住的地方虽然窄小,家具也简单,但在单位卫生所当护士的陈敏却十分讲究卫生。地上铺了地板胶垫,每天都要拖一遍地板胶,而且严格规定,一家人进屋时,都要把鞋子脱了放在门边的鞋架上。原来甚至还规定不准鞋子进屋。鞋架就放在门外的走廊上。后来让某个借口收破烂的不肖之徒，在某个中午，顺手牵羊把门外的鞋子悉数兜走，让一家人狼狈不堪，那鞋架才准许进驻到房内的门边。

女儿丹红从小就一直跟陈敏睡在大床。

在女儿四岁时，有一回，两人正温存时，蓦地，睡在一旁的女儿突然睡眼惺忪地坐了起来，并且莫名其妙地说了一句什么话。两人都因此吓了一跳，赶紧偃旗息鼓，用被单把赤裸的下肢体覆盖住，再把床头灯调暗后，这才敢跟女儿说话。小人儿这时才说，爸妈，我做梦了。陈敏说，你梦到什么了？女儿说，梦到我们家有一间像小玉他们家一样有厕所的房子。接着，她又问爸爸妈妈在做什么呀？海平猴急着要把功课作完，半哄半求道，红红，爸爸妈妈在商量一件很重要很重要的事情。你快点睡吧，明天早上好去幼儿园。那小人儿也挺有意思，虽然是半醒，却也能从海平说话的语气中意识到了此时大人有求于她，马上就开出了条件：明天放学时你要给我买那种有花生的冰淇淋！海平马上答应了。没承想，小人儿开出另一个条件：星期天你们要带我到海洋动物园玩！海平听了之后就连连叹气道，唉，真是世风日下，人心不古啊，连这般小小年纪的孩子，也学会了谈条件要挟！奈何两人还想继续行事，海平灵机一动，就说，好吧，我数数数到二十，如果你睡着了就带你去。结果他还没等数到二十，女儿就乖乖地睡着了。

两人再重复功课时，陈敏就笑着逗他，说什么重要的事？谈你个鬼去吧！要是她问你，谈重要事情干啥不穿衣服啊？你要怎么回答？海平反问，那你说，该怎么说吧？陈敏说，你不是宣传科的人吗？平日里不是满口大道理吗，怎么不会说了？海平说，那我就说，我们在谈真理！因为一位哲人说过,真理都是赤裸裸的,所以我们才没穿衣服。这总行了吧?陈敏说,你这个人啊,就是蔫坏!说着,两人就笑。笑过之后,海平带点忧郁的口吻说,这孩子,小小的年纪就学会了要挟、开条件,这可是道德品质问题!这样发展下去不好。你有空了还真要好好说她一下。陈敏听着听着就觉得气不顺了,你让我说她什么?让她像你一样傻?当革命的老黄牛,头头叫你干什么就干什么,任劳任怨,也不会提要求?让她像你一样,老是想着让社会去适应你,而你不会去适应社会?海平被她这么一数落,顿时觉得兴味索然,草草地把"作业"交完,然后倒头睡觉。

不过,自从那次小人儿突然惊醒以后,夫妻俩就注意到小人儿已经长大了,夫妻间的那些事必须要回避她。再来事时,就不敢再开着大灯行事,而且事先要把小人儿疏散到小床。事完后,再把小人儿搬回大床。有时,若是疏忽了或战役之后懒得打扫战场,留着小人儿在小床上过夜。碰上这种时候,早上一觉醒过来,小人儿就会很生气地质问,我怎么会睡在小床上了呀?是不是昨天晚上有外星人来把我搬到小床啊?

陈敏这时从厨房洗完澡出来。她换了一件粉红色的睡裙,披着一头湿发进到里间拿风筒吹。有洁癖的她看着没洗澡就靠躺在大床上的海平就来气,说,你脏不脏你?一身臭汗,衣服没换、澡也没洗就敢往床上滚?洗衣服、洗被子的事你又从来不管。听到了没有?还不快滚去洗澡!海平懒懒地说,知道了。洗就洗呗,你唠叨那么多干什么?说着,他从梳妆台的底柜里找了内衣内裤往外走,陈敏在他屁股上拧了一把,又说了一句:你洗干净点。海平以为妻子晚上想要来事,说,我今天可没兴趣。陈敏说,谁有兴趣了?你自作多情去吧!

真是怕什么来什么。

等到海平洗完澡出来,陈敏就正儿八经地跟他商量起单位要分房子的事情。其实,也没有更多的信息,无从商量起。但看陈敏那副神态,认真地像在组织一场大战役。这眼神让海平看着就心里发毛。因为身上有一种读书人清高的毛病,他平生最怕、也最烦的就是低声下气去求人办事。他试探着说,我看算了吧,何必去费那心思,住小一点就小一点吧。比起现在的十五平方米,已经有所改善。比上不足,比下有余。陈敏一嗔,你怎么能这么说话呢?你就没听到刚才老葛摆的情况?这可是一辈子的大事情。两室一厅的小套间才五十多平方米,那洗澡间还是跟厕所连在一块儿的,要多不方便有多不方便。海平说,可是具体情况还不清楚,分房的方案也没有出来,你知道人家房子会怎么个分法?陈敏说,怎么分?肯定不会是用电脑、用机器人来分,肯定是头头来分!只要是人在分,就会有人情在,就会有后门可走。你就不会多打听点情况,提早活动、做好准备?

3

明天上班,海平就十分地留意单位员工对分房子的反映。他是宣传科的新闻干事,平时的事也就是各处跑跑颠颠,写个新闻材料,拍个新闻照什么的。他到各个科室去转了一圈之后,发现所到之处的职工还是看看报纸,扯些麻将、女人、彩票、做生意发财一类事情,议论房改、分房的人似乎还没有。不过,几天过后,单位里那些消息灵通的新房油子就活动开了。

单位分房,历来有一套自己的做法。

按惯例,是先出台一个含含糊糊,甚至是自相矛盾的难以操作的大原则。比如规定,人均住房面积在三个平方米以下的住房特困户优先。

其实纯粹是扯淡，单位地处小城市，根本就没有什么上海、广州一类大城市的人均三平方米以下的特困户。再就是规定生产骨干优先照顾。但生产骨干怎么界定？没有下文！最后是成立一个由下属各单位的小头头和一些工会干部组成的分房委员会。然后再由主管分房的副局长和福利科长根据申请人的情况，粗粗筛出一个名单，把由委员会定出名单开出第一榜公布，让职工议论；之后，再定个二榜；又据此二榜再筛一次，最后来个三榜定案。

从表面上看，这种分房形式，你也不能说他不公平，而实际上却又极难做到公平操作。房子能分上分不上，关键是要有人在分房子的会议上替你说话，这就涉及你在单位里的人事关系。

单位是老单位，有几十年的历史，并且具有典型的国有企业近亲繁殖的特征，一家几口堆在一块，所谓父子兵、夫妻店的情况并不鲜见。评议会上，你若对某某人说了点什么，也保不了密，话很快就会传到当事人耳朵里。所以在评议某一个人时，沉默大抵就代表不同意或两可。而有一个人替你说话了，再有一个人呼应，就会造成对你有利的局面。会议主持人这时就会问，怎么样？没有什么意见就讨论下一个。如果这时没有死对头出面，不顾一切地反对你的话，事情大半就成了。因着这住房是一年比一年盖得进步，住新房的总住新房，住旧房的总是住旧房，就像上台阶，后面的人总是要踩前面人的脚印。那些老实巴交的一线职工，总也分不到新房，而一些新房油子，三年两头总是在换新房。

早几年，单位里就有人提出按照社会上通行的做法——按分数分房。单位的党委副书记雷凡益也在有关的会议上提议过。只是单位里的事比较复杂，党政头头之间都在权力上较劲。党委和行政，谁是中心？谁是核心？扯来扯去，也跟那个先有鸡还是先有蛋的公案一样，至今谁也弄不明白。既然谁个居先、谁个居大不清楚,行政方面主管分房已经有近十年历史且被油水肥过的迹象已经十分明显的周先模副局长,就始终要坚持他的原则,他的既定方针,大有人存政存之慨。而按照老办法分房,每次主管人的家几乎都要被申请房子的职工踩破门。别人总不知道周先模怎么就愿意不厌其烦,坚持老一套做法。当然,其中三昧,也只有他自己心里明白。

单位里开始在活动的新房油子大多是根据以往的经验物色有开会资格的人在分房会上替自己说话,但这部分人不多,而且活动的人也未必会在上班时活动,这在海平看来还只是一种潜流。

真正出现大规模的躁动是大约过了一个星期以后。上班时,单位里的人已经议论纷纷。海平也经常跟科里的人在讨论买房合算还是租房合算的事。

这天上午,基层单位一个留着平头、长得敦实黧黑、叫阿保的工人来到隔壁的人事科办事,大概是没找到科长,就到党办和宣传科串门。阿保悠闲地叼着一支烟,手插在裤袋里,很一副旧时代打手的模样。他一进门就大大咧咧地说,几个秀才又在写什么鸟文章啊?科里的王吉仁就逗他说,我们的笔杆子哪里能比得上你的刀把子好使。这回,第一批按标准价买下大套间这样的好事,肯定会有你的份了。阿保说,这一次,要是周先模这小子主管分房,我当然还要去看望他。我出一道题考考你们这些秀才,看看你们一个个够不够聪明。他清了清嗓子说,题目是这样,如果要让你们在十秒钟之内,从单位里抓出十个坏人,你们会怎么个抓法?一干人眼对眼相互看着,都咧嘴在笑,谁也不知道这家伙在卖什么狗皮膏药。于是,就有人反问他,照你看,该怎么抓?阿保说,这种事是最简单不过了,你就往那些管到油水的官里抓,见一个抓一个,保证错不到哪里去。你们听没听过单位里有人编的词:第一把手抓建房,第二把手管分房,第三把手爱出洋,第四把手摸姑娘。单位这些官,一个个都是有好处先摸,女人先摸……

一干人听了,就有人笑说,阿保啊阿保,你这家伙把革命领导干部描写得一团糟,那可是不行滴!绝大多数干部还是好的嘛,这就像九个手指头和一个手指头的关系。阿保就说,一个手指头得了癌症,不也照样要死人。有人便问他,我们党委机关这一摊子,照你看,怎么样?阿保说,你们当然是清水衙门,没什么油水轮到你们捞。不要说你们一个个就是圣人,不想捞!说着,又顺口来了两句:精人贪污盖楼房,笨人苦干累弯腰,不傻不精写文章。

于是,有人感慨道:一个底层的装卸工人,就能把人性看得这么透彻。就像西方人认为人性恶一样,所以要搞权力制衡,要搞三权分立。有人说,这家伙,说话还挺合辙押韵的。只可惜,在他眼里,我们都成了不傻不精的角色。说着,众人又笑了一回。海平则担心这个阿保在办公室里骂骂咧咧,话说得离谱,让领导看到了影响不好,就借口说大家要工作,把阿保给劝走了。

阿保走之后,一干人又议论了一回阿保。都说这个阿保是个人物。这类人也有其可爱之处。阿保在单位里很出名,谁都知道他早些年分房时的逸事。那年他没分到房子,于是,喝了点小酒之后,不声不响地带了一把用报纸包着的、磨得锋利得几乎可以剃胡须的菜刀,独自去了周先模家。他在叫开了周家的门之后,径自去人家的沙发上坐定,然后把菜刀往周家的茶几上轻轻一撂,神情淡定、和声悦气地说,周先模同志,我今天上门呢,也不叫你局长,我叫你老周。老周,你给我说说看,这次单位分房子,你们是准备要搞共产党的政策呢,还是要搞国民党的政策呢?我一家六口人，挤在一间二十平方米的破房子里，要是有外国人来参观，丢不丢社会主义的脸？你说吧，这次我够不够资格分一套新房子呢？

那一回，副局长周先模的脸都吓白了。他当官当了许多年，跟各色人等打交道，懂得察言观色，懂得看人是不是虚张声势。他看着茶几上那把从报纸里露出一端、磨得十分锋利的菜刀，再看着外表平和、不动声色，眼神里却藏着一种亡命之徒狠劲的阿保——他当然也听说过阿保曾经因为他们的头头无理克扣了他的夜餐费，而被他一拳打昏而坐过几个月牢的事。于是，他哀哀地说道，阿保同志，咱们有话好好说嘛，这件事情你给我一点时间安排。我以人格担保，你的问题是可以解决的。

事后，单位公安局的人把阿保找去谈了话。阿保辩解说，并不是专程带菜刀上门，只不过是买了把新刀路过，顺便到周局长家问了分房的事。公安局的人警告他，以后不许再这么干了！只是警告归警告，房子还是分给了他。他家的人口多住房紧张，也是实情。

单位的机关里就有不少人因此感慨：这人啊，一旦有了钱，大都会怕死。人死了，钱有什么用？看来对周先模这一类的官僚，还是阿保的这一套有效。只是，单位机关里的人，似乎个个都是谦谦君子，都受教于儒家温、良、恭、俭、让的古训，不像那些在基层干粗活的工人，为了自己的利益，敢绑白帕、敢拿刀子上主管分房的头头家里去闹事。

到了九月初，海平被雷凡益派到省里参加一个本系统上级单位组织的企业改革宣传学习班。学习结束回来时，单位里已经宣布成立房改办统管分房事宜，并且发了文，聘任了早两年从宣传科调出去的杨维文当主任。杨维文是个不到三十岁的年轻人，长得矮胖但白净斯文，戴着一副黑边眼镜，很是精明强干。前几年，杨维文刚从外地调到单位宣传科时，就跟着海平学习写通讯报道，那时的杨维文，对他还一口一个"海平老师"地叫着，现如今，人家年纪轻轻的就已经当了科长，实在让海平觉得有点自愧不如。

杨维文一上任就把工作搞得轰轰烈烈，组织人员搞基本情况的摸底调查，摘抄、张贴国家及省市的有关房改文件。海平有时也过去找杨维文问点有关于分房的情况。不过，杨维文在跟他说话时，那种公事公办的神态让他觉得心里很别扭，更让他不快的是，杨维文口吻中总是很自负地带出一点官味，而且，对他的称谓也从以前的"海平老师"变成了现在的"小梁"。弄得海平也莫名其妙，怎么这人一当了官，年纪小的也像升了辈分似的，不伦不类地称呼起他"小梁"来了？其实，如果他不愿意称他"梁教师"，改称他"老梁"也是可以的嘛！有时，他们在路上照面时，感觉杨维文老是在看天，也不知是佯装着没看见他，还是真的没有看见他。海平因此就总会想起"小人得志"这个词。

4

国庆节后的第三天，是海平、陈敏女儿梁丹红的六周岁生日。这一天，陈敏的小舅何施文也特地过来参加。何施文原先是在市内一家水泥厂当操作工，因为嫌厂里那活又苦又累，每天上班都是吊儿郎当的混。1990年，因为旷工造成了一桩事故，被单位开除，之后就出去自己混。没想到碰上这个城市的第一次房地产热，他瞎猫逮住死老鼠，拉工程、炒地皮、做中介生意，居然就发了财。说是发财，也不是什么了不得的大财。那财，也就是个几十万元的样子吧。

小舅开着他那辆二手丰田面包车过来的。他在来之前，特地去商场给丹红买了一台进口的电子琴作为生日礼物。拿到了生日礼物的丹红，非常高兴，马上就用这一台电子琴随手演奏了幼儿园教师教弹的《小二郎上学》的曲子。小人儿灵巧的十指翻飞、手法娴熟，曲子弹得十分流畅，音节也很准确。三个大人在一旁听着、看着都很兴奋。小舅于是就感慨地对陈敏说，想不到红红这孩子还真有点音乐天赋。现在的时尚是让小孩子学习乐器。陈敏说，就算红红有天赋，我们也没有这个条件。你看看我们这房子！小舅说，听我姐说，你们不是很快就要分到房子了吗？陈敏说，分，那也只能分到个小套间。使用面积就五十五平方米。那套间客厅很小。就算买了一架钢琴，也没地放啊！还有，如果想请个音乐教师教她吧，也是要有经济实力的。小舅说，不就是几个钱的问题吗？钱嘛，由我来掏！将来如果你们的住房条件允许的话，我就出钱给红红买一台钢琴。

陈敏给海平使了一个眼色，那意思是：你看看人家！

海平心里很不愉快。他撇了撇嘴，也不说话。陈敏又旁敲侧击地说，小舅啊，这话可是你自己说的哦！小舅说，你是怕我讲话不算数？一架钢琴不就是七八千到一万元？这个钱嘛，你小舅还是出得起的。

小舅小坐了一会儿，说是有事，也没跟着吃蛋糕，就走了。

小舅走后，陈敏跟海平说，你刚才也听到了我小舅的许诺，他说，如果我们的住房条件允许的话，他愿意掏钱给红红买一架钢琴。我说，海平啊，就冲着他这承诺，你能不能多用点心思、想想办法，争取分个大套呢？

海平心里根本就不相信她这个滑头的小舅会给女儿丹红买什么钢琴。只是当着陈敏的面，他也不好说什么损她小舅的话。其实，他心里非常讨厌她总是去提她这个有几个臭钱就目空一切、浅薄得老是在公共场所拿个手机，人模狗样地打来打去、显摆炫耀的暴发户小舅。

海平有一次在公共场合就见识过施文的表演。那是他和施文一起去电信局交电话费。小舅坐得离一个美女太近了。人家嫌弃地请他离远一点。似乎是为了镇住或者是勾引这个可人的美女，他便拿出手机大声地对一个并不存在的公司办公室主任讲，林主任吗？我何总啊。等一会儿我要跟美国通用公司的驻华代表谈一个合作项目。中午你安排个饭局吧——不行，档次太低——这样吧，就安排在亚龙湾的凯莱酒店的餐厅——按六千块钱一桌的标准。等一会儿，你叫玉秀秘书和小刘把我那辆劳斯莱斯给开过来。

他玩的这一套，还真把这个美女给镇住了。因为海平已经注意到，这个美女开始用一种特异的、仰慕的眼神在看陈敏的小舅了。也许这女人太漂亮了脑袋就不够用。她也没有动脑子想一想，一个乘坐劳斯莱斯的老总，会亲自跑来电信局营业厅交电话费？知道他底细的海平在一边看了听了，脸上就显露出一种不屑的表情，什么狗屁林主任、玉秀秘书，什么狗屁劳斯莱斯。车，他确实是有一辆，不过只是一辆花了三万多块钱买下来的二手面包车罢了。一个四十多岁的成熟男人，还喜欢玩这一套虚的东西。凭这点，就让海平觉得他不成熟，便瞧不起他。

陈敏在海平面前经常提起她小舅，这让海平非常反感。海平心里也明白：陈敏这是有意无意地用她这个小舅成功的案例，来反衬、来旁敲侧击自己的无能。

这一阵子，单位里因为近年来所盖的房子都在房改的范围内，按政策规定，原来已经分住的房子，是谁住谁有权先买，其利益涉及单位的一半人。这时每一个办公室、每一个基层单位的员工都在议论、关注房改这个热点。

有条件参与分配套新房的人，经过若干时日的思考，也都得出了争取在这第一批买一套新房是绝合算的结论。用不了几天，第一次买房子优惠，今后单位再也没有钱盖房，以及此乃分房最后一班车的信息，在单位里，已是人人皆知了。

凡活在这个国度里的人，几乎没有人不对这"最后一班车"的含义有着深切的感受。陈敏就知道，她父亲1950年7月参加革命，因为晚了一个月，就算不上解放战争的老干部，工资待遇就永远差了一个档次。你参加工作晚了一年，你就可能被逐出某条红线之外，工资级别就会因此永远跟在别人后面踏步；你错过一次转干的机会，你的身份就永远是工人；你放弃一回，你就永远搞不到别人轻而易举就可以得到的文凭。总之，你过了这个村就找不到那个店。

因此，申请第一批买新房的人也就特别得多，二百多套房，申请买的人就有三四百户之多，形成了粥少僧多的局面。而且，单位里的人都眼睁睁地盯住最后一批福利房怎么个分法。单位里的头头因每年分房时都被搞得鸡犬不宁，现在更是受到有史以来那么多人关注的压力。还有不少人到党委、工会上访，要求按社会上通行的打分的办法分房。单位头头为此连开了几次会，最后决定讨论定下来，今年分房、买新房采用新的、打分的办法。会上，周先模仍要坚持他的既定方针，奈何要少数服从多数，也只好罢了。

按分数分房，在单位里还是第一次实践。

先是工会方面搞了每一个单项给分的标准，在各单位头头议定的时候，就有一些科长说职务分这项给二十五分低了，再制定新标准时，参加开会的多是一些基层单位的头，制订出来的方案，职务一项给分也就给得特别高。新的分房办法让很多人都改变了以往常常去找头头的做法，改成往房改办跑，去过问自己的分数，又常有人因为分数的高低在房改办大吵大嚷。在办公室里，海平也听过几个人议论职务分占的比例太高,但没在意。他跟陈敏说,打分数的办法比较原来的三榜定案的办法要优越要公平,别的单位都用这办法,随意的弹性不大。也就没去活动。

十月底的一个星期天,海平的岳母专程从市郊过来看他们。

陈敏妈妈退休以后,一直跟着陈敏老爸住在城郊他们家自己盖的私宅里。两个老人最近也不知是因为更年期脾气不合,还是别的什么原因,总之,是闹得不可开交。陈敏老妈抱怨说,他们都是近四十年的老夫老妻了,可陈敏老爸一点也不讲情义,总是在说,他也要享受享受改革开放的成果,经常去发廊找发廊妹不说,现在动不动就发脾气。一发脾气还会打她。她是不愿意再跟陈敏老爸过了。她说,如果他们能分到新房子,她就搬过来跟他们一块儿过。陈敏想,反正她老爸一向身体还好,又有她兄弟一家在照料,也就答应了她妈,届时搬过来一块儿住。

在这件事上,陈敏是这么打算的:两间房子了,她妈可以和女儿丹红合住一间。家里有个老人在管管家、带带孩子,她下班以后就没有什么后顾之忧了。这样一来,她可以上门帮那些想开家庭病床的患者打打吊针,或者捣弄药品什么的增加家庭的收入。她在征求海平的意见时,海平半开玩笑地说,这个家平时不都是你在发号施令、当家做主吗?何况岳母大人来住,也是一件好事呢。我服从领导的决定!陈敏知道海平这个人在家务事上历来随和,这是他的优点。现在,在对母亲搬过来随他们住这件事上,态度通融,更让她心里高兴。

5

就在单位分房总分公布之前,海平就得到了一个消息:单位的行政方面新聘了一批科长、副科长以及基层经理。新聘的经理中包括一个叫林仲南的给单位头头开车的司机。宣传科里一干人都在议论这人时说，这个人连句话都说得不囫囵，也就是个马骈、跟班的角色，根本就不懂管理，也去做什么狗屁经理。

海平开始没有太在意这些议论，但也听了一耳朵。他知道单位里的事非多，多说无益。搞不好话传到人家那里，引来是非。当然，一向清高的他，也不屑去谈这一类人。

下班回家时，他看到陈敏正在厨房里做晚饭，就过去帮忙洗菜。陈敏问他，你听说单位里新提拔一批科长、经理的消息了吧？海平说，听说了，局里那个给老大开车的司机林仲南也提了个经理。我们科里的人都在议论这件事。这家伙水平那么低，不就是个司机，有什么本事？怎么一下子就弄去当经理？真不知道这家伙有什么能力去管理一个公司。陈敏说，哎呀，我说你们这些写文章的人，怎么就那么笨呢？世事人情一点都不懂！这种事，难道你们就真的看不明白？海平问她，怎么个明白法？陈敏说，不就是为了分房子时职务分能多打几分，目地就是分到一个大套间。你以为人家真的要做什么经理？其实给头头开车，比在基层下面当经理还要实惠多了。再说了，能给头头开车的，都是人家的心腹，不是轻易能换的。当这角色，嘴巴要严实，本事大不大，没什么关系。因为头头的老底全都攥在人家手里。

海平这才恍然大悟，于是，大发感慨说，现在单位里的风气简直就是乌七八糟的，不可救药了。陈敏用嘲讽的口吻说，你也别说人家乌七八糟，那是人家的本事。你有本事你怎么不做官？怎么没巴结上个头头脑脑？你怎么没给你老婆买金手镯金戒指金项链？你成天写些个破文章，拎着个照相机四处乱窜，给人家拍马屁、吹牛皮又有什么出息？

本来，陈敏若不是太过分去激怒他，故意去刺他的痛处，他也会公平地评价陈敏。他会承认，陈敏这女人虽然有一点市侩气，但自己在处世为人方面是远远不如陈敏的。别的不说，就是这些年，也是陈敏给家里赚的钱多。所以家里的事，他平时也多是听她的。只是海平这次被她数落得真有些生气了，于是反讥一句，你也别狗眼看人低。你要是觉得我不行的话。你可以另找高明啊，你去傍大款挣大钱嘛。陈敏一听他这么一说，泼辣劲也上来了，说，哦哦，你当年像哈巴狗一样追我的时候，怎么没见你说这个话？现在我都七老八十了，还找什么老板傍什么大款啊？海平讪讪说，那时不是还没有搞改革开放，想找老板你也没有这个机会。再说了，现在你不是还有个青春尾巴吗？

陈敏因此气得厉声呵斥，梁海平，看你平时蔫蔫巴巴的样子，想不到说出来的话居然这么歹毒。我说你，那是我恨铁不成钢！我是不想你活得窝窝囊囊，让人家看不起你。你看看你，做人傻呆呆的。你还是不是个男人？是男人的话，分房子的事你就要多想点办法。你不是单位里的笔杆子吗？单位里写文章用你，搞专栏、照相也用你，你为什么就不能抓住机会，让书记给你提个科长、副科长什么的，那样，分房子的时候也能多打几分啊？我早就说过，让你去活动。可你偏说打分分房会比较公平，活动也没有用。你现在也看到了，人家活动怎么就有用了呢？你说，这件事，你到底办不办吧？

海平恨恨地说，不办。

陈敏说，那好，那好，就一句话：不办就离婚。

海平让陈敏数落了一阵，觉得晦气，气得晚饭也没吃，独自在街上、在商场里像野狗一样乱窜。一股子气闷在肚子里又没处宣泄。他心想，如果这个时候回去，碰上陈敏再唠唠叨叨，他肯定会忍不住要跟她打一架。又想，其实陈敏说的也是实话，自己确实没什么本事，在单位里确实没混出个人模狗样来。成天价给头头捉刀代笔，跑跑颠颠写什么报道文章，十几年工龄的人就混了个小干事。也许早该听陈敏的，自己如果提不上宣传的副科长，就要求到单位基层的公司干。能不能混上个一官半职不说，就是经济状况，肯定也比现在强，至少不会像现在这样，每个月只能得到一点可怜的稿费，让陈敏瞧不起。一想到这些，他骨子里那份清高劲就有点动摇了。

他越想越觉得心烦，就想要找个人聊聊，发泄一下。于是，便想到要去林一江那里。林一江是他的朋友。他们高中时是同班同学，毕业后上山下乡时，又同在一个知青点。后来，林一江考上省师范学院，毕业后分到市政府部门的一个局，没多久就混上了个办公室主任。这些年来，他们倒是常来常往。最近林一江还吵吵着要搞同学会，让他给起草了一份同学会的发起告知书。

6

坐了三站中巴车就到了林一江的单位，再坐电梯上了他们单位那幢很漂亮的宿舍楼的六楼。海平记得林一江就曾经得意洋洋地跟他说过，他们这幢宿舍楼，可以算是全市最好的机关干部宿舍楼之一，环境好，楼房外形设计也漂亮；楼外墙批档用的是半个巴掌大的一种灰白色的高级陶砖，铝合金门窗；从一百平方米到两百五十平方米，一共有四种户型。林一江分的是一套一百五十平方米的套间。有大理石厨房台面，有大浴盆，高级瓷砖地板，还配了热水器和抽油烟机。林一江又花了近十万块钱搞了精装修，还安装了分体式空调。总之，林一江把个居室弄成了星级宾馆的水准。偌大一个四房二厅的套间，夫妇俩加上一个孩子，一家三口人居住，绰绰有余。

去年，林一江在准备搬家之前，就曾邀请他过去参观过新房，两人还商量写一幅中堂的事。当时，看了那客厅正面空着的墙壁，海平就建议说，按你这房子的装修风格，我看挂几幅油画倒是很般配的。林一江说，我这个人就是不大喜欢那些色彩厚重的西洋油画。我倒是觉得还是挂中国的字画好，清秀、隽永。海平就问他，打算挂点什么？林一江说，这个嘛，我一时没想好，所以要找你参谋一下。眼下我手头已经有了两幅凌子高送的山水国画，中堂嘛，我考虑就写个横幅，搞成中间是字，两边挂画的格局。至于字嘛，我想不要太多，但要略大一点，要跟国画的尺寸相协调。我看在十个八个字以内就行了。这就要拜托你了！

海平沉吟了一会儿，故作神秘地说，我倒是想出了几个于你十分贴切的字作中堂！林一江急切道，既然想出来了，那就快说出来听听吧！还卖什么狗屁关子？

海平等着与林夫人欧阳惠珍寒暄后，欧阳去厨房搞卫生了，他这才大有深意地笑说，"壮阳补肾！"你看，如果写上这几个字，挂在你的客厅上，效果会怎样？是不是很精彩、很能切中时弊？林一江一听，就乐了，说，你小子别含沙射影。要是让我老婆听见了，怀疑我行为不轨，那我可就对你不客气了。

笑过以后，两人又坐下来，正儿八经地商量了一回。

海平说，我也就是楷书、隶书两样拿得出手，如果喜欢行书的话，我可以找市文化馆的曾雨山替你写一幅。当然，你要是不嫌弃的话，我就用隶书给你写"难得糊涂"四个字，给你送过来。听说有很多当官的人家，都爱用这几个字作中堂。林一江说，我这个人没多少艺术细胞，也别管什么行书、隶书，只要是你的墨宝就行。内容嘛，就照你说的也好，反正鄙人也是官场中人。这个年头，一个人活得太明白、太认真是不行滴。对于要走仕途的人，郑板桥这四个字非常切意。就这么定了，就是这四个字！写完后，麻烦你给装裱好了再给我送过来，算是你给我的乔迁贺礼。到时我请你喝酒，应酬的份钱你就别送了。等到哪天你也分到了房子、搬家时，我也会给你送一份大礼作为回报。

商量完了写中堂书法条幅的事，林一江带他参观房子。

看了林一江家这套新房子，海平着实感慨了一番。感慨之后，就笑说，你小子的房子这么大，住着就不怕鬼咬你？你这套房子跟我们的比，真是天上地下了。你要知道，中国人的传统是：不患贫而患不均。你就不怕哪天再来一场均贫富的革命？林一江也笑着说，你也别尽说村话。你就知道盯着我这套房子，那些千万元、亿万元发得不清不楚的大官僚、暴发户的小别墅、小车、小蜜，你就没有看见？要革命，你革人家去！不然，要是真的让你看了人家怎么个活法，只怕你自己都不想活了。

海平说，那些人不同，人家是做企业做生意，是用自己赚来的钱去买享受，这一点我看得很开。只是，你我都是国家职员，是同类项，不是同类项你比什么比？国家凭什么就厚此薄彼？林一江说，梁海平同志，我们也是花了钱的啊！装修是自己掏的钱，买下这套房子也花了两万多。

海平知道他们单位建楼时，他得了个监督施工质量的美差，利用这机会作了点建材生意且小赚了一笔。就说，这房子是你监的工，你说过成本价是十六万一套，两万多，那还不是交只鸡钱牵走人家一头牛。林一江说，照我们中国的国情，机关干部薪水也就千把块一个月，你还想让我们交多少？要真按成本价交，你知道需要多少年不吃不喝？

海平说，就不能不盖那么奢华？林一江说，如果不盖好一点，那又怎么谈得上奔小康？奔小康，可是我党的方针政策！你懂不懂？海平说，天下的好事全让你们这些官僚给占尽了，还得便宜卖乖。怪不得老百姓要说了，不怕唯物论，就怕辩证法。你们那套理论是圆的。林一江也开玩笑道，就算是这样，那也不能说天下好事全叫我给占尽了。当年，我们中学的一枝花——陈敏，不是叫你独自采了吗？海平笑说，都是老皇历了，你还翻。陈敏她现在还能叫花吗？现在已经是十足的泼妇一个！林一江说，你啊，真要好好去学习学习毛主席他老人家的反对平均主义。官长骑马，兵士也要骑马，那怎么能行？

7

海平在林一江家门口按了门铃，只一会儿，便听到房间里有趿拖鞋走动的声音。林一江大约是从猫眼里朝外看了一下，在懒洋洋开门的同时，也亲热地冒出一句，你小子怎么赶这在个时候来串门？海平绷着脸跟着进了屋。林一江看着海平那一副沮丧相，就逗他，你看你一副忧国忧民的样子，是不是有内部消息说海啸就要淹没三亚了？海平说，你别扯淡。我现在烦得就想跳楼，你还有闲心说这种屁话。林一江说，你想跳楼就跳好了，谁也没拦着你，不让你跳啊？不过呢，我劝你，最好还是去跳海、跳河什么的，那样我还可以救你一把，没准还能有机会捞到个英雄当当。他停了一会儿又说，肯定是又被陈敏教训了吧？吃过饭没有？要是没吃，我就叫惠珍马上给你弄一点。

海平没让他弄饭，只是自己去林一江家的冰箱中取了一罐椰子汁，就着吸管慢慢啜。他跟林一江紧挨着，坐在一张真皮长沙发上，两人都悠闲地把脚翘架在茶几上，边看电视边聊天。海平就说了陈敏逼他去活动要一顶官帽的事情。

林一江沉吟后，亲热地拍着他的肩膀，很认真地说，海平啊，我们是老同学老朋友了。不是我想说你，确实是该给你一点忠告的时候了：你这个人呢，是个好人，可就是太爱清高了。按照民间的说法，那是死要面子活受罪。你也不看看皇历，这都是什么时代了。别的我不说，就说陈敏在积极争取大套间这件事上，我看她是绝对正确的。你也知道，住房这种事，是人一辈子的大事。人一生的大半时间，都是在家里度过的。这居住的质量，在很大程度上反映了生活的质量，同时也是一个人生存的质量，生命的质量。再者嘛，也是一个人在国有企业所能得到的最大利益。要不，你随便出去给哪个资本家打工，钱不比你在单位里要多？况且这又是最后一班车！所以能想什么办法就想什么办法，能用上什么手段就用什么手段。至于成不成，则是另一回事。

海平说，我说一江啊，行了，你也别去论证了。不是我放不下面子、不想活动，主要是这种事太那个——伸手要官，啧啧，你说说，这种事叫我怎么说得出口吗？林一江说，我就不明白，你搞了这么些年的政治宣传，怎么没把别人给忽悠傻，倒是先把自己给忽悠傻了？西方政治家讲的是公开竞争做官，东方的政治家是背地里活动着要做官，现在，甚至还发展到买官卖官的地步。你说，这叫不叫伸手要官？你们单位的头头也够混蛋，像你这么老实的人，干了这么多年的宣传工作，多才多艺。论能力、论人品，按说，怎么也该给你个科长了。海平说，其实，官我倒不想做。你也知道我这人的个性，懒得去管别人。至于房子嘛，本来我觉得有一个小套间也就行了，现在让你这么一说，我立场都站不稳了。也许还是要听从你的忠告了，豁出去这面子，想办法搞个大一点的房子，让陈敏别再烦我。

林一江挺讲义气地说，如果单是为了搞套房子，我看花点钱也就搞定了。没钱的话，先从兄弟我这里拿几千。其实从长远来说，最好还是要自己弄个官当当。有了个官位，一切就名正言顺、顺理成章。现在是分房的事，将来还有涨工资出国旅游配小车配办公室什么的。你看我在我们单位当这个办公室主任，官嘛，不过是个科级，别人眼里看见的，不过是多了一级半级工资，实际有多少好处，谁能说清楚？当官的就是这样啦，只要你有权分管到什么，你肯定会有好处，你不想要都不行。就说你吧，你哪怕是混上个副科长，分房就不说了，平时你至少有权报销个胶卷、冲印费什么的，你也能乘机多弄他几张发票报一下，不是也等于涨了几级工资。你要知道，鄙人为了竞争办公室主任这个位子，牺牲了多少脑细胞？

海平说，这我听你吹过N多次了！不就是辅导你们局长的公子考大学，花了你几个月的业余时间。林一江说，你以为就这个？告诉你吧，差不多有一年的时间，我每个星期天差不多都要去帮领导买那种海甘草的鲜鱼。用内地人的话说，我们领导就好这一口。除了买鱼、送鱼上门，我每次还要帮领导的老婆把鱼给宰好。总之，一来二去，我把我们领导的老婆感动得一塌糊涂。她肯定会给领导吹枕边风！到了这个份上，你说，有什么好处领导会不先考虑我？海平说，行了行了，都快没人格了，谈这种马屁精时你还副炫耀、还沾沾自喜？林一江说，我们这种贫民家出身的人，没有什么政治资源，你不放下身段，能上去吗？海平说，这种捧臭脚、没人格的事，就是打死我，我也不干。林一江说，当然啦，你老爸是高雅的人民教师，我老爸是低俗的搬运工。你老爸比我老爸不止高一个层次。海平说，难怪我老爸那时就跟我说过，一江这孩子，一看就是个不甘屈居人下的人。

林一江说，知我者你爸也。出来混了这些年，我总算是想明白了，要想得到，就要付出。古人说，将欲取之，必先予之。先当奴才之后才可以当大爷。这就是辩证法。只能是你去适应社会，不要指望社会来适应你。不是我要说你，你这人的个性也太糯了，看似清高，实则迂腐。怪不得你们家要阴盛阳衰。

海平叹了口气，说，好吧，既然你老兄都推心置腹地说到这个份上了，那我就试着跟我们的头头提一下。不过，拍马屁的事我也干不来，我还不到饿饭的地步。林一江说，企业体制转轨都是这样啦，人心惶惶，谁都想增加保险系数，都想多抓一点东西。就说我们这样的政府单位吧，为了让我们的房子套上旧房的线，少交钱，连房子的建成年份上都做了手脚，把报建年当成竣工年计算。

8

海平从林一江家回去的时候，心里乱乱的。但最后决定要去找符清浩书记谈一谈职务的事及相关分房子的事。

他几次走到党委符书记办公室门口，想进去谈这事，但一想到符书记这人平时总爱摆着一副马列的面孔，居高临下教导别人，就心慌气短。他又想，这种事好像不便在办公室里说，于是，挑了个周末的晚上，拎了一兜子水果上符书记家。符清浩住在单位一幢局长、书记楼下的一个单元。海平还是第一次登符清浩家的门，进楼口时，就注意到符书记家门口的一副楹联：

两袖清风作官胸怀坦荡，

一腔正气为人磊落光明。

　　那副楹联内容的冲击力，让海平看了，心虚得拎水果兜的手都有点颤颤的。但海平又想到单位的人对符书记议论，说他把自己的小女儿送到国外读书一项，按他的正常收入，根本就不可能支付她国外的学费。他肯定会有不明不白的收入，想到此，心里也就平静了。到符家虚掩的门口探了探，此时正好有两个客人在坐。他也明白，此时不便进去，又觉得在门口傻等，也不好看。于是，就躲到楼口对面的花圃中去等。大约过了一个小时后，看着符家的客人走了，他这才进去。

　　符家住宅是四室两厅，是单位在1990年盖的。

　　符清浩家也是装修过的，是一种中西古典合璧的风格：客厅顶上是西方古典式样，有罗马柱，有凹凸条纹的石膏材料边柱，有带翅膀的安琪儿，还有一具古色古香的宫廷式大吊灯，沙发茶几一应家具，又都是中式红木雕花嵌大理石的仿古式样。总之，看上去显得很豪华很气派，但又有点不中不西、不伦不类的感觉。

　　海平觉得符家这房子和林一江那套按西式现代风格装修的住宅相比，估计这一套装修价更贵。想想，符书记也是领企业工资的人，大家的工资收入都不高，不知他哪弄这么多钱装修。此时，海平再想到门口那幅楹联时，就有一种主人在作秀的感觉。

　　符清浩很客气地和海平招呼，小梁，你大概是第一次到我这里来坐吧？既然来坐坐，就别再弄什么东西了。他叫夫人给海平沏上了一杯茶，随口谈了一些单位的政治宣传工作，然后就大骂世风日下，大骂行政方面不要党的领导，独断专行。局长把财权、人权都拿走了。他自顾着说话，也不问海平的来意，弄得海平听了半天，还找不到机会插嘴提出给他升个副科长的事。接下来，是单位里又有人登门拜访。这种事，他当着符书记面都不好意思说，何况又来了个第三者。这来人又是大屁股，也不知道这家伙要坐多久。海平只好硬着头皮、简单地说了一下，符书记，单位里最近要分房，我想请符书记关照一下。符清浩说，这种事单位是有政策的，如果不按政策办的话，职工会有意见。海平就是再笨，也听得出来他是在打官腔。

　　自从去了符家之后，海平就知道符书记这条路子是走不通了。于是，决定采取迂回的策略，他找了个机会，跟党委雷凡益副书记把事说了。

　　雷凡益比海平大十岁，老三届高中毕业生，原是工农兵学员，学工程机械的，后来又到中央党校历练过两年，转行搞党务。他们关系一直不错，比较说得来。两人平时在一起常常切磋探讨一些诸如改革进程、股份制、市场经济计划经济孰优孰劣一类问题。海平佩服他的理论洞察力，他则十分赏识海平的多才艺，书法、摄影、文章报道，样样都能拿得起放得下。

　　海平委婉地说，雷副书记，我在这行也干了近十年，我的工作能力、理论水平你也知道。像我这种的情况，就像《南征北战》电影里那个老大娘见到营长时说的那句台词，又进步了！你说，我是不是也该进步一下了？

　　雷凡益当然听出了弦外之音，推心置腹地说，海平，其实我早就想用你。跟你说白了吧，现在，要干好政工工作，就凭那些人的素质，也就瞎胡混吧！不用些有才干的人还真的不行。不过，有很多事不是我能做主的，心有余而力不足啊。符书记这个人你也知道，老家伙很独断，对我也有点感冒。我已经考虑过了，明年你们的吉科长到年限退休，我再设法跟姓符的推荐你。

海平只好实话实说，其实，按我这人个性，是懒得管人的，也不是很想去当科长，单位最近不是分房子嘛，我是想，有个带长的职务，分房时能够多打一点职务分。我去查过了，我的总分现在刚好接近单位里分大套间的分数。

雷凡益笑道，所以你就想在这上面用了一点心计？海平，你给我的印象好像不是这种人啊。海平让他这么一说，显得有些尴尬，说，古人云，天不变，道亦不变。可是，现在天都变了，那么道也该变变了。唉，一言难尽。我也有我的苦衷。雷书记，你看，我提的这个要求，是不是太过分？雷凡益说，没有什么过分不过分的。我们一起工作那么多年，你从来都是任劳任怨，也没提过什么个人要求。你说的这件事，主要是现在不方便提。即使提出来，也难办到。一是老吉还在；二是你们的科又小，也不好再搞个副科长。况且我又不是一把手，就是想搞，也是心有余力不足。海平说，那么，你看有没有变通的办法？比如，可以先发个文，说明我这个类型的党委宣传科的主办干事，待遇应该相当于副科长。这种事已经有先例，行政方面很多人都是这么干的。雷凡益显得有点为难，叹了口气说，这房我早就提过不要这么盖、这么分，既然你要搞住房商品化，你就要按市场法则去搞，第一次买房，你把价格搞得那么便宜，分到的和分不到的，搞出那么巨大的利益差，资金全被前面的人占了，将来没钱盖房，下一批人怎么办？

雷凡益发了一通牢骚之后才说，总之，你提的事我可以跟符书记反映一下。不过你也不要寄过多的希望。符对你的看法不怎么好。说你骄傲、清高，不爱接近领导。海平听他这么说，知道符书记是忌恨他跟雷凡益走得太近，也体谅雷凡益的难处，就没有再说什么。不过，心里也知道没什么希望了。

9

分房总分公布时,海平离分大套间的最低分数线两百一十分还差不到十分。在这个分数线以下,一百五十分数线以上的人,都可以分到小套间。小套最低分数线以上的住房申请户的名单,单位又另行公布了一次。

这一批三十六间大套,除了分给经理和科级干部之外,还剩余十多套。海平听说有些人的分数不上线,居然也能分上大套的情况。于是,海平就去找杨维文问问情况。杨维文解释说,这些人是用机动房指标。海平问他,什么人才有资格动用机动房指标呢?杨维文说,这也没有个确切的标准,主要是单位的头头认为你对单位贡献大或者是有别的什么特殊原因。海平说,那些头头的司机,说是为了要休息好,开好车,所以要分配大套的房子。那么,像我这样经常给党委写材料的情况,需要个大一点的住房,就不能成为特殊照顾的理由?杨维文说,我就不觉得这算什么特殊的理由。跟着又说了一些冠冕堂皇的话。海平一听这些套话,就知道这事没法办了。陈敏曾经跟海平商议过,送点钱贿赂杨维文。但商量来商量去,结果是:对海平这种对象,杨维文不会收、不便收、不敢收。

为分房子的事,他们也算是费尽心机且折腾了好些时日。最终又没有什么结果。这事让海平觉得心灰意懒。现在一切都成定局了,再没什么办法可想。但这样一来,他的心也就安宁了。总之,事情是明摆着的,不是他不听陈敏的,不是他不想办法。非予不为,乃不可为之也。事情到了这一步,陈敏也不好再说他什么,死心塌地准备搬家。

房改办天天有人去闹,一些人是为所分楼层以及朝向的事。单位就是这风气,分配方案尚在内部酝酿,没公布,就已经有人给透露出去了。分配楼层、朝向的事,都是由杨维文个人说了算数。这权力就十分大,一些人找头头写条子,一些人靠行贿让杨文给分好朝向、好楼层。单位有人私下疯传,杨维文这下子可发财了。

而更多的人上门吵,是为了分房分得不公平的事。

不少人吵吵着质问,那个叫沈玉芳的女人,怎么她一调进来不到半年,也给分房子了?还有,某某人多少分,不够线,怎么也分到?某某人,已经有了一套房,怎么这回又要分了……

关于这个沈玉芳,单位里也有很多人在议论。有知道内情的人说,这个沈玉芳可是特殊人物,没人可以比的,人家的屁股值钱。据说,这女人是市里主管单位某头头的情人。人家一句话,对单位生存、发展举足轻重。单位的头头哪敢得罪人家。所以说,任何事情的公平,总是相对的。

分到新房的人员名单确定之后,房改办接着分配即将要腾出来的旧房。让人始料不及的是,分旧房比分新房闹得更厉害。旧房的分法杨维文不知道为什么既没按老一套办法分,也没按新的一套办法分。而旧房的分配对象大多是年轻的职工。杨维文应付得头昏脑胀,经常溜出办公室而去宾馆开房躲着。

来闹的人找不到杨维文,就到党委这边告状。基层工人甚至还有人过来找海平,问能不能写报道在报纸上捅一捅,揭露单位分房分得不公平的事情?海平说,这种事怎么可能,报纸一般不会参与这事。要告就到市里的纪委去告。对这类事,党委这面的人一般也只是敷衍一下。因为历来分房告状的事屡见不鲜,并且告的也不一定有理。就算真是有理,你也理不清。真要理了,又会跟行政方面发生矛盾。不过这一回乱子却是越来越大,甚至出了把一套房分给两户人家,酿成打架的事。旧房子还没分完,就有人联名上告杨维文,甚至还有人公开了自己送钱给杨维文，他收了好处答应分房，却又没给分的事。

按单位以往的情况，每次分房都风传有行贿的事，但是因为落榜，没分上，而公开去证明自己送了钱物给某某人的事，以前绝对没有。照单位里一般人的心理，大可不必为一次没分到房就把脸皮撕破、把关系弄僵，因为来日方长，毕竟一次不行还有下一次。而这一回，众人似乎都急眼了，都清楚地知道所谓最后一班车的含义：没有下一次了！党委这面的人听了这些事，都在摇头，说，这个杨维文也真昏了头，胆子长毛了，没给人家分房，也敢收人家贿赂的钱。

一直闹到单位的纪委才出来过问这事。

纪委在查实一些线索之后，马上发文让杨维文停职反省。海平在路上碰到杨维文时，杨维文倒也像从云端里回到地上一样，见到海平也认识了，还主动跟他打打招呼。不过，他并不像那些被查处的人一样看起来灰溜溜的样子，他甚至有点优哉游哉，好像一点也不在乎。海平本想尽量不去触动别人的伤疤，只是看到他那样子就觉得心里不平衡，就故意问，听说人家告你，事情怎么样了？杨维文恨恨地说，他们告我有什么证据？你说我勒索钱，你给了我多少？谁给你证明？你不过是自说自话罢了，到头来还不是落实不了。就算纪检委天天查我，能干我什么鸟事？

海平曾经听说过他前一阵子在外面花钱像流水一样，一赌就是上万块钱的事；心想，光凭直觉，就可以猜到人家揭发的事，八成不会是子虚乌有。不过杨维文也滑头，他知道只要死不认账，纪委也很难拿到证据，定不了案，可能拖到最后，还是不了了之。海平想，现在不管是让他停职反省，还是干什么，反正他也弄到一套像样的房子了。这世道还真不知道该怎么说才好，世风日下、人心不古，人一个个都没有是非感了。明摆着贪污受贿的人，居然还能理直气壮。单位里的人，一个个只要占了有油水的位子，你想让他不肥都难。

10

到了年底，新房的钥匙已经分到了每个住户的手中。

在拿钥匙前，公布楼层房号分配方案时，海平他们原先分到的是八楼。新楼没有电梯，两人都嫌所分的楼层太高，上下很不方便，特别是老人。这回是陈敏自告奋勇，说，这事由她去活动，也不想再劳海平的大驾。

活动这种非硬定的事情，陈敏很有一套。她去找了周先模的老婆。那女人是在外单位工作，却因住在港口的宿舍区内，常在陈敏她们卫生所打吊针。以陈敏为人处世细心，对这类贵夫人的服务又特别周到、细致。周先模老婆因此对她印象也很好。陈敏一提出调换楼层的事，那女人就夸口说，不就是这点屁大的事吗？然后，大包大揽的，一口应承下来。她还夸下海口，要不是今年搞打分分房的话，她保证可以给陈敏夫妇搞到一个大套。闹得陈敏都有点糊涂了，不知道当副局长管分房子的是她，还是她老公。不过，只隔了一天，他们名字就真的调到了小套的四楼。

就像那些上 MBA 课程的人一样，陈敏免不了又要用这个案例教育海平。还说了周先模老婆的一通好话。海平表面上还有点不以为然，心里却只有惊叹枕边风厉害的份了。

准备搬家的那几天，家里似乎只有女儿丹红高兴。小人儿一见到邻居，就甜甜地说，阿姨叔叔，我们家要搬到新楼了。然后，就带着她的几个小伙伴，一趟一趟往新楼跑，还主动帮助陈敏干活。

乔迁新居,对许多中国人来说,都是一件大事情。因为搬家,单位里分到新房的人也就十天半个月的不上班或只是来点个卯,然后在家里整理家具、清理新房,有点经济能力的职工,也会重新搞居室装修。老葛为此专门过来,热心地询问陈敏,你们的小套间要不要也重新装修一下? 陈敏对差几分没分到大套间这件事一直耿耿于怀,就说,如果能搞就随便搞一下吧!老葛于是就张罗着找人给房子的顶边贴上石膏线,把电线埋进墙内,墙面还给刷了内墙涂料。因小套间住宅的结构是每梯口、每层三套住房,品字形排列,采光不行,老葛又让工人在小客厅门边加装了个式样很别致的合金铝小窗。小客厅的地板上,又给铺上了反光好的淡黄色瓷砖,厨房的灶台也打了瓷砖。

这些零星的装修活,如果是要请人专门去弄,少说也要花五六千块钱,更不用说你还要花很多时间去跑市场、选材料、买材料。老葛就是有这点小权力,可以使唤小工头,让他派几个工人,还可以动用单位的一些建筑材料。一切弄好以后,老葛让小工头象征性地收了他们几百块钱。

这个小套间让老葛这么一整治,几乎是面貌一新。特别是客厅的地板,原来是灰黑的水泥地板,现在铺上了瓷砖,也确实整洁、敞亮、舒适了许多。陈敏心情因此好了许多。

搬家之后,林一江也专程过来庆贺了一回。

那天,林一江到海平家,看了他们的小套间之后,说,海平,你是搞书法的,自己家里怎么就没挂些书法作品呢?你这套房子小,我看你就写一幅《陋室铭》挂着,不是也很雅致?然后,摇头晃脑地吟着:山不在高,有仙则名,水不在深,有龙则灵,斯是陋室……海平打断他说,你没看到我们这客厅太小,就十个平方米。挂了也不好看,再说陈敏她也不喜欢字画。林一江说，在这一点上，陈敏就没什么眼光了。其实你的字，还是很有商业价值的。你赠送我的那一幅中堂书法，让我们局长大人看到了，也说喜欢，也想要。这样吧，你再照着原样给写一幅，也照原样给装裱好。送过来！

他问清了他们定做放置在客厅的角柜价钱是八百五十块，买新的双人床花了一千块，然后掏出皮夹子，从一叠大钞中点出2000块钱，交给陈敏，说，这角柜和床，就算是我送给你们的乔迁贺礼。剩下的钱算是我付给你的装裱费。陈敏惊讶地说，你开金矿了？一点点事就给这么厚的礼，存心是想叫我们欠你这份人情不是？林一江笑嘻嘻地说，怎么好说"欠"这种话？不怕你笑话，当年在学校时，虽然你比我们要低两届，不过，那时你绝对是我们这届很多男同学的梦中情人。当然了，也包括本人。谁不想找个机会为你效劳？说真的，如果当年要不是海平先追你，你又和海平对上眼，那鄙人也是要拜倒在你的石榴裙下，向你求婚的。

陈敏听了就笑，说，你们可以公平竞争嘛！

林一江故作正色道，你也知道，海平老爸是我的恩师，我和海平两个人又是死党，好得就跟亲兄弟一样。如果让我们为红颜一怒，以命相搏相争，那还不是等于说让我们决斗，一分雌雄。一决斗，那还不是要让其中的一个去死。要是出现这种情况，你说，是该我去死，还是海平去死？陈敏就笑着说，我管你们谁死！反正谁活着，我就嫁给谁！林一江说，啧啧，你看看，你看看，所以古人要说了，最毒莫过妇人心！你就这么残忍？陈敏说，女人嘛，在丛林法则的时代，就只能是这样了！林一江又说，我说陈敏啊，你这么强势，平时有没有欺负我们海平啊？人善被人欺，马善被人骑。你可不要因为妇女翻身解放了，就老要骑在我们海平身上，把海平当马，那可是不行滴。陈敏听后嗔骂道，欧阳才骑在你身上呢！好你个林一江，花心萝卜油嘴滑舌的老是胡说八道，小心哪天我碰上欧阳惠珍，把你的老底给揭了。

陈敏说这话是有出处的。

去年，林一江有过性病的征兆，他曾经让海平带他求助过陈敏。陈敏悄悄地帮他打过两针淋必清，然后一切OK。陈敏是个懂医道的人，当然知道这淋必清背后的含义。海平让陈敏这么一说，急了，这事你可不要乱说，小心坏了他的前程。

林一江笑嘻嘻地说，你夫人在开玩笑呢，你急什么急？说着，就把海平扯到一边：我还有一件特别的礼要送给你。说着从口袋里掏出一个小纸盒，海平拿在手里看了，见纸盒上的商标是"猛男神油"，就笑骂道，你小子报复！一捏，却只是只空纸盒子。林一江一旁乐了，说，逗你玩的。谁不知道你是个正人君子。要不然，像你这种的不会赚钱的呆鸟，陈敏怎么会死心塌地地跟着你，没把你一脚给踹了！

搬完家再上班，单位里就传开了杨维文已经被市检察院起诉的消息。听说是单位的纪委把杨维文的材料上报了，并说材料已经落实了个七七八八。单位的人在议论这事时，就显出十分解恨和十分遗憾的样子。解恨当然是因为揪出了个杨维文，遗憾的是杨维文只不过是一条小鱼，还有大鱼没有落网。

闲时，海平还像从前一样，偶尔也去雷凡益的办公室找雷凡益聊聊天。两人一说到杨维文的事，雷凡益就显出万分感慨的样子，现在的人眼里只有钱，你都不知道要相信谁了？按说，小杨也是从我们政工队伍出去的人，政治素质并不低，可一出去怎么就会变成了这个样子。唉，拜金主义，看来只能说这是一种综合社会因素起作用。

　　海平想起林一江说的那套理论，似乎也有道理，说，我看主要是社会转型时期，每个人都惶惶地担心以后的出路，都想抓一点东西在手里，将来有依靠。像你大小是个官，至少混到了一套像样的房子。像我这样工作了十几年，还是个干事。雷凡益说，你上次提的事我也跟姓符的说过了。他呢，也不说行，也不说不行。没有他发话，组织科也不会给办。要不是老吉还没退休，占着位子，我当时就跟符清浩提出让你当科长了。唉，这事反正也过了，不说了。以后，就算是符不赏识你，他也干不了多久了。已经有内部消息：上面有意要让他退下来。不过这件事你先别传出去，自己心里有底就可以了。海平啊，我看你再耐心等一等吧！水到渠成、顺其自然。这种事，你就是急，也急不来的。海平听后淡淡地说，说真的，我现在也不想当什么科长，房子反正已经分过了，以后再也没有这个机会。我想，符退下来以后，如果不是你接着当书记，要是有去基层公司的机会，你就给我推荐一下。雷凡益说，那就到时候看具体情况再说吧。

　　因为分配腾出来的旧房子的事，单位的矛盾闹到了白热化的地步，不断有逸闻轶事传出来。说某某人为了帮儿子要到一间旧房子结婚，头上包了吊孝的白帕，上单位的头头家去静坐。又说某某买了一只大冬瓜，某某带了一包冥币，故意一路招摇地送到某头头家去戏求。房改办新上任的刘俊波主任被搞得焦头烂额，希望单位领导能想办法早点化解矛盾。

　　单位的头头脑脑开会研究之后，宣布新年后就开始搞集资建房，计划每套一百一十平方米，就按成本价卖给职工，初步的预算是，每套的造价是八万五。先期要交四万元。按规定，凡是在单位里没住房的职工，都可以参加集资。有住房的职工如果想要参加的话，等新房建成后就退出原有住房。一传出消息，单位里就有近百户人家报名。海平跟陈敏谈到这件事时感慨万千，想不到单位里有钱的人还真不少。陈敏说，你以为人家都像你一样，就靠着那一点死工资过日子？告诉你吧，光靠那点死工资，拿出一万块钱，你都得要勒紧裤腰带。单位很多人都有自己的生意。那些本地职工的家里都有房子出租。人家参加集资盖房，也多数是要拿来出租的。海平说，总的来看，我们单位里还是领死工资的人多。这社会还是贫富悬殊啊！

12

搬上新楼以后，陈敏妈妈也从郊区的家里搬过来随女儿女婿住了。

海平和陈敏去另买了一张单人床，布置了一间房子，让陈敏母亲和女儿一块儿住，另一间，就做了他们夫妇的卧室。两口子终于可以独居一室，夫妻间再有什么事时，就方便多了。海平就总是在说，其实现在这居住条件就已经很好了。和住十五平方米单间的时候比，真是不可同日而语。陈敏就顶他，说，你这是笨人的哲学！比起旧社会，还天上地下呢！你去看看那些分到三室两厅的人，去看看人家的家是怎么样的气派，你再说话吧。海平说，你怎么不叫我去看总统套间，去看那些暴发户的小洋楼？其实，我们已经是比上不足、比下有余了。你要老是这样跟高的、好的人家攀比，心理怎么会平衡？单位里还有很多人没分到房子，而且是连希望都没有，那人家都不活了？古人云，知足者常乐。陈敏听着听着，就无可奈何地叹气道，真是命啊！嫁了像你这种没本事的男人，就只会说这种没本事的话了。

这一阵子，因为陈敏妈妈过来住，老人包揽了几乎所有的家务。买菜、做饭、打扫卫生、带孩子等一应杂琐事，老人都主动做了。海平夫妇下了班，消消停停就有现成饭可吃。吃完晚饭，他们还可以带孩子出去散散步。这样一来，两人就觉得日子过得格外地轻松。日子一轻松，夫妻俩的心情就好，加上居住条件的极大改善，晚上伐凿的事也就多了一点。要来事时，就把房门关了，自成一统，再也无须担心让小人儿撞着或者要等小人儿睡了才做功课。陈敏又从卫生所里开了两盒男宝，让海平试着服用。头一次服药，海平就愣愣地问陈敏，你觉得我的能力还不行吗？还要增加战斗力啊？陈敏听着，就显得有些羞涩，笑说，这种事，你别只顾着你自己。这时的陈敏让海平觉得，她特别有女人味。他也特别愿意跟她温存。

没想到到了春节前陈敏妈妈却出了事。

老人在洗澡时一不留神、脚滑到了便池排口里，把脚腕子拗伤了。好在陈敏是干医护这行的，懂几个很灵验的偏方。她自己去采了一些接骨草，舂碎之后加盐加米酒炒热了帮她妈敷，不用上医院。只是她妈的腿脚一时还好不利索，偏偏又赶上女儿丹红那一阵患流行感冒，一老一幼，两人都躺在床上需要人照顾，这就给海平夫妇添了很多麻烦。

到了年底，海平要赶着写党委的总结材料、办科里的板报，还要跟着给下基层慰问的头头照相。科里的同事王吉人请探亲假了，科长没一样能干，是个只会派活的角色。一应事务，把海平忙得一塌糊涂。家里的事，当然都推给陈敏。生活秩序开始大乱。

家里一忙乱，陈敏就烦得数落海平：单位里分房子都没分给你一套像样的，你这么卖命干什么？你老是在报纸上给头头乱吹，你知不知道别人怎么看你？有空你就是不管家，你也可以上街写写春联卖，赚几个钱花嘛！林一江都说了，你那字是有商业价值的。海平说，我又不是小摊小贩,怎么好去当街卖字吗?陈敏说,就是你臭要面子。人家子弟学校的刘老师都能干。听说去年春节,人家都赚了好几千块钱。我看你要清高到哪里去?海平解释说,人家是学校放假了,不用上课。我是要上班的,身不由己。我领着单位的工资,总不能不上班吧!陈敏说,你啊,真是个扶不起的阿斗!海平悄悄告诉她,符书记眼看着就要退了,雷凡益可能要顶替他的位子。雷凡益说过了,他上台的话要提他当科长。陈敏说,你运气也够臭,雷凡益就是现在提上来,也晚了,房子已经分过了。而且就算符书记退了,也不一定就是雷凡益上,说不定另外调来一个张书记、李书记呢。

临近春节,两人花了一整天搞卫生、整理房子和买年货。海平从单位里拿了笔墨纸张,动手给家里写了一副对联:

辞旧岁举国同庆
乔新居合家欢喜

当对联写好,海平准备贴在门口时,陈敏就板着脸说,不要写这个!看着都窝心。你就不会写一些发财平安的吉利话。海平不想跟她顶撞,就照她的意思又写了一副对子:

一帆风顺财源广
万事如意家业兴

他一边写一边说,这个对联好像俗了一点。真发财的人,不一定靠贴这个,也不是靠这些陈词滥调。陈敏说,就是这个联好,谁家贴春联不是图个吉利？然后自己动手贴了。

就在海平写对联时，住在六楼的一个汕头人的老婆买菜回来经过他家门口，这女人感兴趣地站在门口探头探脑看着海平写的对子。单位分房时，陈敏找关系换楼层，对调的就是已经分到他们名下的套间。因着这干系，弄得那汕头人一和梁海平夫妇照面，就总是黑着脸。这件事的缘由，海平也是后来才知道的。他想想，也觉得有点对不住人家。此时，海平动了恻隐之心，想跟她家修好，就主动把先头写好的对子送给她。那汕头人的老婆给了海平一个灿烂的笑，然后高高兴兴地接了对联上楼了。这幢楼上下的几家邻居，看了海平写对联，都说海平的字写得很漂亮，也送过红纸来，让他代写春联。海平一一给写了。完后，邻居们就送过来一些小礼物。大多是些吃食之类的东西。也有人送些钱，但海平却执意不肯收。陈敏一边直蹙眉，不冷不热地说了一句，啧啧，一个家里出了一个雷锋，一幢都受益啊！海平说，你不阴不阳的，什么意思吗？陈敏说，表扬你呗！

13

春节期间，两人除带岳母和女儿去了一趟天涯海角之外，其余时间都闲待在家里。有几天，陈敏都闷着不怎么说话。海平就逗她，再这么下去你会老得很快的。陈敏说，你少跟我说这些废话。告诉你吧，只要住一天这种小套间，我就一天也高兴不起来。你看那厕所跟洗澡房混在一块，又砌了个蓄水池，剩下屁大一点的地方。难怪我妈要拗到脚。这次是我妈倒霉，下次还不知道会轮到谁呢。

海平说，房子面积只有五十多平方米，空间小，也只能这么设计了，有什么办法？陈敏说，怎么没办法？你没办法我有办法。海平说，你有什么办法？陈敏说，我们离婚吧！

海平吓了一跳，说，你发什么神经啊？离婚？陈敏说，离婚就是离婚，别是你神经了，连离婚你都不懂？我们搞一次假离婚，然后再申请买一套集资房。海平才知道，这就是这个小妇人要使的心计。

陈敏跟他细细地算了一笔账：现在他们已经有了这一套五十多平方米的套间，只花了一万多元。如果离了婚，用你一个人的名义，再花八万块钱买一套成本价的集资房，将来无论是自己住还是出租都行。现在，社会上像那样的商品房都要花十几、二十万元，差价有四五万块。就是出租，一个月，租金也要一千五百块左右，只要几年的时间，我们就能把八万块钱的本钱收回来。到那时候，我们一家人就可以搬到大套间里去住，再出租现在这个小套间。你说，我这个计划可不可行？

海平说，我们现在的存折上就只有几千块了。那一万块买股票的钱，还不一定拿得回来。你上哪里再去弄八万块钱？陈敏说，可以跟我小舅借四万元，另外，我家、你家各出一点，剩下的我们自己再想办法筹集。另外，你平时也要多跑跑，找门路、想办法多挣一点钱，别都靠我一个女人。

在这个家里，陈敏靠着职业上方便，有时帮人家联系捣弄一点药品，有时是上门帮人家打个吊针，看护个病人什么的，每个月都能增加不少收入。海平呢，至多也只能每月给家里拿回几十、上百块钱的稿费。在对家的贡献这一点上，与陈敏相比，总会让他自愧弗如。

海平在听陈敏说了她的计划之后，显得十分惊讶。陈敏这个职业护士，居然会有这份心计。心想：如果真有机会让她在政界或者商界发展，她肯定是个了不得的女强人；又觉得要按陈敏说的去做，有点阴谋的成分，肯定不是正人君子所为。不过，夫妻俩商量的结果，似乎也只能用这个办法可以得到一个大套间。不然，这一辈子就只好住在这五十多平方米的小套间了。谁让单位住房政策是这样的政策！

海平又想到一些别的事，说，如果离婚你叫我吃饭怎么办？另外，这件事时间要拖多久？陈敏似乎都已经想好了对策，说，吃饭你不会到单位的食堂去吃啊。至于离婚的时间嘛，也就离一年半左右，等集资房一买到手了，就复婚，或者复婚时不办手续，你搬回来住不就行了。海平说，那离了婚我们算什么关系，算夫妻算情人？过性生活怎么办？陈敏说，嗨，那种事过不过也就算了。海平说，那可不行。我撑不住的。陈敏沉吟后说，那你就一个月来看一次丹红。

夫妻俩又商量了一回演假离婚这出戏的一些细节，比如总要有些铺垫，总要大吵大闹一回让邻居知道，要不然突然间说离婚就离婚，好端端的没有先兆，总会让人怀疑，让人说三道四。还有，就是这离婚手续一定要在单位集资前办好。集资嘛，就用海平的名义。这么决定了以后，海平就去了解办协议离婚的必要手续和程序，又回他妈那边，商量着找个住的地方。

到了三月份，单位开始催促集资户交集资款的时候，陈敏就先开始为钱的事发愁了。她那个喜欢充大款的小舅在跟人家赌博时，一次竟输了二三十万元，金链、大哥大、二手车全部都当了。他最大的一份产业，是跟别人合作，借了一部分高利贷、建成的一幢五层十五套的商品房。但那幢楼眼下按预定价格根本就卖不掉。而要照这样子再拖下去，光借贷的利息，就会把他的本钱吞掉。她小舅既然已经是这种不景气的情况，不倒过来找陈敏和陈敏妈借钱，就已经是阿弥陀佛了，你还能指望找他借钱？岳母每次只要一跟陈敏提起这件事，就会气得捶胸顿足。

海平知道了陈敏她小舅施文出事后，就觉得很解气，心想，暴发户嘛，钱来得容易去得也容易。得了，还指望他的钢琴！不过，表面上他也不好表现出幸灾乐祸的样子，毕竟是亲戚。于是，在提起这事时，他也装着做出一副痛惜的样子。

接着，两人又看了报上登的一个国务院房改办发的一个通知：成本价或商品价买房才能得到全产权。又风传市里将推行住房公积金制度，市里税务部门也开始在征个人房产出租税，而且开征额大约百分之二十。夫妻俩再算了一笔账：按目前这情况，经济低潮期，岛外来做生意的人大都跑了，市内空置的商品房到处都是，房子难出租且租金收入低。花个八万块钱买下一套集资房出租，就算每月收个千把块租金，也很难按计划在三五年内把资金收回，而且利息和税收还没算进去。海平安慰说，房改这种事关系成千上亿人的利益，我看国家总会出台比较公平合理的政策。陈敏说，政策是死的，人是活的。单位里的人还不是会另搞一套。

陈敏说是这么说，但对于要办假离婚，搞一套集资房的事也就没有那么积极了。钱借得到借不到暂且不说，她知道，这事如果真的操作起来，也十分麻烦，就只好听天由命了。

以后，海平和陈敏一直没有再提假离婚的事情，并且一直在小心翼翼地避开这些让人不愉快的、关于房子的话题。

居闲文化的始创者

周六这天早上，七点钟还不到，我就被扔在老婆梳妆台上的手机振铃声给吵醒了。平时我都是睡到自然醒。现在这么一大早被打扰了清梦，心里自然很不爽。我拿起手机，有点不高兴地问，喂，找谁呀？对方马上用稍带歉意的声音自报家门，说，是我啊，向农小弟！怎么，你听不出来了？哦，居然是申向农！我说，小弟，你怎么这么早就把打电话过来了？向农在那头说，光哥啊，上次我们不是已经说好了，想要请你帮个忙吗！您大概是贵人多健忘吧？我笑道，你才是贵人！你是大老板嘛！直到这时，我才恍然想起上次跟这家伙在聚仙阁茶坊喝茶的时候，曾经答应过，要帮助他策划一个"某某文化大纲"的事情。

说起这个所谓的"文化大纲"，我要先说一下申向农这个人。

20世纪80年代中期之前，向农家和我们家是邻居，两家父辈之间也有一些交情。后来是旧城区改造，有一条新规划的马路从我们那片民宅经过。我们的住宅被拆迁之后，两家人就分开了。申向农长着一米八的个头，略胖，看着虽然占地方，但他性情温和，人显得安静，是那种不十分惹人注目的一类。搬迁以后，我们两家之间就很少来往。最初，我知道他们家族开了一家印刷厂，由向北管理。后来向北出了国。向北走时跟我说是要去新加坡发展。我和向北是儿时的玩伴,当年大人们说我们是死党。所谓死党,就是可以在一起做偷鸡摸狗一类坏事的伙伴。而我和向农则是属于那种见了面只是点点头,他叫我"光哥",我叫他"小弟"一类的熟人。说不上有什么深交。

一个月前的一天中午,我正和几个文友在市内一家叫"一品鲜"的海鲜火锅店聚餐,等到要结账时,服务员小姐才过来告诉我们,已经有人替我们埋过单了。一班文友得了便宜,在欣喜之余,还忘不了调侃一番。说,怎么,雷锋同志他又回来了?我们这些酸文人,何德何能啊,吃个饭居然也有人替我们埋单!说,是谁的面子这么大啊?说,能让我们一瞻雷锋叔叔的风采吗?

我环顾左右,一心想要找出这个学雷锋的人。这时,就见到了坐在离我们的餐桌不远处的申向农。他冲着我点头微笑。我猜,他就是给我们买单的人了。于是,我起身走过去跟他握手,问他,小弟,你给我们埋的单?这个申向农淡淡一笑,说,小事一桩。我说,不过是一班文人聚会,何必让你破费?他说,这事我们就不说了吧!你看,等一会儿能不能约你,我们能不能找个地方单独地好好聊一聊?

自从搬迁分开到现在,已经将近过去了二十年,这期间我们之间很少有过来往。记得最近的一次也是好几年前,是他哥哥申向北从国外回来,特地宴请我们一家。那次他也在。之后,和他也没有什么联系。我也搞不清楚他怎么会突然对我有兴趣。几百块的饭钱,随随便便就替我们给付了。他给我的直觉是:向农这家伙现在挺阔绰。我想,他可能是有什么事情需要我帮忙。只是,我一时也想不出来,以我这样一介穷酸文人身份,能帮得上他什么忙呢?

因为欠着他埋单的这一份人情,一班文人聚餐散后,我就上了他开来的一辆银灰色的别克车，随他去了城市边上的一家叫"聚仙阁"的茶坊喝了一回茶。

这聚仙阁茶坊，大概要算是我平生所到过的最精致的一家茶坊了。一水的仿古红木家具，屏风、漏窗、灯笼，后堂中央摆了一具古筝，一个穿着红色绣花唐装的女乐师端坐在那具古筝前，悠然自得地弹奏着古乐。整个茶坊呈出一派古色古香的格调。再看看周边茶饮座位的饮者，其茶几上摆放的器具都十分得精美。那茶壶、茶杯用的是紫砂陶器，盛茶叶的茶筒，则是一只只雕刻得十分精致的竹筒。

待我们坐定点茶之后，过来了一个穿着红色旗袍的主泡服务员小姐，她告诉我们，点泡的这种茶冲泡过程一共有十三道程序。先请我们从观赏茶具开始。她摆开一套茶具，有两只小陶杯、一只小陶壶、一只分茶壶、一只茶叶筒、一只取茶叶乌木勺，另有一具特制的托盘，说，这道程序叫"徐策巡城"；然后打开竹制茶叶筒，赏茶叶，观赏茶具；接着是引茶入茶，从盛茶的竹筒中取出茶叶时说，这叫"韩信点兵"。开始冲茶时，每一个步骤有名称和解说，什么"乌龙入宫""春风拂面""凤凰三点头""玉液回壶"，我们观赏着她把十三道程序一道一道走完。这时，我端着手中的小茶盅，仔细观赏着小盅子里的茶汤。一般高端的茶品，都是采用茶的嫩心尖叶。这茶叶经不住太热的水。只用80度左右的水冲泡，茶汤呈现出微绿的颜色。入口的味道会嫌有些清淡。而对于我们这种喝惯了粗茶的人，会感觉这种茶汤没有多少茶味。

我也是头一回进这种高档次的茶坊，品这么讲究的茶艺。之前，我在电视节目上见过。我看完了茶艺小姐的一整套表演，我摇着头笑道，这茶，喝得也够复杂的！申向农说，不就是人们所谓的茶文化吗？你是文化人，想必应该对茶文化应该有所了解吧！

说到茶文化，我曾经因为写过一篇有关于喝茶的散文，其间恶补过一番茶文化的知识。我于是尽我的所知，侃侃而谈。我说，茶文化所涵盖的文化内容，可不仅仅是沏茶、品茶这么简单。说到茶文化这个概念，它的内容可要广泛得多了，如茶叶的种植、种类、传播、制作工艺及与茶有关的典故等。总之，应该是一切与茶有关的事物。

申向农说，你说的这些嘛，只是泛泛而论！茶文化历史悠久，内涵当然博大精深，这点我懂！但这个话题我们先不说。我呢，请你来，就是想和你探讨一些相对简单的、新创的文化。我们换句话说吧，就是那些历史并不悠久的文化，如椰文化、贝文化、沙滩文化、文化衫文化、企业文化等。这些应该都算是近年来新创建出来的文化品种吧。相对那些传统的文化，它们恐怕就没有那么多的内容了。我说，现在确实是有很多所谓的新文化冒了出来！但它们几乎都有一个共同点，那就是缺乏历史的积淀。

申向农盯住我说，凡事总有个开头！我的意思是：我们有没有可能创造出一种相对简单一点，但其今后会有强大的发展后势的文化类别？我说，这个我可说不好，而且也没想过！向农说，我倒是想过了。这世界我算是看明白了，你只要敢把简单的事情搞复杂了，甚至是程式化了，那就形成了一种独特的文化。比如饮茶文化、酒文化、性文化、椰文化等，无不如此！我也笑着调侃道，对！对！把简单的事情搞复杂，那就成了文化；把复杂的事情变简单，那就是科学。比如，上帝在造人时，就给人类的两性设计了用于"活塞运动"的器官。这本来是个很简单、很机械的动作，人类在加以复杂化之后，这就成了所谓的"性文化"。再比如，现今的各种电器，用法是越来越简单了。向农听后，也乐得哈哈大笑，说，关于人类的生殖，可是个严肃的事情。不过，你还没回答我刚才提出的问题！我说，创造一种相对简单的文化，这当然有可能。你比如说在饮食文化中，你尽可以发明个什么什么菜系，自成一统。向农说，但你还是套在食文化这个大体系中，最多只能成为它的一个子系。我说，那你也可以搞一个相对独立一点的文化系类。比如椰文化、贝文化、水簇文化什么的。

申向农说，听你老兄这么一说，我就有信心了。我经常在报纸、网络、杂志上看到光哥的大作，也认真拜读过。我笑着问他，小弟你大概不会是约我来谈文学吧？申向农说，我俗人一个，能懂什么文学！我说，那你是要和我讨论茶文化？他没有正面回答我，却有点儿顾左右而言他的样子，便说，你觉得创造一种文化难不难？我想了一会儿，说，这恐怕要具体看是什么样的文化类型了。文化这个概念是比较宽泛的。按《现代汉语辞典》上的定义是：人类在社会历史发展过程中所创造的物质财富和精神财富的总和，特指精神财富。再者，有些文化现象的形成，是绝非一朝一夕之功的。

申向农说，你比方说吧，这陆羽著《茶经》，成了茶文化的始创者，这杜康是酒文化的始创者。这茶文化、酒文化你说是怎么一回事？我说，这恐怕应该是指陆羽所著的《茶经》开创了茶文化发轫的源头。杜康或者是首先发现了酒可以饮以及酿酒的方法，或者是承前启后，开创了酒文化的源头吧！向农沉吟了一会儿，说，如果我也想搞，或者说是想创造一种文化，你以为如何？我说，小弟，你难道也要始创一种文化？不会是在逗我玩吧！我在说这话时，不觉中一哂。他却很认真地说，你还别笑，我是认真的！我沉思之后说，这也不是绝对不行。但这恐怕应该是那种既要有钱，又要有闲的人愿意做才行。申向农说，你还别说，正好这两样我都有。当然啦，我本人还缺少文化。所以呢，要请你老兄这支笔杆子加盟，帮我的忙。

我问他，你现在在干什么？他说，除了房地产、印刷厂，我还有一个庄园，专门搞农业开发，已经有十多年时间了。你如果有兴趣，可以找个时间到我的庄园去看一下。我想，你去走走应该会触发你的灵感。当然，具体说到要创始个什么文化，我们到时候再议。你看怎么样？

不管怎么说，这件事还是让我觉得有些滑稽。他的总体意图我已经明白。就是说，他要学当年陆羽、杜康，也去当一个什么文化的始祖！我当时就答应了协助他，并且给他留下了与我联系的手机号码。我说，你如果哪天要去庄园时再约我。我知道这家伙有钱，人又大方。我呢，闲时也确实想去他的庄园玩一下。我当时以为，申向农这个家伙要创始什么文化之类的话，不过是酒后说着玩玩的昏话，根本就没有去当真。时间一晃已经过去了一个月，要不是早上他来电话时提起来，我早就把这件事情给忘了。

申向农在手机里跟我说，前一阵子我太忙，没有时间跟你联系。昨天晚上我打过你的手机，但是一直没有人接。还给你发过一个信息！我说，我的手机昨天晚上刚好扔在家里充电。有什么事吗？他说，我今天正好有事要去我的庄园。今天你随我一起去庄园玩两天行不行？我当然乐得有这样山野闲游的机会。我说，可以啊，我求之不得！他说，那就麻烦你准备一下，我一个小时后过来接你。

既然申向农马上就要过来接我，我又打算去他的庄园玩上两天，于是，赶紧起床收拾一些简单的行李。还睡在床上的老婆显出一副很不高兴的样子，问我，什么鸟人吗，这么一大早就打电话过来捣乱？你要去哪里？我说，有个朋友要请我帮忙写点东西。完了又补充一句，人家会给钱的。我老婆就那德行，如果你说要替别人写一点东西，你要是不说明了有报酬,她就会认为你是在学雷锋,是在替人家白干,这就违反了她的处世原则的。于是,就会唠唠叨叨数落你,没完没了的。

过了一个小时,申向农再一次把电话打过来。他说,车子已经泊在你住的公寓楼下等着。我从窗户探头朝下望去,楼下果然停有一辆白色的丰田皮卡,车厢里装满了折叠的包装用的纸箱。

我下楼上车后,申向农开着车走了一段高速路,然后拐上普通公路,再然后拐上乡间土路。他边开车边放音乐。皮卡车在山野土路间行走,起起伏伏。路况时好时坏。出了城之后,一路上看着山光水色,人的精神也为之一振。我问他,你的庄园有多大?都种了些什么东西?他说,三言两语也说不清楚,到了你一看不就都知道了。

申向农的庄园离城市有三十多公里的路程。

当车驶上他的庄园附近一座水库的大坝上时,申向农把车停了下来。我们下车从此处环视他的庄园。这里是一片丘陵地带的尽头,再往前就是岛南一带叫黑岭谷的绵延的山脉。正好赶上了枯水期,水库的水存量只有库容的一大半。最高水淹线以上就是茂密的林木、灌木植被,最高水淹线和碧水之间是山岭裸露的土石,它就像一条黄色的宽腰带一样环绕着水库。申向农问我,你看这里环境还可以吧?看着四周一派山光水色,我说,岂止可以!这里的山水还真能让人怡情养性。这种地方,如果不是用来搞旅游开发,那真是太浪费资源了。向农说,看来,在这一点上,我们是英雄所见略同!

庄园的一座三层小楼房就坐落在一个小土丘之上。小楼四周用植物篱笆围了一个小院。申向农的皮卡车一靠近院子,就听到了一阵阵狗吠的声音。一小会儿,就出来了一个精干的小伙子。见到申向农就恭恭敬敬地招呼,哦,申老板你来了?随即把小院的木门打开,让申向农把车开进院子里。申向农从车上下来就问他,小郑,我们的那些荔枝怎么样了?应该成熟了吧?小伙子说,北坡那边已经有七八成熟了。申向农吩咐道,那么,你今天马上组织人员采收。包装箱我带过来了。另外,你顺便给我采一些果子送过来。我有客人。申向农边进屋,边给我解释说,我种的这批荔枝品种是妃子笑,是个早熟品种。现在是四月上旬,我这时赶在其他产地之前上市,价格肯定好得不得了。我问他,眼下荔枝能卖多少钱一斤?申向农说,市面上的批发价估计至少在十块钱以上。

小楼的一层是客厅,客厅正面的墙上挂一幅的庄园土地平面示意图。这幅庄园果树分布图很详尽地标明了庄园的水果种植情况,每一种水果在庄园里的分布点、面积都用一种颜色标示。我看了这图上的标示,心里默算了一下,才知道申向农的这个庄园,居然有近七八百亩的面积,已经开垦的面积有三分之二。庄园里种植的水果品种也显得十分繁杂:火龙果、龙眼、荔枝、芒果、毛枣、菠萝、猕猴桃、红毛丹等,沿着水库一线还分布着一些香蕉,有十多种水果。而有的水果,又有好几个品种,而每个品种都是从三亩五亩到十多亩的规模。我说,你的水果园这种种法,我怎么看着有点怪怪的?感觉就像是个热带水果品种展示基地。不会是想搞什么百果园之类吧?申向农说,没到一百种。这种做法我是有自己的考虑的。一方面是照经济学家说的,我不能把所有的鸡蛋都放在一个篮子里;另一个方面的考虑是,尽量让每个月份甚至每一天,都可以有成熟的水果可以采食。还有一个考虑,这样的混种,可以减少虫害,不打农药。我说,如果这样的话,岂不是每个月以至每一天都要忙忙碌碌?而且种植的面积又小,不能成其应有的规模经济,形不成规模经济的效益。申向农说,但这样有几个好处:第一,我们所请的十几个长劳力每天都能有事可作,员工队伍可以稳定下来。第二,我主要还是从发展农业观光旅游产业考虑。下一步，我想搞个旅游山庄，利用周边丘陵与山地过渡地带的风光、水库的水面、果园及成熟的水果等，吸引城里的人来农庄旅游、度假、休闲，采摘品尝水果。我这里的经济模式，主要还是根据公司自己的特点和发展思路制定的。从销售方面说，印刷厂经常有空车出岛，去拉一些原材料。我们在广州、深圳和本市都有固定的销售渠道。再者就是果木的混合种植，不容易发生病虫害，以少用或不用农药……说话时，申向农接了一个电话。然后就对我说，他要到附近的农场场部去办一点急事。于是，他交代庄园里一个煮饭兼管接待的女孩子替我安排一下。我被女子安排住在二楼的一间客房。客房里除了没有固定电话之外，其他设施跟城里的星级宾馆没有太多的区别。三楼顶上有一个用于卫星电视信号接收的"锅盖"。收看电视节目也很方便。安顿之后，那个叫小莉的姑娘就领着我在果园里四处观光。

通过她的介绍，我大略地了解了申向农庄园的经营状况。他们这个公司目前有十二个固定的农工，管理着这几百亩的果木。这两年每年都有上百万的收入。据说前后总投入是二百多万。如果按小莉说的，这两年每年近百万的收入，那么前期的投资也基本上收回来了。庄园的土地承包期是七十年，估计庄园的价值应该有两千多万吧！

直到晚饭时分，申向农才匆匆赶了回来。晚餐有自养的土鸡，有从水库里网的鱼，有采自果园的腐木上长出来的木耳，有自种的几样时鲜蔬菜。向农说，这些食物绝对是绿色食品。确实，那些肉菜，吃到嘴里，口感特别好。吃过晚饭，我们上到小楼顶上的凉厅喝茶、聊天。在这里喝茶、聊天，真是别有一番风味。从小楼楼顶远眺，向南一面的果园、山野，尽在眼底；向北一面是水库区，夕照之下，水面波光粼粼；

看着西面的夕阳慢慢地沉下去,霞光漫照,园野幽静,周边山岭呈出镶边的轮廓,真有种人间仙境一般的感觉。

申向农从楼顶上指给我看他即将要兴建旅游山庄的方位,以及休闲小屋及各功能的建筑如何分布。据申向农说,关于水库水面的使用问题,他下午已经和农场方面达成了口头协议。稍后就会和他们签订一个书面合同。他还和我聊了他们申氏家族产业及他哥哥向北的情况。这些年,他们申氏家族产业的规模,已经发展到了让我等穷人惊叹的地步。申向农的哥哥申向北,早些年去了新加坡继承了家族产业。申向农唯一的十八岁的儿子,眼下也在上海浦东,跟着向农家族的一个叔叔搞房地产项目的开发。申氏家族所有在本地的产业——印刷厂、庄园、房产、商铺,全部都由申向农独自一个人在掌控。

申向农是那种行事低调的人。他在跟我说起他们老申家的产业时,就像是在介绍一些与自己不相干的人、不相干的事那么平淡。了解了申氏家族的产业状况,让我对这个在东南亚拥有庞大财富的家族不由得有点敬畏起来。由此我想,以他们家族雄厚的财力,别说要创始个什么文化,只要他愿意,就是上一回正在太空飘着的国际空间站,也并非什么难事。不就两千万美元吗?只是有一点我不太明白,一般来说,像他这种搞实业的人,跟那些三流文人或政客不同,那些人喜欢玩些虚的,那是因为他们没有什么真才实学,或为了要个虚名,或为了要往上爬。而我实在想不出来,以他一个搞实业的人,有什么必要,要成为某某文化的始创者?这对于他所经营的产业,又会有什么实际的用处?或者其中隐含着眼下流行的文化搭台,经济唱戏之类考虑?

接着,我们又讨论了他的所谓某某文化。最初,他提出来的名称是"休闲文化"。我说,休闲文化的概念覆盖面可能太宽泛了,一时半会我们也把握不过来。再说，休闲已经用得太多太滥，很多杂志，甚至服装，都在打休闲牌。申向农又说，那就叫"山居文化"，你以为如何？我说，"山居"好像也不大妥当，严格地说，这里也只不过是丘陵地带。向农又想了好一会儿，说，要么干脆就叫"居闲文化"。我沉吟之后说，这"居闲文化"嘛，我感觉还可以！向农一下就兴奋起来，说，那就定了！"居闲文化"类似"休闲文化"，但又别于"休闲文化"。对了，我还打算把我的这个旅游度假山庄项目也命名为"居闲山庄"，你看如何？我说，这个想法不错。我建议，最好是让你的"居闲文化"中含有企业文化的成分。因为你这个旅游山庄毕竟是一个企业。他说，"居闲文化"不能局限于一个山庄，所以不要把企业文化搞进去。我的想法是，要让"居闲文化"成为一个独立的、可以到处移植的文化体系，要让她能在社会上产生一定文化影响。我说，这就要看具体怎么操作了。

于是，我们就对"居闲文化"的内涵作了定义，然后又探讨这所谓的"居闲文化"大体应该具备一些什么样的内容。

这一夜，我就在申向农的山庄过夜。

我已经有很长一段时间没有过过这种乡野生活了。山野的静谧、清凉，远离城市的喧闹，当然还那种称作负离子的东西，让人有一种清新，类似山林又不是山林的感觉。特别是这一带的山林景色，虫鸣鸟啼，更让人心境怡然。这一晚，我睡得很沉实。

第二天，申向农把果园及他的农庄要与农场方面签订水库水面使用的书面合同等一应事务，都交给了他的一个手下去打理，专门陪着我玩了一整天。我们先是登上附近的山峰，从高处俯瞰整个山谷，然后在水库里钓鱼、划船，又到山庄的果园里闲逛，在果树上随机采了一些熟透的果子吃。在闲逛看风景时，我们又谈禅谈老庄孔子、谈佛、谈印度的奥修。我这才发现，口口声声自称俗人一个的申向农，居然也读了不少儒释道一类的杂书。真如古人所言，士别三日，当刮目相看。

第二天的晚上，我们已经草拟了一个居闲文化总纲的构架。

> 总纲（居闲文化总纲构架，小节部分内容省略）
> 第一章、山居行举
> 第二章、怡情养性
> 第三章、饮食品果
> 第四章、乡野轶闻
> 第五章、野菜种类

在考虑总体的大构架时，我甚至还构思某些局部的、细节的东西。

比如在"山居行举"的条目下，我初步考虑分为：晨行、观露、赏岚、纳气、冥思、早膳、自便、午伏、品茗、清谈、采果诸种条目。

黎明即起，暂不洗漱，着睡服，赤足；沿居闲山庄卵石甬道逶迤而行，至望月亭……

比如在"观露"一节，就有：行走于山野间，寻看绿叶托露珠，碧叶若掌，露则晶莹若玉珠，一洗杂念、心若孩童……

再比如在"野菜种类"条目下，就有了采摘十八种常见的野菜种类及养身内容等。当然，还要有每一种野菜的烹饪办法、各种营养成分含量表、对养身的好处等。

整个"居闲文化"的策划，说白了，除了一些资料性的东西，余下也就是要设计出一套程式性的东西，并且要让其贯穿整个居、食、游、乐的全过程，并给出一些名称或是叫法。

居闲文化的始创者 | 243

这就是所谓的创始文化了?

当我在面对着我们构想出来的这些东西时,也就是所谓的文化成果时,常常在自问!有时甚至觉得有点心虚。而我就曾在跟申向农讨论时说过:这个时代,追求修改自由,追求享乐。天才知道,现在还有什么人愿意用这种程式化的东西来约束自己?

申向农倒是胸有成竹,说,这个时代,物质越是丰富,社会越富裕,人越是闲着,就越是需要一种文化的东西来消磨时间。人,有时候需要张扬自己、放纵自己,有时也需要用某种东西来约束自己、平衡自己。就像宗教的祷告功课。我认为这就是一个问题的两个方面。也正是人类的这种需求,使一些能适应现代生活的所谓文化越来越丰富。要不然,我们怎么解释眼下越来越多的文化的出现?茶文化、酒文化之类老矣,现在冒出来的是越来越多的新文化。申向农在说这话时,我觉得这家伙居然有点像哲学家。

从申氏庄园回来之后,我前后花了近半个月的时间,才把这居闲文化大纲的初稿及内容应该涉及范围全部拉了出来。大纲拉出来后,我又组织了几个文友进行完善、补充。反正是受人之托,忠人之事吧。

我们几个文人聚在一起时,甚至还讨论了一番申向农想要搞的这个所谓的"居闲文化"的动机。你说他单纯是为了商业目的吧,看上去并不完全像;你说不是为商业目的吧,又多少有点牵涉。因为居闲山庄有了"居闲文化"这一套程式性的东西,至少会形成一种与众不同的商业特色。那么,他是不是想搞文化搭台、经济唱戏一类的把戏?你说他为了要出名吧,可他申向农又不像是这一类人。据我对他的了解,这么些年,他一直低调行事。他如果想要出名的话,干什么不行?用什么方法不行?比如出本书,记录创业艰难之类,比如可以赞助某项公益事业,比如扶扶贫，赞助几个贫困大学生什么的，然后让这些学生在电视台上公开感恩，播一播。再就是找些报刊记者炒作一番，宣传他的无公害农业理念，都可以很快出名。我们还推测，他会不会也像那个花了大钱搞"应氏杯"围棋赛、要想改变围棋某些规则的应昌期先生。只是，这件事不讨论也罢，一讨论就会让人一头雾水。说到底，我们这些人都是普普通通的俗人。

因为说好了有高稿酬，所以我在动员一班文友参与这个所谓的文化工程时，一点也不费事，甚至可以说是人人踊跃、个个争先。而撰写这一类文字，对于我们一班文人来说，不说是轻车熟驾、小菜一碟，但也不是一件十分困难的事。我把《居闲文化大纲》的复印件分发给众人，然后让各人按自己所擅长的内容包干，并要求他们在大纲的基础上，多多加以发挥。之后，他们就分头收集整理资料，并撰写出所分包的内容的文稿。我自己则负责汇总、整理、协调。

我的文友团队的发挥也甚是了得，等到统稿时粗粗一看，这所谓的"居闲文化"也蛮像一回事了。一个月之后，我们就集体完成这个将近十万字的所谓的《居闲文化手册》的文稿。我还找人配了一些插图。当我们最后一次审视我们一干人合作完成的这个文化工程时，众人居然也被自己的劳动成果给感动了。你还别说，这还真像个正儿八经的文化专著了。

申向农一直在关注这个文化工程的进度。那天，当我跟他通了电话，告诉他《居闲文化手册》的文稿已经大功告成的消息之后，他突然就兴奋起来了，猴急地让我马上把文稿带过去交给他审查。我们约好了，还是在聚仙阁见面。我是打的过去的。我过去时，向农已经点好茶。拿到文稿，向农先是粗粗浏览了一遍。看得出他很亢奋，有点坐不住的感觉。他说，太好了！太好了！你们搞的东西比我想象的还要好。我马上让人打印出来。有了这本手册，我们的居闲文化的项目策划，就等于成功了一半。我说，兄弟我帮你也只能帮到这个程度了。接下来，要把这东西推广开，恐怕是一件很麻烦、很困难的事情。申向农说，推广这一块完全用不着你们操心。我是个商人，这个事我是内行。我就不相信，我们这种有利身心，有利于修身养性的居闲文化会搞不起来。你知道我最欣赏的一句座右铭是什么？凡事皆有可能！向农说着，从随身携带的一只黑色的皮包里，拿出一个装着一沓钞票的信封，放在我面前。我不大好意思当着他的面打开信封，查看里面的内容，只是手稍稍用力捏了一下。我想，如果是百元钞的话，仅从那叠钱的厚度估计，应该会有两万块钱左右。我也没有说什么客套话，大大方方把钱收好了。这时，我心里正琢磨着，要怎么把这些钱分给那些帮我干活的弟兄们。一班穷酸文人，挣点钱不容易。一旦拿到这一笔稿费，大家还不知会怎么高兴呢。再者，我是在考虑，晚上应该去哪里撮一顿，庆贺一下呢。

此后，过了将近一年半，就在我第二次访问申向农的庄园时，居闲山庄各种项目已经全部建成。这期间向农一直很忙，但他还是时不时地和我联系一下，告诉我关于工地的水、电、通信、道路等基础设施建设的进度。他经常在电话里跟我讨论居闲文化的某个细节，某个程序的设计。从我们交谈的情况来看，他已经完全熟悉整个文本的内容，甚至在文稿的某些部分亲自操刀了。有时，他也会忙中偷闲，约我在城里的某个宾馆喝个茶、吃个饭什么的。

这期间，我们也拿到已经印刷好了的《居闲文化手册》。在仔细阅览之后，我发现有不少地方确实是向农增删过的。只是该手册印刷的精美程度，是我想象不到的。书，用的是那印刷画册的 80 克铜版纸印刷的。向农这家伙为此还找了一个专业的摄影师，拍了山庄、树木、野菜、食用菌类的照片，加上专业电脑设计人员的制作，给每个主题的文字都选配了相关的照片。版面设计水平也是超一流的。我想，也只有申向农这样的富人，才肯、才可能在这种事情上下这么大的本钱。我也知道，向农的产业中有印刷厂，印一本书，对于他来说算不了什么。只是在这一年半中，我和我那一班参与《居闲文化手册》撰稿的文友都在忙自己的事，没有人在施工期间去过居闲山庄玩。

山庄的基建工程完工之后，申向农还找了一家广告公司在市区的两个主要地段，立了两块巨大的广告牌，那底面是一幅居闲山庄的全景巨幅照片，下角压着一行文字：居闲山庄、居闲生活、居闲文化、居闲体验。说起来，这广告文字还是出自我的手笔。

在居闲山庄正式对外营业之后，申向农特地邀请了我和我那班参加居闲文化制作的文友，一块儿到山庄去感受所谓的"居闲文化"。他还给了我们一个任务：就是要求我们这些文人来给居闲山庄的景点编一些所谓的"民间传说"。他跟我说好了，每杜撰一个传说，就按质量支付500元到800元不等的稿费。这钱由我来掌握，稿件的质量也由我把关。将来，这些所谓的"民间传说"，将要全部充实进我们的《居闲文化手册》。为此，这本新编的《居闲文化手册》页码可能要增加一倍。

受到了这个有钱的主的邀请，一干文人都显得十分高兴。申向农此回邀请我们，其实还有一个目的，他要组织一次居闲文化研讨会，所以让我们一干文人也过来捧捧场，再就是，让我们从文化人的角度，就如何更好地经营这家旅游山庄，给他的居闲山庄管理团队出谋划策。

第二次踏进申氏庄园，感觉到的变化是很明显的。首先是进入庄园的一段土路已经变成了一条四米宽的水泥路。申向农规划蓝图中的种种设施,已经变成实体。山庄的客房,主要是一些吊脚的钢混结构客房,内里墙装修用杉木板,处墙贴些板皮,屋顶用蒲叶装饰。装饰风格尽可能与周边自然环境和谐。客房分散在各个小山坡果木间。我问向农,怎么不用木头建?向农说,果林地里的空气潮湿,用木材建的很快就会腐烂。这里的客房内部,与一般三星级宾馆相比,也没有什么特别之处,只不过是所处的外部环境有极大的不同。屋与屋之间,有卵石甬道相连。甬道一侧,有一行人高的路灯。山庄分布着三四十间客房,八九十个床位。山庄主建筑物,是一幢具有少数民族特色三层高、大坡顶的楼房。除了吃喝玩乐之外,每天,我们一干人都会在专门培训过的居闲文化引导员的带领下,像和尚做功课一样,认真践行一遍《居闲文化手册》里的每一个程序。我曾经问过一个女引导员,大约有多少客人对此感兴趣,愿意参加这个居闲文化程式?引导员说,现在有一成左右吧。一开始,有些客人会觉得别扭,但出于好奇,也参加了。特别是外国客人。

对于我们这些始作俑者来说,我们已经知道下一步要做什么。但还是机械地、一步一步地跟着引导员,做着或按照引导员的要求,进行着某个程序。我们居然也能从中感悟出一种禅境,并不觉得这套程式的单调、烦琐。尤其是到了品尝时鲜佳果时,更是让人觉得有趣。因为这采摘、分切、进食等步骤,其实都是由我们参照茶艺程序,依样画葫芦给每个动作都编撰了名目,设计了程序。一干人在引导员带领进入到某个程序的时候,最初的感觉就像是在作秀,不免要拿其牵头的设计者开涮几句。后来也就入境随俗了。空闲之时,众人就忙于创作"民间传说",挣一点稿费。

这一回我们小住了三天。要不是各自家里、单位里有事情要忙,我们还想再住下去。总之，经过一干文人的扫荡，居闲山庄的所在地——黑岭谷及其周边，但凡有些特点的山、水、石、树等景观，都让我们一班文人全部注入了文化的仙气，都有了所谓的"民间传说"。一干文人也因此挣了个盆满钵满。在回城的路上，一干人说到各自这回挣到的钱的数目，就有人感慨道：要不是这回申总出钱请我们做这件事，真想不到"居闲文化"就是这样炼成的！"民间传说"就是这样出炉的！

我最近一次到居闲山庄去玩是今年的五月份。

这次到了居闲山庄之后，申向农很得意地给我介绍了一个英文名叫凯瑟林·露西、中文名叫陈五四的美国女孩。那是一个二十四五岁，金发、碧眼，长得非常漂亮、非常迷人的白种女孩。申向农说，她父亲是从美国马里兰州跑过来的农民，就在我们庄园附近租了十亩土地，栽种十几种稀有的兰花品种。等花卉长成后，通过空运销到香港或欧洲的市场。这个美国佬是个基督教教徒，人特别有意思。他几乎每天下午都会跑到水库边上去当义务救生员；看到有被淹的孩子或者游客，就会下水去实施救援。我不知道基督教的教义中，是不是也像佛教教义一样，有"救人一命，胜造七级浮屠"的说法。露西是随着她父亲过来的，她大学刚刚毕业，学的是汉语专业。她撰写的毕业论文题目是《五四运动对中国新文化的影响》。大概是因为研究这个课题的缘故，所以她的中文名就叫"五四"。我说，那姓陈，应该是取自陈独秀先生的姓吧？申向农说，也有这个可能。不过我没问她。去年，她带了几个从美国来的年轻人到我们的山庄住下来，接触到了我们的居闲文化。她居然迷上了"居闲文化"。露西本来就是一个对中华文化十分着迷的美国女孩。她现在就在居闲山庄里当我的跨国居闲文化传播助理。

我问向农，你找来这个洋妞帮你做事，每个月要给她开多少钱的工资？申向农得意地说，一分钱也不用给。我听了，惊讶得眼睛瞪得老大，说，哇！小弟你还真行啊，居然能让一个洋妞免费给你打工。向农拍着我的肩膀说，你是不是觉得不可思议？我说，确实有一点！向农说，这就是居闲文化的魅力了。我们的居闲文化，虽然说目前还没被广大的国人认知、认可，但已经有一些外国友人就很当一回事了。他们一致认为，这是中华文化的一个重要的组成部分。这就是所谓的墙里开花墙外香的效应。

这天，向农带了我和露西一块儿去水库划船、钓鱼。

我们在水库边正好碰上了露西的父亲，也就是那个总是执着在水库边当义务救生员的老外。这蓄着大胡子的美国人的肤色，已经被我们海南的太阳几乎烤成了烧肉一样的颜色，这和他那皮肤白得像瓷瓶的女儿反差极大。就在我们上了船要往水库里漂时，这对洋人父女在叽里咕噜说了一阵子洋话。我问向农，你能听得懂他们在说些什么吗？向农说，不就是聊些航空托运兰花到香港的事情。

在游艇上，我和露西挨得很近。因为这露西长得有西方女性之美，不免让我多看了她几眼。可能是我看她的眼神过于痴呆且带有一点怪异，露西便微笑着对申向农说，你这个朋友好像是没有见过我们白种女孩子似的。申向农努努嘴、耸耸肩膀，说，没办法，我这个朋友是个十足的土包子啊。露西问他，土包子是什么意思？向农说，就是指没文化，没见过世面的乡巴佬。露西又对我说，你朋友说你是"土包子"，你不生气？我说，我一点都不生气。坦白地说，我从来没有跟像你这么漂亮的白种女孩有过零距离接触。你给人感觉好像就是个芭比娃娃似的。还有，你那皮肤，怎么就能白成这个样子呢？感觉好像一碰就会化掉的牛奶果冻似的。

你说的是真的吗？这个洋妞露西很认真地说着，同时很认真地把胳膊伸到我眼前，让我碰了一下。说，你看看，怎么会一碰就化了呢？那是你的错觉！站在一边的申向农笑着对她说，你犯傻啊你！他是在夸你可爱、漂亮呢！露西笑着对向农说，你的朋友很会夸人！向农说，醉翁之意不在酒。这句中国的成语你应该懂吧？我这老兄还很会勾引女孩子呢！你可要小心了。露西抿嘴笑笑说，是吗？然后一耸肩膀，拿鱼竿钓起鱼来了。

我和向农一边观赏这里的山光水色，一边聊天。

我说，你找来的这个洋妞，中文说得有点结结巴巴，但总算还能听得懂七八成。我问向农，她学了几年中文？向农说，也就四年吧。她在美国没有口语环境，不过汉字掌握得还不错！我说，四年学成这个样子，已经很了不起了。向农说，我给你讲个笑话吧。前年，市里不是让我们这些企业家掏钱、组织一批老干部去澳大利亚观光吗。那批老干部一到了澳洲，看到人家那里的孩子一个个都在叽里呱啦说英语。于是，都就感慨万分，说，你看看，你看看，人家外国的孩子，小小的年纪，就已经把英语讲得滚瓜烂熟，哪里像我们的学生，都读高中了，英语也讲不好！我听后，会心笑了。

这时，正在钓鱼的露西不知忽然想起什么，突然就竖起左右手的两个大拇指对我们说，中华文化真是源远流长！你们的居闲文化体系和中华民族的大文化体系，就是母亲和儿子的关系，或者，应该说是中华休闲文化的一个分支。

这个外国妞的这一番云遮雾罩般的话，让我听了有些纳闷。我问申向农，我们搞的居闲文化，什么时候就扯上传统文化，而且还跟传统文化接上脉了？

申向农没有直接回答我的问题。

他介绍说，最近，他在热心于居闲文化、有社会地位、有经济实力的居闲文化人士中，成立了一个居闲文化联谊会，还建了一个网页。目前，会员已经发展到二三十个人。别看眼下的人数不多，但这些会员主要是分布在企业界、政界、文化界。联谊会已经开展过两次活动：一次是在市内的某个宾馆，另一次是在居闲山庄聚会。不少居闲协会会员在仔细研读了《居闲文化手册》之后，很有心得体会。从目前反馈的情况看，他们一致认为，居闲文化主要具有调整心态的功能、地域乡野文化认知了解功能、养生功能等。会员们还提了不少的建议，建议增加一些内容。还有一个研究禅学的学者甚至提出：居闲文化要从中华民族文化体系的隐世文化、出世文化、休闲文化、享乐文化中汲取营养，只有这样，才能让居闲文化与中华传统文化接上脉，使其源流更加长远，使其生命力更加强大。历史上，我们这个民族文化的大体系中，确实也有不少与居闲文化类似的东西，你比如世外桃花源的典故、陶潜的故事、苏轼的逸事、老庄的故事等。总之，这样一来，就等于开通了居闲文化与中华历史文化通承的源流。有了源流之后的居闲文化，不就等于和中华传统文化大体系之间接上了根脉。我这才明白他是把这一套给洋妞陈五四说了。

申向农说到亢奋之处，右手向下一劈，也是受到了会员们的启发，最近，我对居闲文化的思考有了一个革命性的变化：那就是，我们的居闲文化，应该是一个开放的体系。你要不停地调整、补充，让它适应眼前这一个开放的、变化的世界。正因为要不停地调整、补充，所以就需要一个专门的人员，来专门做这一方面的工作。

他盯着我，从其眼神里流露出来的期待的光芒，我可以断定，他是希望我来做这个专职的工作。我说，你不要这样看我，专职肯定不行，协助一下还是可以考虑的。其实，我也乐得业余时间挣点银子花花。

向农还说道，这个美国人露西小姐对我们搞的"居闲文化"佩服极了。她甚至把我们的《居闲文化手册》翻译成英文。他说着，从随身带的提包里拿出一个夹子，是一份打印好的《居闲文化手册》英文本，又拿出一本我所熟悉的汉语《居闲文化手册》。这个英文版的《居闲文化手册》中的英文，我当然是看不懂的，但是，我能从文本的段落、插图、结构上可以看得出来，这就是我们编撰的《居闲文化手册》的英译文本。在这个版本中，申向农还把我们后来撰写的那些传说全部都加了进去。这样文本就显得更加厚重内容更加充实。向农还对我说，露西的一个伯父在她们国内也是搞旅游业的，在几个州也有几类似的旅游山庄。所以，露西正打算把我们的居闲文化也移植过去。要先在她伯父的旅游山庄推行，希望将来还能有所发展。她请我赋予她们免费使用居闲文化程式版权的权力。也就是用她的英文翻译付出换取居闲文化使用权。我们为此还签订了一个合同。

我想，这美国女孩还真有点怪怪的，版权意识居然还这么强。我们盗版使用他们的微软软件，盗版看他们的大片，盗版都盗得心安理得。谁让他们是美帝国主义呢？也难怪她不要申向农开她的工资，大概就是出于这个原因？申向农在跟我谈这些情况时，眼睛望着远方，那绝对是一种贯穿时空的眼神。他的情绪突然变得很激动。他说，将来，后人在提及我们民族的历史上，曾经有过某一种文化的发明，对人类文明的贡献或者产生深远的影响时，只要有人提到居闲文化，提到她的始创者就是我申向农，我生足矣！当然，居闲文化最终能不能走向世界，能不能长远地流传下去，这就不得而知了。我只是尽力而为。结果也不是我所能操控的。

当初，我们在茶坊里谈要创始个什么文化，以及接下来我们在他的庄园里构思"居闲文化"的框架时，我都想不到居闲文化会有这样的结果。连我自己也想不明白，一个造神的人，居然也能被自己造出来的神给震慑了，并且会对自己亲手创造出来的这尊文化之神顶礼膜拜？

我承认，我是被申向农的情绪感染了。

这一次，从居闲山庄回到城里之后是下午，我觉得满心喜悦。"居闲文化"居然也成了气候。套用那句很时尚的话：一不留神，居然也走向了世界！我突然间就有一种很膨胀、很牛、很有成就的感觉。于是，我就想找个朋友、知音，来与我共同分享一下这种感觉。我想到了我的朋友何沾庆。我把电话打了过去。问他，你在哪里？他说，他在家里。我说，我有事要跟你谈。我们现在就见面吧！他说，你得了诺贝尔文学奖吗？什么事就不能等到晚上喝茶时再说呢？我说，不行！我激动啊！我一定要把这件重大的好消息第一时间告诉你，等不到晚上。他说，那好，你来我家吧！

我们就在他家里聊这件事情。这小子是我在这个城市里所能找得到的、唯一的、能在诸如哲学、政治、历史、军事、文化之类的话题上跟我讨论、跟我抬杠的文化高人。此前，我曾经送过他一本《居闲文化手册》。当时，他在拿到那本印刷精美的手册之后，随手翻看了一下，淡淡地一笑，说了一句，嗯，挣点银子花花也不错嘛！对书的内容，他没什么可置评。可我在这家伙的神态和说话的口吻中，显然感觉到了他似乎是对这本书不屑于评价。这一回，我上门去找他，在潜意识里，就有针对他在此前对我们的居闲文化不屑、不恭敬的态度，要好好回击一下的成分。

我很得意地把目前"居闲文化"的实施现状、发展前景，以及美国人露西小姐对"居闲文化"的痴迷状况，她要把"居闲文化"介绍到美国马里兰州的事情通报了他。

谁知道,这家伙他听了我的话之后,不停地用一只搁在茶几上、竹制的痒痒挠敲击着一只用绸布、绢花和薄纱边条制作的包裹袋,袋的开口处还点缀有一朵绢花。他对我说,你先猜猜这是个什么物件吧?我看了好一会儿,觉得这东西像个装什么贵重物品的绵盒,用手按了按,却又是软塌塌的。于是我说,我猜不出来!那我打开给你看看!他说着,从绢花边的一个开口处抽出一张纸巾,又说,你自己翻过来打开看一看!我打开看了,里面包裹着的,居然是一只普通的纸巾盒。我说,你小子什么意思吗?他对我说,这是我老婆前几天从街上买的一个纸巾盒装饰袋!我想,你现在应该明白什么叫作包装,包装有什么功能了吧?你听没听过CCTV那个播音员说过的一句名言:一条普通的狗,只要拉到CCTV一连播上三十天,这条狗就会成为世界名犬。知道吗?现如今可是一个包装的时代!

我当然明白这家伙的话隐含的意思:这个时代,什么都是可以包装的!照他这么说,就是在暗示:我们的居闲文化也是包装出来的?那么实力、文化内涵、文化影响力等就不起作用了?唉,这个让人讨厌的何沾庆,听这小子的一番话,居然败坏了我本来挺好的心情,让我有点泄气。